武田信繁

信玄が最も信頼した名補佐役

小川由秋

PHP文庫

○本表紙図柄＝ロゼッタ・ストーン（大英博物館蔵）
○本表紙デザイン＋紋章＝上田晃郷

武田信繁　目次

猛虎の子　5
逆転劇　44
湖影　86
甲州法度　125
峠　168
金の質、人の心　209
竜虎の戦い　260
信繁家訓　304
善陣は戦わず、善戦は死なず　348
あとがき
武田信繁・略年表
参考文献

越後
春日山城
信濃川
善光寺
海津城
犀川
葛尾城
箕輪城
戸石城
深志城
上田原
志賀城
上野
塩尻峠
千曲川
諏訪湖
海ノ口城
信濃
上原城
武蔵
高遠城
躑躅ヶ崎館
上野(椿)城
大井の庄
甲斐
富士川
神之峰城
相模
小田原城
天竜川
駿河
三河
伊豆
遠江

武田信繁関連図

猛虎の子

一

（なにやら屈託を抱えておられるのか？）

信繁《のぶしげ》は、馬を走らせながら父の背中に、何度となく視線を送った。

父が、躑躅《つつじ》ヶ《が》崎《さき》の館から自分を遠乗りに誘い出すなど、久しくないことである。まして供廻りも連れず、信繁一人を伴ってのことなのだ。

このところすっかり曇り空が続くようになっている。梅雨の訪れるのも、もはや遠くはない。盆地を取り巻く山並は、どこを見ても、瑞々《みずみず》しいばかりの新緑に染まっている。

甲斐《かい》の国府を石和《いさわ》からこの地に移したのが永正《えいしょう》十六年（一五一九）であり、

もはや二十二年が過ぎるという。信繁が生まれる六年も前のことだ。

天文《てんぶん》十年（一五四一）を迎えた今も家屋敷の普請《ふしん》がすすむ町並みを、遥かに見下ろす高台の雑木林に信虎《のぶとら》は馬を止めた。

主だった家臣たちを、新しい国府に決めた躑躅ヶ崎館の周辺に、強引に集住させる方針を、ずっと信虎はすすめてきた。これに従って、しぶしぶこの地に住居を移した重臣たちも、腹の底では面白く思っていなかったであろう。

信虎にしてみれば、それは百も承知なのだ。

「甲斐を取り巻く国々は、いずれも肥沃な土地と、外へ向けて大きく広がる海を擁している。それなのに、そちらには少しも目を向けず、武田の家から枝分かれした一門同士の間で、いまも隙あらば国主の地位を奪い取ろうと、互いに機会をうかがい、足の引っ張り合いを演じているばかりだ……」

馬からさっと飛び降りると、信虎は待ちきれなかったかのように口を切った。まるで馬を走らせている間中、その言葉を何度も胸の内で反芻《はんすう》していたかのようだ。

「よいか次郎（武田左馬助《さまのすけ》信繁の幼名）。わしのやることに、ことごとく異を唱える連中は、この山国の狭間《はざま》、狭間を堅固な城塞と見立て、自分一個の気ままな主張を繰り返し、自足しようとしている者たちばかりだ。この者どもをことごとく黙らせてしまわない限り、この国の民が直面している窮状から救い出せる道はない！」

信虎は、いかにもいまいましげに馬の鞭《むち》で、ピューッと目の前の空《くう》を切ってそう続けた。

信虎の言う、

〝この国の民が直面している窮状〟

とは、この数年の間、断続的に続いてきた天候異変のことである。冷夏、長雨、季節はずれの大風が吹くかと思えば、大地震が頻発した。それに加えて、山崩れや河川の氾濫《はんらん》が相次いだ。

農作物が大打撃を受け、追い討ちをかけるように、昨年春に紀伊半島から上陸した未曾有《みぞう》の大型台風が中部地方一帯を襲い、甲斐国に壊滅的な被害をもたらした。

大半の家が屋根を吹き飛ばされ、板壁が容赦なく押しつぶされた。数百年を経た樹木がなぎ倒され、大寺院の屋根が無残に引き剝《は》がされたとの報告も、相次いである。かつて誰もが経験したことのない、惨憺《さんたん》たる被害が現出したのだ。連年の不作に疲弊《ひへい》しきっていた農民たちの間に、今や多くの餓死者が続出していた。

もっともこれらは、甲斐国のみならず全国的なものだとも言われていた。だが、甲斐・信濃《しなの》一帯にかけては特に深刻で、過去に例を見ない大凶作が続いているのである。

これまでの過去十数年の間も、信虎はしきりに兵を興《おこ》して上野《こうずけ》、武蔵《むさし》、相模《さがみ》、駿河《するが》国へ遠征していた。関東管領《かんれい》上杉氏の動きに呼応したもので、関八州《かんはっしゅう》を支配下に収めようとしている北条氏綱《うじつな》の野望を打ち砕くためである。

またこれと同盟を結んでいる駿河の今川氏の動きを、牽制しようとしての戦いでもあった。

今川家はもともと、足利《あしかが》一門に準じる名門なのである。京の将軍家に血筋が途絶えるようなことがあれば、この今川家から新しい将軍が立てられる、とまで言われている家柄なのだ。

だが今や室町幕府の権威は、すっかり地に落ちていた。そもそも、関八州を戦乱のるつぼに陥《おとしい》れている北条氏の野望を、当の今川家が後押ししている、と言ってもよい始末なのである。

第十二代将軍職を継いでいる義晴《よしはる》も、家臣の一人に過ぎない三好長慶《みよしながよし》らに京を追われ、周辺の地を転々とする有様なのだ。そんなことから各地の有力大名に、上洛《じょうらく》して自分を助けるようにとしきりに声をかけていた。

信虎自身もそうした声を耳にし、何度か上洛を試みてきた。将軍義晴の方も、新羅三郎義光《しんらさぶろうよしみつ》以来の武家の名門であり左京大夫《さきょうだいぶ》（左京職の長官）という官職にもある信虎の武力に、期待するところが大だった。

信虎にしても、京の都との繋がりを太くしておけば、幕府の権威はすでに低下しているとはいえ、甲斐国内の豪族たちへの睨みは利くと見ていた。

いやそれ以上に、京の中央政界に自ら進出したいという思いを、いまも秘かに胸に抱き続けているに違いなかった。

「わしはいたずらに、兵を動かそうとしているわけではない……」

信虎は、いまいましげな口調で言った。

「これもみな、甲斐の民を窮乏から救うための、止《や》むに止まれぬ方策なのだ。それをまるでこのわしが、民の苦しみを招いている元凶であるかのように言い触らしている者どもがいる……」

信虎はここで、じっと信繁の目を覗き込むようにした。それからなにやら意味ありげな、皮肉っぽい笑みを口元に漂わせながら続けた。

「あの晴信《はるのぶ》めは、その者たちの思惑《おもわく》にうまうまと乗せられて、なにやら企み始めている気配もうかがえる……」

信虎は、

(お前も何か耳にしてはおらぬか)

と言わぬばかりに、ギラギラした目で信繁を凝視した。

信繁とて、そんな噂を耳にしないではなかった。父の信虎と兄晴信との間が、このところ特に険悪になってきているのが感じられるのである。それに比例するように、信虎の信繁に寄せる信頼とも期待とも取れるなにかが、強まりつつあるのを覚えていた。

父の心の内を、信繁は、

(誰も父の本当の気持ちを、理解しようとはしていない。父は父なりにこの甲斐国の民のことを考え続けている……。一方で、同じように民のことを考えていると言いながら、国主の座を狙い続けている者たちのいることを、なにより警戒しておられるのだ）

と見ていた。

「晴信には周囲の人間の腹の底を、見通すだけの眼力がまだ備わってはおらぬ。皆におだてられ、担ぎだされているに過ぎない。それがわしには歯がゆうてならんのだ」

「兄上がさほどまでお人好しとは思えませんが……」

「賢《さか》しげな晴信のことだ。自分ではすべて承知のことと思っていよう。だが、板垣も飯富《おぶ》も、一筋縄ではいかぬ曲者《くせもの》揃いよ。もともと武田の初代宗家から出た家という自負を抱いておる。いつの日か自分が、という気負いが人一倍強い連中だ。そなたもこのことを、決して忘れるでない」

「わたしはあくまで、兄上をお助けする立場と心得ております」

「うむ……」

信繁の口にした言葉の裏まで読もうとするかのように、信虎はじっと信繁を見据えた。

それから続いて、

「お前の役目は、なによりこのわしの力になることだ」

「それは承知しております」

「まだ晴信に、家督を譲ると決めたわけではない。わしの目に適《かな》わぬとなれば、いつでも取り止める」

不愉快そうな口調で、釘を刺すように言った。

「それは兄上とて、ご承知でしょう」

「いや晴信には、まわりに踊らされようとしているだけの自分の姿が、まったく見えてはおらんのだ」

「踊らされようとしている？」

信繁は意外な言葉を耳にする、というように信虎の顔をしげしげと見つめた。

「板垣は晴信の傅役《もりやく》だったことをよいことに、陰で自分の思い通りに操ろうとしている」

「あのお方は父上の信頼が、最も厚いお方と思っておりましたが？」

信繁は信虎を見返した。

「目をかけていたのは確かだ。だが近頃、甘利《あまり》や飯富と接触している様子がうかがえる。なのに、わしには口を噤《つぐ》んだままだ……」

遠くを見つめる猜疑《さいぎ》の目が、なにかを見通すように光った。

大気の中に微《かす》かな獲物の匂いをかぎ分けた猛獣のような気配を、信繁はふと父の身体《からだ》全体に感じた。

「飯富虎昌《とらまさ》はもともと親今川派だった。かつてわしが氏親《うじちか》と対立して管領家と手を組んだ折には、もっとも強硬に反対した。甘利も板垣もわしに同調し、虎昌を排斥しようとした。だがその後、わしが今川家の内紛に乗じて義元《よしもと》を支持し、思惑通りに義元が家督を継ぐことになった……」

「……」

信繁は、父がなにを言い出すのかと、首をひねった。

今川家の内紛とは、五年前の天文五年（一五三六）三月十七日に、今川氏親の死後家督を継いでいた氏輝《うじてる》とその実弟彦五郎の二人が、共に急死してしまったのである。氏輝の後を、残った二人の弟のどちらが継ぐかで争いになった。

年長ながら側室の子である玄広恵探《げんこうえたん》と、正室の子梅岳承芳《ばいがくしょうほう》（義元）の間の争いである。

「わしが義元支持に動いたのには、義元の養育係だった護国禅寺雪斎《せっさい》（太原崇孚《たいげんすうふ》）が、大井信達《のぶさと》や虎昌などを通じてわしに接触してきた経緯があった。関八州に進出を続けている氏綱を牽制《けんせい》するには、今川との結びつきが必要とわしは判断した。だが、今川との接近は、これまでの方針の大転換を意味する」

「はい……？」

「それなのに、このところ板垣や甘利がわしの心中を量《はか》るでもなく、自分から虎昌に近づいているということは、わしの知らぬところでなにかが動き始めているということを意味してもいる」

「父上の知らないところで！」

思ってもいなかった言葉に、信繁は思わず驚きの声を挙げた。

「武田の職（家老）を勤める板垣と甘利の二人が揃って、なにやら動き始めているとなれば、わしも黙ってはおれぬ」

深く期するものがあるのか、信虎は一人うなずいた。

　黙っていないとは、いったい誰に対して言っているのか。信繁には皆目見当がつかなかった。このところ信繁の耳にも、信虎に対する怨嗟《えんさ》の声が、しきりに聞こえてくるようになっていた。

　昨年来の天候異変による大飢饉の影響で、餓死者が続出していたにもかかわらず、信虎は信濃国へ向けて兵を繰り出し続けていた。上野・武蔵への出兵は控えたものの、それに代わってのことである。領民や兵の疲弊は限界に達しつつあった。

　信虎に言わせれば、

「だからこそ、外に討って出なければならない」

というのである。

「信濃には、まだまだ肥沃な土地が残されている。北条への牽制は管領家や義元に肩代わりさせ、信濃にこそ今は目を向けるべきなのだ」

二

「お前の母や信達などがしばしば口にする〝天道〟など、領民にとってはなんの腹の足しにもならん」

信虎はいかにもいまいましげに、信繁からは顔を背《そむ》けたままで言った。

「生きるか死ぬかとなれば、人のものを奪ってでも、飢えを満たしていかねばならぬ。それが〝天〟の定めた、生命《いのち》あるものの宿命だ。国主たる者は、まずは領民を飢餓から救い、生命を永らえさせてやらねばならぬのだ。そのことこそが最も肝要なのだぞ」

「しかしながら父上、口にできる満足な食物とてない今の時期に、戦《いくさ》を強いられている多くの領民は……」

「だからこそ、その目を外に転じさせる必要があるのではないか！」

それがなぜわからないのだと言わぬばかりに、信虎は信繁を睨みつけた。

「きれいごとを並べ立てたところで、この甲斐国に領民の腹を満たすだけの、いったいなにが残されているというのだ！」

顔を真っ赤にして激昂《げっこう》した。

「……」

そんな父の姿を前にして、信繁は口を噤むしかなかった。

信繁の母である大井夫人や大井一族の学問好きを、父の信虎は日頃から毛嫌いしていた。その一方で、晴信や信繁が長禅寺の岐秀元伯《ぎしゅうげんぱく》に付いてさまざまな漢籍に親しむことには、いっさい口を挟むことはなかった。

大井夫人に言わせれば、信虎には自分が幼い頃より、そうした環境に置かれてこなかったことを心のどこかで悔やむ思いが残っているからだ、とつぶやいたことがあった。

それでも信繁の書物好きに対しては、一目置くところがあった。それでいて兄の晴信に対しては、

「あの軟弱者めが！」

と、ことごとく非難するのが常だった。

何事にも訳知り顔の、晴信の傲慢《ごうまん》そうにも見える振舞いに、我慢がならない様子がうかがえた。

「信頼できる味方のような顔をして、心の中にまで入り込もうとしてくる者こそが、最も警戒すべき相手なのだ。そのあたりが晴信にはまるでわかってはいない。わしはこれまでも、人に乗ぜられることなく、常に機先を制することで今日

の日までやってきた。小山田にしても穴山にしても、長い間武田の宗家に逆らい、外の勢力と手を結んで自らが宗主の座に取って代わろうとしてきた。信虎の代になって、ようやく両家ともどもに服従を誓うようになったのだ……」

信虎のいう小山田氏とは、甲斐国の東部、郡内と称する南北都留郡（現大月市、都留市）に長い間蟠居してきた、もともと関東平氏の流れを汲む土着の豪族である。武田の一族とは繋がりがなく、独立の気概が強かった。

信虎の代になって何度か戦火を交えた後に、武田に臣従を誓い、信虎の妹を当主小山田信有の妻に迎えることとなった。臣従とはいえむしろ同盟関係に近く、郡内地方はいわば半独立の地とされてきた。

穴山氏についても、武田家第七代信武の四男義武が穴山郷（現韮崎市）に入って穴山氏を名乗り、後に甲斐の南西部河内地方（富士川両岸一帯、南巨摩・西八代郡）に移り、その領有を認められてきた一族である。

信虎の代にはすでに河内地方一帯に長く君臨しており、今川氏とも独自に交渉を持ち、武田宗家の振舞いに及ぶことがしばしばだった。

信虎は自分の娘（晴信の姉）を当主穴山信友に嫁し、臣従を誓わせる運びにまでなっていたのである。

「このわしの手で、ようやく甲斐国が一つになった。もはや内側になど目を止めてはおられぬ。そなたはこれからわしが出陣中、屋敷内はもちろん、周辺のあらゆる動きに目を光らせてくれ」

父が自分になにを期待しているのか、信繁にはわかっていた。

(父には心を許せる人間が、一人もいないのだ)

信繁は自分の気持ちが、暗く沈んでいくのがわかった。

(自分の弱みを、少しでも人に覗かれたくはない。唯一その弱みを見せられる相手が……)

信繁なのだ、と思った。

「今度はどこに出陣されますのか?」

突然の話に、信繁はそう尋ねた。そんな動きなど、今日までまったく感じられなかったからである。

「それはまだ言えぬ。どこからか情報が洩れて、敵に覚《さと》られてしまわないでもない。いずれはそなたにも、初陣《ういじん》の機会を与えよう。心の準備だけはしておけ!」

「はっ！」

父の口から洩れた、出陣が間近に迫っていること、同時に自分の初陣の時期を父が考え始めていることを、信繁はたった今知らされたのである。

兄晴信の初陣は、昨年の五月だった。晴信はこの時すでに二十歳《はたち》になっていた。嫡男の初陣にしては遅いと噂されてきた。

もっとも、父子の不仲がはっきり取り沙汰《ざた》されるようになったのは、この年の秋から暮れにかけての再度の出陣に当たる、信州佐久郡海ノ口《うみのくち》城攻めの際である。

この城を守る平賀源心《げんしん》は、城を固く守って動かなかった。師走《しわす》も末近くなって辺り一面が雪に覆われるようになると、信虎は仕方なく兵を引くことを命じた。その際、晴信は自ら殿軍《しんがり》を志願した。

「雪で敵の追撃がないことを見越し、名ばかりの殿軍で自分の初陣を飾り立てようとしたのだ」

信虎はこの時の晴信の行動を、後々までそういって腐《くさ》した。自分がいかに勇気ある人間かを、家臣たちに印象づけようとする下心があってのことだ、と言うのである。

昔から、殿軍の指揮ほど難しいものはない。兵たちは、ひとたび退却の声がかかると、どうしても心が緩んでしまう。それまでの緊張から解放され、一転して〝帰心矢の如《ごと》し〟という心境に走ってしまう。

味方の兵が戦場から去っていく中で、自分たちだけが最後まで踏みとどまる。敵の追撃を断固撥《は》ね除《の》け、あくまで冷静に相手の動きを見定める。最後に隊列を乱すことなく、粛々《しゅくしゅく》と兵を引き上げさせねばならないのだ。

それでも、結局晴信は殿軍を許された。予想された通り、敵の追撃はなかった。その折いったん戦場を離れ、夜になってふたたび兵を返した。

油断しきっていた城内に一気に突入し、残っていたわずかの守備兵を討ち取って、海ノ口城を陥落させた。だが、その後城に止《とど》まることなく、晴信はただちに兵を引き上げてしまった。

「敵に包囲されることを恐れ、わしの指示も待たず、慌ただしく帰国してしまったのでは、いったい何のための夜討ちだったのか、さっぱりわからぬわ」

信虎のこの言葉によって、晴信の行動に対する家中の評判は急落した。人々の脳裏から、まったく忘れ去られていった。

だが信繁は、父の口からこんな言葉がふっと洩れたのを、記憶に止めている。

「あれは誰が入れ知恵したことなのか……」

思わず信繁は父のその時の言葉の意味を、確かめずにいられなくなった。少なくとも当初は、信虎がそのことを心に留めている様子は、まったく感じられなかったからである。

「誰かが晴信の初陣を家中の者たちに、強く印象づけようとして企てたことに違いない……」

そうつぶやいたものの、それ以上そのことには、触れたくない様子だった。

信繁にしても、出陣の声を聞けば逸《はや》る気持ちが湧いた。武家の家に生まれた以上、当然である。

「よいか次郎！　わしが重臣どもの家屋敷を躑躅ヶ崎館の周辺に集めさせているのは、どんな時も出陣に手間取ることのないよう、わしの命令一下、迅速に兵を整えられるようにするためだ」

「……」

「敵を倒すには、〝機を見るに如《し》くは無し〟だ」

　遠くを見つめる信虎の目が、鋭く光った。

「重臣どもには意見は聞くが、最後の決断は一人でする。皆の意見など諮《はか》っていては、自分の都合ばかり並べ立て、埒《らち》が明かなくなる。誰でも軍役など担いたくはない。飢饉が続いているとなれば、領民どもはなおさらだろう。だが寄親《よりおや》（主だった将兵・在地豪族）が即座に一人でも、馬を仕立てて出陣していくとなれば、寄子（配下の従者・家人）は黙ってはいられなくなる。後になって自分に与えられている土地が、容赦なく召し上げられてしまうからだ……」

　寄親たちは、領民たちの信虎に向けた怨嗟の声を代弁しているに過ぎない、と言いたいのである。

「晴信には、自分に取り入ろうとして近づいてくる者たちの、本当の狙いは見抜けまい」

（取り入ろうとしている？）

　信虎の言葉の意味が、理解できなかった。

　いったいなにを、そして誰を指して言っているのか。

「重臣たちのうち、抜け目のない者はこの先自分が誰に取り入ったら優位に立てるか、それればかりを考えている。わしに代わる次の当主が晴信と目されれば、誰よりも自分が先にと名乗りを上げる。その目論見《もくろみ》の裏には、御しやすい相手となれば、いつでも自分が取って代われるとの思惑があるからだ」

「兄上はまだまだ、父上に代わってなど……」

「とうに考えておるわ」

「……！」

父の言葉に、信繁は目を見張った。

「少なくとも、わしの目をごまかすため、晴信めを前面に押し出そうとしている者がいることは確かだ」

信繁には、晴信の周囲にそうした動きは、まったくといってよいほど感じられなかった。むしろ昨年暮れ、晴信が海ノ口城から帰って以来、まるで蟄居《ちっきょ》を命じられたかのように、読書三昧《ざんまい》に明け暮れている兄の姿があった。

三

信繁はこれまで、父や母の口から武田の宗主の座をめぐって、激しい争いが続いてきたことを聞かされてきた。同時にそれらの話の内容は、父と母とでは、微妙に食い違っていることに気づかされてもいた。

「わしは今のお前より三つ下の十四の時に、叔父の油川信恵《あぶらかわのぶよし》の居城を、父が死んだ直後の嵐の夜に少数の兵で急襲した。それまでわが父とその弟の信恵との間に、ずっと争いが続いていた。わしはその争いに、決着をつけたのだ」

信虎の口から、何度となく聞かされた話である。

祖父信昌《のぶまさ》は、病弱だった信虎の父信縄《のぶつな》をいったんは家督につけた。だが、信恵が兄に取って代わろうと他の豪族たちを糾合《きゆうごう》し始めると、たちまちこれに同調した。信昌には、信恵の方を可愛がっていた経緯があった。そこから長い、陰湿な内紛が続いた。

それ以前も、武田の家督をめぐっては宗家から枝分かれした家同士で、何度もこれに似た争いが繰り返されてきた。

「わたしの父信達も兄信業《のぶなり》も、なにより学問に通じたお人です。そなたたちの父とは、その点で大きく異なっています」

兄の晴信と一緒に、母の口から幾度となく聞かされた言葉である。

母の実家である大井氏の家は、南北朝期に甲斐国主だった信武の次男、信明を家祖とする武田一門である。甲府盆地の西南に位置する大井の庄（現南アルプス市櫛形町）の上野城（椿城）を本拠とし、つい二十数年前まで信虎と激しく争っていたという。

「国主の家柄に生まれた人間は、常に天道をうかがい、自分を厳しく律し、なにより学問を究めなければならないのです」

大井氏の菩提寺である本重寺とは別にある、長禅寺（現古長禅寺・南アルプス市甲西町）において、次郎（信繁）はしばしば晴信と共に、幼時よりこの寺の住職である岐秀元伯に、治国の心得としての学問を学ばされた。

その折の、母の口から発せられた言葉である。

そもそも臨済宗関山（妙心寺）派の高僧として名高い元伯を京より招いたの

は、他ならない母の、たっての願いによってであると言われていた。

信虎はかつて、自分の意に従わず今川氏親と通じていた大井信達・信業父子を攻め滅ぼそうと、主だった家臣を率いて上野城を包囲した。その際、地形を巧みに用いた信達の計略によって大敗させられた。

だがこの後、大井父子の後ろ盾となっていた今川氏親が隣国尾張《おわり》・遠江《とおとうみ》との戦いに兵を差し向けざるを得なくなり、今川の援軍がこないと見越した信虎が倍の人数を仕立てて再度攻勢に出た。信達は講和を結ばざるを得なくなった。

「その折、わたしは信虎殿の正室に迎えられたのです」

まさに母は信虎と信達の間を繋ぐ、人質に他ならなかったのである。

伏し目がちの視線を畳に落としながら、母はあくまで穏やかな口調でそう語った。それを、信繁は遠い記憶として覚えている。

それでも、三男一女を儲けた二人の間は、信繁の目には必ずしも不仲とは映っていなかった。母の信虎を見る眼差しに、特別な感情を垣間《かいま》見ることはなく、むしろ終始穏やかだった。

時に激しさを剝き出しにする父にしても、母と接している間は別人のようにおとなしく、穏やかになった。不満げな様子は少しも面《おもて》に出ず、信繁と接している時のような和らいだ表情になった。

だがそんな信繁の目からも、晴信に対する父の態度には、なぜか含むものが感じられるようになった。それがいつの頃からなのか。

武田家の嫡男は、あくまで太郎晴信である。これまで信虎は、それにふさわしい箔をことさらに兄につけさせ、内外に周知させてもきた。

十三歳の時に、扇谷《おうぎがやつ》上杉朝興《ともおき》の娘を正室に迎えさせ、上杉氏との繋がりを強くした。その娘は懐胎してまもなく、死去した。

続いて十六歳の折に元服させ、朝廷より従五位下大膳大夫《だいぜんのだいぶ》に任ぜられもした。同時に将軍義晴の偏諱《へんき》をもらい、晴信と名乗らせた。

そしてさらにその同じ年に、権大納言三条公頼《きんより》の娘を正室に迎えさせてもいるのである。加えて二年後に、二人の間には早くも嫡男（後の義信《よしのぶ》）が生まれており、他ならない信虎自身の口から、

「これで武田の家は磐石だ」

との言葉すら洩れていた。

ちなみに信繁の元服は、今年、十七歳になってからであり、同じく朝廷より左馬寮の次官である左馬助に任官された。

晴信に対する信虎の気持ちが変わり始めたのは、どう見てもごく最近といって良かった。

四

この数年、信虎の関心はもっぱら信濃国の北東部、小県《ちいさがた》郡佐久口に向けられていた。もっとも当初の狙いは、諏訪《すわ》郡の攻略にあった。これまでも武田・諏訪の両氏は、何度か干戈《かんか》を交えてきたからである。

この時期、諏訪上社と下社の間に一族間の内訌《ないこう》があり、信虎はこれに介入した。信濃国進出への足掛かりを、なんとしても築こうとしていたのだ。

だが甲斐一国の統一を果たした後、天文四年（一五三五）に信虎は一転して諏訪頼満《よりみつ》と和睦することになった。諏訪社の神前において、互いに宝鈴《ほうれい》を振り鳴らし、同盟を誓い合った。

その後頼満が病没すると、嫡男はすでに死んでいたから、二十四歳の孫の頼重《よりしげ》が家督を継ぐことになった。信虎は娘の禰々《ねね》を頼重に嫁し、姻戚関係を結んだ。

これによって佐久口への足がかりが築かれると、信虎の軍事行動は堰《せき》を切ったように小県郡へ向けて集中した。

昨年五月の晴信の初陣も、これら一連の動きの一つである。中小豪族が散居する一帯は、一日に武田軍によって、三十六もの小城〈砦〉が攻め落とされるという事態さえ起こった。

信虎はこの同じ年の秋に、海ノ口宿に伝馬《てんま》の制を敷いた。甲斐から佐久口を経て、その先の上田平への交通を容易にするためだ。

信虎の狙いは、佐久平から上田を抜け、鳥居峠を経由して上州口へと通じる信濃の北東部周辺に軍をすすめることにあった。

「この付近一帯は、六百年も前から滋野《しげの》一族が蟠居してきた土地だ。この一族から枝分かれした海野《うんの》、望月、根津などという小豪族が、牧《まき》を経営し、豊かな耕地を耕している……」

それまであまり口に出さなかった出陣が間近になって、信虎はそう信繁に告げた。

「それらの者たちが、こちらの動きを察知して一つに結束すれば、厳しい戦いになりましょう」

「今度の出陣には、頼重も合流する。根津は諏訪神家の一員だが、このことは根津にはなにも知らされていない。上田平の村上義清《よしきよ》もわしと共に兵を動かす手筈になっている。領地を接している海野や望月などに、警戒の動きはない」

「村上義清は父上と手を結ぶことを、承知したのですか？」

「これまで義清は滋野一族などとは、一度も事を構えたことはない。だが、ひそかに狙いは付けていた。今は誰がなにを考えているか、油断はならないのだ」

誰もが外へ目を向け始めている、と言いたいのであろう。信繁は父の横顔に、うそ寒いものを感じた。

「このたびのことがうまく運べば、寄親たちは言うに及ばず、領民たちのわしへの不満など、吹き飛んでしまおう」

父の狙いとしていたものが、もっぱらこの点にあったのかと、信繁は改めて心の内を見る思いがした。

「この信繁もお供できるのですか?」

自分もなにかの役に立たなければと、今は信繁も勇み立つ思いだった。

「そなたは留守を守ってくれ」

そんな必要があるのだろうか。信繁はすぐにそう思った。

(なにを気に懸けておられるのか)

不審に思いながらも、それ以上口には出さなかった。

目に見えないなにかが、一人歩きを始めているような思いが、信繁の脳裏に浮かんだ。


この年、天文十年五月、武田信虎は晴信と共に主だった武田の兵を従え、小県の海野、根津、望月ら滋野一族が長い間支配してきた海野平に向けて出陣した。

躑躅ヶ崎館周辺の重臣たちの屋敷は、すっかり静まり返ったものになった。信繁は一人馬を引き出し、たびたび見回りを兼ねて周辺の土地に足を延ばした。ひと頃のような道端に放置されたままの、行き倒れた餓死者の姿は見られなくなっていた。だが行き交う農民たちのどの表情にも、疲弊しきった虚脱感が漂っていた。

信繁には領民たちが足元ばかりを見つめて、目的もなくとぼとぼあてもなく歩いているように思えた。

(父が自分を躑躅ヶ崎館内に止めおいたのは、こうした現実を見据えさせるためなのか)

そうも思ってみたりした。

そんな毎日の中で、信繁は母の起居する北の館に、毎朝挨拶に出向いた。ずっと以前は習慣になっていたことである。だが、近頃では乗馬の習練や的場《まとば》での弓の稽古《けいこ》、書物に目を通す明け暮れだったから、いつか足が遠のいていた。

留守を預かる身になって、母との言葉のやりとりは楽しみにもなった。

「お屋形さまが心を許せる相手は、そなたを措《お》いて他にいないのかもしれませぬな」

母の口から、いきなりそんな言葉が飛び出してきた。

「そのようなことは……」

口を濁したものの、信繁の心のどこかに、否定しきれないものが残った。他の者を寄せ付けない、頑《かたく》ななまでの信虎の傲岸《ごうがん》さが、信繁の目には時に痛々しくさえ映っていた。

「そなたには、誰もが安心して心を開きたくなるなにかがある。ずっと以前から、お屋形さまが心から信じられる相手は、一人もいなかった。このわたしに対してさえ、わたしを通して大井の家の動きを探ろうとしておられた」

「………」

信繁はただ黙り込むしかなかった。

「だがわたしにはわかる。お屋形さまがそなた一人だけは、手元に置いておきたい気持ちが……。岐秀元伯さまが以前、わたしにこうおっしゃられたことがある」

突然、師と仰いできた元伯の名が母の口から出て、信繁は母がなにを言い出すのかと思った。そんな信繁の反応を見定めるようにして、こう続けた。

「信繁殿はなにもかもを、まず受け入れようとされるお方だと……。それだけにどなたからも、心から頼りにされることが多くなりましょう、しかしながらその分、解決できない苦悩を背負い込まされることにもなります、とな」

元伯はすでに京に戻ってしまっていたが、自分をそんなふうに見てくれていたのかと、一瞬、心温まる思いがした。同時になおのこと自分が、何事に対しても無力だということを、改めて痛感させられる気がした。

「わたしには父上の心の内をなにも理解できず、お力にもなれずにいます。なんとか父上が考えておられることの真意を、みんなに伝えられればと思っているのですが……」

「そなたのその気持ちは、誰よりもお屋形さまには伝わっています。お屋形さま自身もきっと、それだけでよいと思っておいででしょう」

「しかしながら重臣たちも領民も、一人としてお屋形さまの本当のお気持ちを理解してはおりません」

「それはお屋形さまが、ご自分で仕向けていることだからです」

「……！」

その言葉が、たった今母の口から洩れたものなのかと、信繁は自分の耳を疑う思いだった。突き放すような、あまりにも冷酷な物言いに思えた。

「誰をも寄せ付けないことで、ご自分なりに国主としてなすべきことを、果たそうとされているのです」

「国主としてなすべきこと？」

思わず信繁は、鸚鵡《おうむ》返しにそう問い返していた。母の口から出た言葉の真意が、奈辺《なへん》にあるのか。にわかに理解できないでいた。

「お屋形さまは、たとえどんな相手からにしろ理解されたいなどと、思ってはいないでしょう。相手にはご自分がお決めになったことを、ただ実行することのみを求めておいでなのですから……」

母の口から洩れ出た言葉は意外であった。信繁の見る限り、二人の間には互いを認め合う、暗黙の通じ合いがあると見ていたからである。

しかしながら心の奥では、信繁自身、母の言うことにずっと以前から、気づいていたようにも思えた。

「そなただけはお屋形さまのお気持ちを、そのままそっくりわかって差し上げることです」

「ご自身が望んでおられないことなのに、ですか？」

信繁は母の矛盾した言葉に、ちょっと反発するかのように、反論した。

「どんな人間にしろ、心のどこかに自分をほんの少しでも、理解してくれている相手を必要としています。お屋形さまは今、それをそなたに求めておいでなのです。そのことは、そなたが元伯さまからご指摘いただいた、他の誰にも持ち合わせない、貴重なものの一つなのです」

信繁は深い霧に閉ざされた中で、不意に聞こえてきた言葉のように、母の言葉を受け止めていた。

五

一《ひと》月の余が過ぎて、信虎に率いられた甲斐の軍勢が、続々と躑躅ヶ崎館の周辺に戻ってきた。どの顔にも溢れんばかりの活気が漲《みなぎ》っていた。

すでに武田軍の勝利は、数日前に信繁のもとに伝えられていた。小県郡の各地に割拠していた滋野一族は、そのことごとくが武田・村上・諏訪の連合軍によって領地を奪われ、あるいは降伏させられたとのことだった。

特に鳥居峠に通じる真田《さなだ》の里の豪族は、根こそぎ追放の憂き目に遭っていた。

この地の滋野一族の中心的存在である海野棟綱《むねつな》は、真田本城およびその詰城《つめじろ》である角間《かくま》城に籠って激しく抵抗した。

だが、隣接する戸石《といし》城の村上義清が武田軍と合流して不意に攻めかかってきたため、棟綱の嫡男幸義が戦死し、棟綱以下次男幸隆《ゆきたか》を始め、主だった家臣たちのほとんどが、上州へと敗走した。

「わしが思い描いていた通りの、大勝利だ」

戦塵《せんじん》を全身にこびりつかせた姿で帰還した信虎は、信繁を前にして誇らしげな第一声を挙げた。満面の笑みを湛《たた》えた信虎の顔が、信繁の目には光り輝いて見えた。

「これでわしへの不満を口にできる者など、どこにもいなくなるであろう！」

望月牧から連れ帰ったという漆黒の名馬を、自慢げに披露して見せた信虎は、続けてこうも言った。

「滋野一族から奪った馬は数知れぬ。重臣どもは互いに奪い合いを演じておったわ。加えて雑兵《ぞうひょう》の一人ひとりに至るまで、彼の地の百姓どもが屋敷内に隠し持っていた米、麦、雑穀を、根こそぎ見つけ出し、持ち帰ってきている……」

すぐにも口にできる物を持ち帰ることこそが、多くの兵士や領民たちを満足させることと、信虎は割り切っている口ぶりであった。

「重臣どもも、出陣前は寄子たちの苦情を言い立てて、誰もがわしの意見にぐずぐず申しておったが、今では奪った土地をどうするかで、目の色が変わってきておるわ」

いかにも皮肉めいた表情が、日焼けした精悍な横顔に浮き出ていた。

（これで領内の不平不満は押さえ込める）

腹の内で信虎は、そう思っているに違いなかった。だが信虎が出陣中に、信繁が毎日のように目にしてきたあちこちの領民たちの表情を思い浮かべる限り、果たして信虎の思惑通りにいくか、まったく疑問に思えた。

このたびの戦勝はあくまで領民の目を外に転じさせるための、目くらましに過ぎないように思えた。

「わしが出陣中に、何か変わったことは起こらなかったか？」

湯殿に入って、たまった戦陣の垢《あか》を洗い流した後、自分の部屋に信繁を呼びつけ、信虎は上機嫌でそう尋ねた。

「領内はどこも平穏です」

表面的には、たしかにそう見えた。しかし領民たちの目の底には、深い絶望と怨嗟の色が宿っているのを、信繁は敏感に感じ取っていた。それを、大勝した戦場から帰ったばかりの今の父に告げたところで、聞く耳は持たないに違いなかった。

「帰途、わしが目にしてきた限りでは、今年こそは稲の生育がうまく行きそうだ。だが、荒れた田畑が至る所に放置されたままなのが目に付いた。離散した家も多く、収穫が果たしてどれほどのものになるか……」

このたびの出兵は信虎の思惑通りに運んだものの、なにより領内の物成《な》りが気がかりなのである。

逃散《ちょうさん》した農民たちを、なんとしても元の土地に戻し、なおその上に領国そのものを拡大させていく必要がある。信虎の目はそう語っていた。

「他領に逃げ込ませないようにするには、甲斐一国をわしの威令下に置くことだ」

かつて、小山田領や穴山領などに逃散した農民たちを引き戻すために、信虎はそれらの領主と何度も小競《ぜ》り合いを演じてきた。その折しばしば信繁が耳にした、父の言葉である。

今はその苦労は少なくなった。信虎の目が、今度はもっぱら隣国である北信濃に向けられているのが、信繁にも手に取るように理解できた。

「それには、重臣どもがなにやら動きを見せ始めている根っ子のところを、引き抜いてしまわねばならぬ」

勝ち戦に気をよくしているのか、信虎はいつになく口が軽くなっていた。

「根っ子のところ？」

信繁はたった今信虎が口にした、その言葉が気になった。

（それがなにを指しているのか？）

不審げに見つめる信繁の視線に気づき、あわてて取り繕《つくろ》うように、信虎は言葉を続けた。

「いつものような、重臣どもの恩賞目当ての動きのことだ」

平静を装った言葉ながら、その口振りはいつになく歯切れが悪かった。

「それよりわしは、この機会にそなたの姉が嫁いだ先の様子を、この目で眺めてみたくなった」

「駿河のことですか？」

父の突然の言葉に、信繁は思わずそう尋ねた。

「今川家とはこの先もずっと、助け合っていかねばならぬ。義元殿はわしと手を結んだことから、相模の北条家との関係で、なにかと難しいことも起きているようだ」

「先方から、申し出がおありだったのですか？」

「そういうわけではない。しかしながらこうしたことは、事前に打ち合わせておくことが肝心なのだ」

言われてみればその通りである。今川家との間が緊密になったとはいえ、北条氏との間は対立が続いている。いやむしろ、武田、今川両家の間が縁戚関係で結ばれたことにより、武田に対する北条側の警戒はいっそう強まっているのだ。

「このことは、兄上もご承知なのでしょうか？」

「誰にも申してはおらぬ。そなたも他言無用だ。それよりも、わしの留守中に重臣どもがどんな動きを見せるか、そなたは黙ってそれを見届けておいてくれ」

「見届けるとおっしゃいますと？」

信繁は父の言葉に、なにやら含むものがあるように思えて、そう言った。

「いや、他意はない。ただ今度の勝ち戦のこともあるから、当然に恩賞のことでなにやら言い出す者が出てこよう。いちいち気にすることもあるまいが、わしが留守ともなれば勝手な動きに出る者も顕《あら》われるに違いない。その者どもの腹の中を探るには、またとない機会ともなる」

先程の、根っ子という言葉が気になっていただけに、信繁はそれとの関連に気持ちが向いてしまうのだった。

「特にわしの留守中、誰が誰のところに頻繁に足を運ぶか……」

「それでしたら兄上にも、一応申し上げておくほうがよろしいのでは？」

「その晴信も、一緒に含めてのことだ」

「兄上に対しても、とおっしゃるのですか？」

信繁は思ってもいなかっただけに、父の真意がどこにあるのかが、皆目わからなくなっていた。

「重臣であれば誰であろうと、晴信も含めて出入り先を、ただ黙って見届けておいてくれればよいのだ」

信虎はことさらに平静を装うかのように、視線を宙に浮かせながら言った。

逆転劇

一

信虎《のぶとら》の駿河《するが》行きは、表立っては誰にも知らされないまま準備がすすめられた。そんなこともあってか供廻り数十名を伴うだけのものとなった。信繁《のぶしげ》の見る限り、信虎の行動を事前に察知している者は、ほとんどいないかに思えた。

なぜそこまで秘密裏に事を運ぼうとするのか。

その意図するものを信繁が知り得ないまま、いよいよその前日を迎えた。

さすがに供廻りの動きなどから、信虎の計画は躑躅ヶ崎《つつじがさき》館周辺に住む家臣たちにはぽつぽつ知られるようになった。それでもはじめは鷹狩りにでも出かけるのだろう、ぐらいに思っている者たちが多かった。

夜になって、信虎の身辺は、なにやら騒がしいものになった。まったく知らされていなかった重臣たちが、今になってしきりに出入りし始めた様子である。

そんな中で、かえって信繁の周辺は、忘れられたように静かになった。信繁は落ち着かない気持ちながら、自分の部屋に籠って書物に目を通していた。中国の史書や兵法書の類が、いつも信繁の部屋には積まれている。

長禅寺において、兄晴信《はるのぶ》と共に師と仰いだ岐秀元伯《ぎしゅうげんぱく》から、二人に授けられたものだ。

「これらは常に座右に置いて、少しの間も惜しんで紐解《ひもと》かれることです」

元伯はそう言って、手ずから一冊一冊と、大意を伝えながら貸し与えてくれた。そのほとんどに兄晴信がまず目を通し、それから信繁のもとに回ってきた。信繁が読んだ後、ふたたび晴信のもとに戻され、また元伯の手元に返されたりした。

しかしながら後になって、その半数近くが、元伯によって二人に下げ渡された。それ以外にも、二人にとってぜひ必要と思われた書籍は手分けして書写され、中でも特に興味を引かれたものは、別に自分用として手元に残した。

どちらかというと、信繁の手元に残された書物は、『論語』『礼記《らいき》』『孝経』『孔子家語』『史記』『韓非子《かんぴし》』『老子』などの抜粋であり、晴信の方には『史記』や『老子』の他に、『新古今和歌集』『禅林句集』『碧巌録《へきがんろく》』などといったものが多く残った。

二人が共に関心を寄せた書物は、『六韜《りくとう》』『三略』『孫子』『呉子《ごし》』『司馬法』といった兵法書である。

信繁はそれらの中でも、特に自分が心を動かされた一節に出会うと、丹念に抜書きをした。自分なりに分類、整理し、何度となく暗誦《あんしょう》した。いまも信繁が手に取ったのは、そんな類《たぐい》のいわば抜書き集だった。

「入ってもよいか?」

突然、案内もなく信繁のいる部屋の襖《ふすま》が開いた。まったく思いがけず、そこに兄の晴信がたった一人で立っていた。

「いかがされましたのか?」

驚きの声が、思わず信繁の口を突いて出た。

晴信は躑躅ヶ崎館に隣接しているとはいえ、東の館と呼び習わされている独立の屋敷に、妻子や若手の近臣たちと共に暮らしていた。

これまで一度として、信繁のもとに晴信が自分から姿を見せたことなどなかった。特に近頃では、晴信と父の仲がなにかと取り沙汰《ざた》されているだけに、兄弟が顔を合わせることも少なくなっていた。まして言葉を交わし合うなど、まったく途絶えていたと言っていい。

「久しぶりに、そなたの顔を見たくなったまでだ」

晴信はいたずらっぽく微笑んで、そう答えた。

「父上のところにお出でになったのですか？」

駿河行きの噂を耳にして、晴信自らが出向いてきたに違いないと見たのである。

「いや、父上にはお目にかからぬ」

「それではなにゆえに？」

「たった今、申したではないか」

そう言われても、まったく信じられなかった。父の出発前夜に出向いてくるとなれば、それに関連してのこととしか思えないのだ。単に、兄弟二人きりで話がしたいのであれば、父がこの館を留守にした後の方が、なにかと都合がよいはずである。

まだ不審げな表情を崩さない信繁に、晴信は追い討ちをかけるようにこう言った。

「わしが心を許せる相手は、そなただけなのだ」

(心を許せるとは、どういうことだ)

信繁は心の内でそう思った。晴信の腹の内が、ますますわからなくなるばかりだった。

「わたしもこのたびの父上のことについては、なにも耳にしておりません」

先手を打つようにそう言った。父に口止めされていたことに、わずかに後ろめたさが残っていた。

「駿河行きのことは、とうにわしの耳に入っている」

なんでもないと言わぬばかりの、晴信の口調だった。

「なんと、父上の口から聞いておられたのですか?」

意外な言葉に、信繁は目を見張った。晴信を含め、信虎の留守中に重臣たちがどんな動きを見せるか。とくと観察するように、わざわざ言われていたのである。

　今日の晴信の行動も、それに該当するであろう。ましてや、晴信が父の駿河行きをすでに承知していたとなれば、それがどこから洩れたものなのか。確かめる必要があった。

「父上がわしに洩らすはずはなかろう」

　信繁の顔をちょっと覗きこむように、いたずらっぽく言った。

「それでは誰の口から？」

「それは言えぬ。だが、父上がなんのために駿河に出向こうとされているのか、それもすでに耳にしている」

「なんのためとは？」

　兄の口から洩れたその言葉が気になって、思わず信繁は晴信の目を凝視した。たった今、目の前に立っている兄の意図そのものが、その言葉一つに込められているに違いなかった。信繁はふと、ある予感めいたものを感じ取った。

「うむ……」

晴信は大きくうなずくようにして、しばらくの間息を詰めて信繁を見返した。

「どうやらわしを、お側《そば》から遠ざけてしまいたい、とのお考えのようだ」

「……？」

晴信の言った意味が、よく呑み込めなかった。不審そうな信繁の表情を見て、晴信はさらに言葉を継いだ。

「父上のこのたびの駿河行きは、わしを今川家に追いやるべく、算段を整えるためだ」

（そんな馬鹿な）

という思いと、

（やはり……）

という思いとが、ほとんど同時に信繁の脳裏を走った。信虎の言動から、いつの時点からか信繁の心の内にも、こうした微《かす》かな疑念が芽生え始めていたのを、改めて思い知らされたような気がした。

「なにを根拠にそのようなことを？」

それでも、そう聞かずにはいられなかった。

「根拠は父上の腹中にある」

「父上は義元《よしもと》殿のところに赴いて、対北条の対策を講じようと……」

思わずそこまで出かかって、信繁は晴信の、自分をじっと見据える鋭い目の色にたじろいだ。その目はなにも耳にしていないと言った信繁の嘘を、嘲笑《あざわら》っているかのようだった。

「そなたにはそれを口に出しながら、わしにはなにもかもを、押し隠そうとされているではないか」

「父上はただ久しぶりに姉上の顔を見たくて、と申されておりました」

晴信に見破られた以上、隠し立ては無用である。ただ父のために、その意図するところを、弁護したい気持ちになった。

「領内に大きな動揺が広がっている時期に、わざわざ娘の嫁ぎ先まで自ら出向いていく必要があるのか？」

「それだけではなく、あくまで北条氏への備えを、義元殿と膝を交えて話し合われようとされているのだと……」

「そうであるなら、まずは重臣の誰かをやって、おおよその打診をしてから自ら出向くのが、いつものやり方ではないか」

指摘されるまでもなかった。信繁自身、ずっと心の隅で思っていたことばかりである。しかしだからといって、父の意図が晴信の今川家への押し込めを相談するためとする根拠も、薄弱と思われた。

「父上の狙いは家臣や領民の目を、外に向けさせることだ」

きっぱりと断定するような口調で、晴信は言った。そして畳み掛けるように、

「重臣たちの父上に対する不満が、わしと結びついてしまうのを未然に防ぐための方策、と考えておられるのだ」

「父上に対する不満ですって？」

「うむ……」

晴信は、ゆっくりとうなずいて見せた。

たしかに信虎に対する怨嗟《えんさ》の声は、重臣たちに限らず、領内に広く聞かれるようになっている。だが、それが晴信と重臣たちをどう結びつけるというのか。

二

その時信繁の脳裏に、父信虎が語ったあの言葉が、ふと蘇《よみがえ》ってきた。

「晴信めは、その者たちの思惑《おもわく》に乗せられて、なにやら企み始めている……」

父の言ったことは、間違いではなかったのか。信繁は、自分をじっと見据える兄晴信の視線を押し返すようにしながら、思い切ってこう言った。

「兄上は板垣殿をはじめとする重臣方が、今、なにを考えておられるのか、ご承知なのですか？」

「知っている」

平然と、信繁の目を見つめたままで言った。

「……？」

「今のお屋形さまのやり方では、家臣や領民たちが疲弊《ひへい》するばかりで、いずれ国は滅びてしまうと……」

「それで、兄上と重臣たちが結びつくことで、どうなされようと……」

明日の出立を前にしているとはいえ、当の信虎が同じ敷地内にいる今、それも家中でもっとも信虎に近い位置にいる信繁に、企みの中身を洩らすはずはない。

内心、信繁はそう思った。

だが意外にも晴信は、なんのこだわりもなく、こう言葉を続けた。

「一日も早く国主を交代させることで、国を滅亡から救おうと……」

たった今、兄の口から洩れ出た言葉とは思えなかった。こんな重大事を、信虎のただ一人のお気に入りといってよい信繁に向かって、打ち明けてしまってよいものか。

「なぜ今それを、このわたしに?」

「申したではないか。わしが心を許せる相手はそなたしかいない、と」

「このことを、すぐにも父上に訴えたなら、兄上はいかがされますのか?」

「そうであればそれまでのこと。そなたがわしと心をひとつにしてくれないのであれば、この先のことはどの道、すべてうまく行かないことになる」

「この先のこと?」

「わしを駿河に押し込めにするという父上の企てを阻止し、代わりに父上の方こそ、そのまま義元殿のところに、ご退隠いただくということ……」

「そんな馬鹿げたことが！」

「空《そら》ごとではない。父上の秘かに企てておられたことは、大井のお祖父《じい》さまの耳に、雪斎《せっさい》殿の口からわずかながら洩れ伝わっていたのだ。そのことから板垣や甘《あま》利《り》、飯富《おぶ》などが内密に打ち合わせを重ね、父上の企てにそのままそっくり乗ってしまおうと……」

にわかには信じがたい話であった。そんなことが、本当に信繁のまったく気づかないままに、極秘裏にすすめられていたのであろうか。

父の話では、これまで武田の宗家の地位をめぐって、親族同士で陰湿な争いが続けられてきたという。板垣や甘利や飯富の家も、今は信虎の重臣の地位に甘んじているとはいえ、いずれも元を糺《ただ》せば武田の宗家の血筋に繋がる者たちばかりなのだ。

この機会に信虎を国主の座から追い、御しやすい晴信を擁立《ようりつ》する。そしていずれ機会を見て、この三家の内の誰かが、晴信に取って代わろうとしているとも考えられるのだ。

「父上のお話では、武田の宗家に繋がる血筋の者は、誰もが甲斐《かい》国主の座を狙っているのだと……。この重臣方三人は、まさに父上が申されていた者たちに当てはまる方々ばかりではありませぬか」

「その通りだ」

「それを承知の上で兄上は！」

「父上の危惧《きぐ》するところは、わしも重々承知の上だ。だがこの三人や家臣・領民が、同様に父上に対して抱いている危惧をいつまでも放置したままでは、遅かれ早かれ国は滅びることになろう」

「それでは兄上も、この三人と同じ考えであると？」

「断じて違う」

「どこが違うと申されるのですか？」

「わしはこの甲斐国と家臣・領民を護《まも》るために、そなたと二人で立とうとしているのだ」

「わたしと二人で、ですって？」

思ってもいなかった言葉を耳にして、信繁は思わずそう叫んでいた。晴信がいったいなにを考えているのか。その意図するところが、信繁には皆目見当がつかないのだった。

「わしは必ずしも、父上が信濃《しなの》に討って出ようとされていることに、反対なのではない」

「それではなにゆえに、父上に取って代わろうとされるのですか」

「これまで父上がなされてきたことのすべてが、独断で決められてきたことばかりだ。重臣たちの一人として、事前に意見を求められたことはない。はじめは北条氏綱《うじつな》に河越城を追われた扇谷《おうぎがやつ》上杉朝興《ともおき》と手を結んで、今川や北条を敵としてきた。朝興が氏綱との戦いでさらに窮地に追い込まれるや、先年病死した関東管《かん》領《れい》上杉憲房《のりふさ》の後室をご自分の側室とし、わしの正室には朝興の娘を迎えさせもした。両上杉との関係は強化されたが、後にこれを破棄し、その一方で京の足利義《よし》晴《はる》将軍からの要請に心を動かされ、自ら上京しようとしたり、一転して今度は今川家と手を組み、それのみならず甲斐一国が未曾有《みぞう》の飢饉に襲われているというのに、信濃に向けて戦《いくさ》を仕掛けようとされてばかりいる……」

「父上は領民たちをこの飢餓から救い出すために、あえて外に討って出ようとしているのだと、おっしゃっています」

信繁は今、父を弁護したい気持ちになっていた。誰もが父を誤解している。信虎の真意を、誰一人として理解しようとはしていない。そのことは、これまでにもかもを独断ですすめてきた父の、気質からきているとも言えるのだ。

それを少しでも正していくのが、自分の役目とも思っていた。信繁はなんとかそれを伝えたかった。

「それはわしにもわかっている。だが、これまでの父上の独りよがりの思惑で振り回されてきた寄親《よりおや》・寄子たちにしてみれば、まったくの気まぐれ、ないしはやみくもに戦いを仕掛けるだけのやり方と映っているのも、無理からぬことではないか」

「内乱続きだった甲斐一国をようやくひとつにまとめられたのも、父上の働きがあったからと聞いております」

「だがそれは、結果的には身近なところに多くのしこりと禍根《かこん》を残した。重臣を始め家臣・領民たちの目には、彼らの都合などいっさいおかまいなしの、強引で好戦的な気性によると映っているのだ。この数年の間の冷害や大風による被害によって、飢餓の恐怖に襲われ続けている側からすれば、今日、明日口にできるものにすら事欠く日々を送る最中に、相も変わらず領外に討って出る戦いに駆り出されるばかりではたまらない、としか思えまい」

「このたびの戦いでは、手に入れたものが多かったと聞いております」

「もはやそれだけのことでは、父上に対する見方は変えられないところにまで、きてしまっているのだ」

断定するような、晴信の容赦のない言葉だった。

「どなたがそのようなことを？」

「大半の者が父上をそう見ている。そうである以上、この事態を打開しなければと、そなたも思わぬか？」

「父上から見れば、武田の宗家の座を狙う者たちが、今も隙をうかがっているのだと思っておられましょう」

「だからこそ、そなたの力が必要なのだ」

信繁を見つめる眼光が、この時ひときわ鋭く光った。

「わたしの力？」

信繁は晴信の腹の内を諮《はか》りかねて、まじまじと見返すほかなかった。

「父上かこのわしのどちらかが、領民たちの目を外に転じさせるため、犠牲にならなければならないのだ」

「犠牲……？」

「甲斐国を滅亡から救うためだ」

意外な言葉だった。信繁は思わず息を呑んだ。晴信はそんな信繁の目をじっと見据えたまま、さらに言った。

「父上の出発を前にして、あえてわしが他でもないそなたに、なにもかもを明かした理由《わけ》がわかるか？」

「……」

信繁は口をつぐんだままだった。

「重臣たちの中には、そなたが父上に近い存在であるとして危険視する者もいる。そなたを除くべきだと言い出す者すら出ている。だがわしにとっては、このわしを、いや武田の家を守る唯一の人間なのだと思っている」

晴信が、〝父の信虎を選ぶか、それとも兄の晴信を取るか〟を迫っているのが、信繁にもようやくわかりかけていた。

（企てのすべてが父の耳に伝わってしまう重大な危険を冒してまで、兄は弟であるこの信繁の助けを必要としている……）

その真情が、おぼろげながら信繁の脳裏にも、伝わってきていた。

三

晴信が、きた時と同様に、足音もなく自分の部屋から出て行った後、信繁はしばらくの間、放心したように虚空を見つめていた。

兄の言ったことは、どこまでが本当なのか。いやそれ以上に、そもそもそんなことが実現可能なのか。晴信を今川家に押し込めにするのは可能としても、義元が義父である信虎を、駿河に留め置いたまま退隠させるであろうか。

晴信や一部の重臣たちの企てが明らかになった時点で、信虎が黙ってそれを受け入れるはずはない。供廻りを率い、甲斐に取って返すに違いないのだ。

そうなれば甲斐国は、たちまち内乱状態に陥ってしまう。重臣の内、信虎に呼応する者たちが、企てに加担した一部の重臣たちを討ち、自分の立場を優位にしようと試みるであろう。

先年病死したとはいえ、信虎の妹を正室に迎えていた郡内《ぐんない》の小山田信有《のぶあり》や、信虎の娘を嫁に迎えている穴山信友なども、どちらの側に味方するか。この二人の実力者が信虎に付いたとなれば、甲斐国は真っ二つに割れる。

それこそ晴信が、それを阻止するために信繁の力を必要とするといった、武田の宗家の座を狙う重臣たちの動きが、ふたたび活発化することになる。あまりにも重大なことだけに、なにもかもがにわかには信じ難い思いだった。

だがすべてが自分に知らされないままに、企てが晴信らの思惑通り運んでいったとしたらどうであったか。一人蚊帳《かや》の外に置かれた形の信繁にとって、兄をはじめ重臣たちに対する不信は、この先拭い切れないものとなったはずである。

いやそれ以前に、信繁の命は奪われていたかも知れない。自分のまったく気づかなかったところで、事態は抜きさしならないところまできていたのだ。

その一方でたった今、兄の口から明かされたすべてを、自分は父に告げずに済ませられるのか。多くの者たちから、恐れられ、嫌われている父であるにしても、信繁には深い信頼を寄せてくれている。

誰もが父の本当の心の内を、理解できないでいるだけなのだ。

父は、領民たちを飢餓から救うために、一人奮闘しているに過ぎない。これまで、あまりにも自分を取り巻く周囲の人間たちに対する、不信や警戒の念が強かったがために、何事も独断で事を推しすすめてきた。

だからこそ、これから信繁が父を助け、兄晴信や重臣たちとの間を取り持っていかなければと、思い定めていたところだ。だが兄の口から驚天動地の企てを聞かされた以上、もはや両者を繋ぐ糸は断ち切られたも同然である。

信虎の耳に入ったなら、晴信や他の重臣たちのことごとくが、即刻首を打たれる。恐らく晴信は、重臣たちには内密に、危険を十分承知の上で、信繁に会いにきたに違いなかった。

なにもかもを鋭く見通した上で、ただ一人心を許せる弟を、なんとしても味方に付けるための、ぎりぎりの決断だったのだ。犠牲に供する相手が父か兄かの選択は、もはや信繁一人の胸に託された形になっていた。

日が落ちた後も、躑躅ヶ崎館の周辺は、なにやら遠く小さな物音が、断続的に聞こえてきていた。

このまま黙って事態の推移を見守り、父に対する重大な裏切りを犯すべきか。それとも弟を信頼して、事前に秘中の秘をことごとく明かしていった兄の決断を、無慈悲に踏みにじるべきなのか。

信繁に向かって吐露《とろ》した兄の言葉の一つひとつが、決して一方的な、偏《かたよ》った見方なのではないことはわかっていた。

何事につけ、自分一人で物事を決定する父の気質は、否定しようのない事実なのだ。自分を信頼しているとはいえ、信繁の意見に果たしてこの先、父がどれほど耳を傾けていくか。

つい先頃、母が自分に語ったあの言葉が、信繁の脳裏に残っていた。

「誰をも寄せ付けないことで、ご自分なりの国主としてなすべきことを、果たそうとされているのです」

「たとえどんな相手からにしろ、理解されたいなどと思ってはいないでしょう。ご自分がお決めになったことを、ただ実行することのみ求めておいでなのですから……」

大井の祖父がこの企てに一枚嚙んでいるようにも、先程の兄の言葉からうかがえる。母も暗黙の内にしろ、同意を与えてはいないだろうか。

ここまで考えが及ぶと、信繁の気持ちは大きく兄晴信の方に、傾いていかざるを得なかった。だがそれではあまりにも、父が哀れである。少なくとも信繁の目には、甲斐国をたった一人で背負うかのように、孤軍奮闘してきた姿が映る。信虎自身が職（家老）の地位に就けた板垣も甘利もが見放し、さらには未曾有の大飢饉から領民を救おうと必死に試みてきたその意図すらも、多くの領民たちにわかってもらえないまま、父は一人甲斐国から追放されようとしているのだ。

その孤独をせめて信繁一人だけでも理解し、受け止め続けるべきではないのか。長禅寺において兄と共に、師である岐秀元伯の口から繰り返し聞かされた言葉がある。

「父母に奉仕して、子としての全力を捧げるのが孝である」

『論語』の一節だ。今度のことは、明らかに師の、そして孔子のこの教えに背《そむ》く。だがその一方で、〝民の声は天の声である〟とする、幼少のころ耳にし、心を揺さぶられたあの言葉にも、信繁は強く心を惹かれている。

兄の晴信もいっしょに、元伯の口から厳しく威厳を以《も》って伝えられた時、思わず威儀を正した。その姿が、信繁の脳裏に鮮やかに蘇っていた。

それ以来、信繁は何度となく、兄の口から、

「天の秩序」

という言葉がふいに洩れ出るのを、耳にしてきた。二人は幼い頃から、母の口を通して大井の家の者たちがなにより大切にしてきた学問を重んじるという姿勢そのものが、こうした元伯の教えに通じていると、聞かされて育ってきた。

父と母の間が、表向きは穏やかなものに見えていたにしても、互いに相手を心から尊敬し、重んじているものとは思えなかった。お互いがお互いをある一定の範囲で認め合い、黙認し合っているだけのように、信繁の目には映っていた。

その点兄の、母を重んじる気持ちは、明らかに父に対するそれよりも、終始一貫して強かった。父もこうした向きは、なにもかも承知の上である。妻である母に対してはいっさい口にしない事柄を、息子の晴信に対してはことさらに言い立て、批判しているように思えた。

しかしながら信繁には、兄の気質そのものは、明らかに父信虎のそれをそっく

り受け継いでいるように思えた。

例えば二人とも、自分が今なにを考えているかを、決して明かそうとはしない。信虎はそれを自分一人で熟考し、決断し、実行する。周囲の者たちには、すべてが青天の霹靂《へきれき》のように映る。

一方の晴信も、信虎と同様一人で熟考し、決断する。だが、実行に移す前にはさまざまな形で小出しにし、周囲の人間たちの肚《はら》を徹底的に探り出そうとする。自分以外の人間たちに対する不信の念は、父と同様に深いところで共通しているのである。

兄のそれは、あくまで表面的には信頼を寄せているように見えて、その裏の裏までをあらゆる手段を講じて探り出そうとするのだ。今度のことも、信繁に対する思いが奈辺《なへん》にあるのか。

おそらく口に出した以上のことが、晴信の胸中には深く渦巻いているに違いなかった。その点、父と兄がたとえ同じような結論を腹中すでに抱いていたにしても、周囲の者たちには、大いに異なって見えるであろう。

重臣たちには、晴信がどう見えているのか。

振り回され続けてきた信虎よりは、誰もが御しやすいと見ていよう。同時に信繁のことは、いったいどう映っているのか。

彼らは信繁を、決して信虎の後継者とは見ていない。それは他でもない信虎自身すらも、そう思っていないからなのだ。信虎はあくまで信繁を、自分に備わっていないものを補わせるための、分身としか見ていないのである。

信繁自身もまた、父を、そしていずれは兄を、自分のすべてを投げ出してでも助けなければならない存在と思っている。晴信は、信繁が自分の口にしたことを父に告げるはずはないと、慎重に読んだ上でのことなのだ。

その点は誰よりも、信繁の気質を見抜いている。長禅寺でいっしょに学んだ二人である。師に対しても、母に対しても、そして学問や書物に対しても、互いにどんな気持ちで接してきていたか。それらはことごとく、

「天の意思を問う」

という一点に集約されていくのである。

これらはすべてを超越して、心の奥深くに沈殿している真実であった。それは信繁にとっても、一人父に対する思いのみならず、兄晴信に対してもまた、共に

手を携え、そこに一歩でも近づきたいと願っている目標なのだ。

甲斐の領民や家臣たちの多くは、信虎という人間をそうした考えからは、最も遠い存在と見なしている。だが信繁にしてみれば、それはまだ自分の働きが、少しもなされていないからだと思っている。

父の至らないところを補うことと、いずれは兄を助け、すべてを傾けて天の意思と思われるものに一歩でも近づいていくこととは、自分にとっては別のものではなかったのである。

四

長禅寺は甲斐府中、躑躅ヶ崎館の西南およそ四里(約十六キロメートル)の地、大井の庄・鮎沢《あゆざわ》に在《あ》った。母の育った上野城(椿城)は、そこからさらに西方一里ほどの距離である。

甲府盆地の西の外れに位置し、城まで続く緩い登り勾配がそこから急に険しくなり、目の前の櫛形《くしがた》山を経て、現在で言うところの南アルプスの北岳、仙丈《せんじょう》ケ岳《たけ》、甲斐駒ケ岳など重重と連なる、甲斐・南信濃を東西に分かつ山脈へと続くとになる。

次郎（信繁）が元伯に付いて学び始めたのは六歳の頃からであり、四歳年長になる太郎（晴信）の方は、すでに一人躑躅ヶ崎館からこの地にまで、何度も足を運んできていた。長禅寺の庫裏《くり》に止宿したり、母の実家である大井氏の屋敷に滞在することもあったが、武田宗家の嫡男という立場からは、むやみに館から離れられず、近習の警固つきとはいえ、馬を駆って釜無《かまなし》川を越えて通った。

その点信繁の方は、次男という立場からなのか、さほどの厳格さは要求されなかった。八歳を過ぎた頃からは大井の屋敷から通うこともしばしばだった。もちろん、兄が長禅寺の庫裏に止宿する際には、いっしょに次郎も寝泊りした。

次郎が大井の屋敷に宿泊した折には、祖父の信達《のぶさと》が次郎を自分の馬の鞍の前輪に乗せ、屋敷から長禅寺まで送り迎えした。

同じ馬の背に揺られながら、信達は孫の次郎に向かってよくこんな話をした。

「そなたの母は、わしの自慢の娘だった。幼い頃からわしの側に寄り添うようにして、わしが読んでいる書物の内容を、訳もわからぬままにしきりに知りたがった。わしもそなたの母の怜悧《れいり》さを早くから見抜いていたから、根気よく難しい書物の内容を、何度となく説いて聞かせたものだ。そなたの父の元に送り出す時は、信虎殿の激しい気性と、わが娘の辛抱強さ、怜悧さによって、きっと優れた子が生まれてくるに違いないと、秘かに考えてもいたのだ……」

とりとめもない口ぶりながら、いかにも慈愛に満ちた口調で、語って聞かせるのが常だった。そんな祖父の声を、次郎は雲の上を歩いているような心地で、何度となく耳にしてきた。

屋敷を出て、緩やかに東に下っていく一方の道は、視界が大きく開け、遙かに広がる甲府盆地が一望できた。

「ほれ、あの真正面の遙か遠くに、長く横たわる山が大菩薩《だいぼさつ》の峰だ。あの山の向こうは武蔵《むさし》国で、その手前の山麓辺りから、左手に延びている平地の山裾に当たるところが、そなたたちが住まう躑躅ヶ崎館だ。白く光っている長い川が釜無川で、少し下った先で笛吹《ふえふき》川と合流し、富士川と名前を変える。あの右手に大きく聳え立つ富士の山裾を通って、駿河国を流れ下り、やがて海へと注ぐことになる……」

信達は次郎の頭越しに、あちこちと指差しながら、楽しげに声を張り上げた。

「人間というものはな。とかく高いところからこうして見渡していると、自分が今、目の前にしていることのすべてを、誰よりも理解できているというような、大きな錯覚に陥っていくものなのだ」

一度祖父の口から、そんな言葉が洩れたことがあった。

「そなたの父信虎殿には、なにも見えていないのではないか、などとな……」

それは自分自身の過去を振り返っての苦い述懐のようにも、また嫡男である信《のぶ》業《なり》の死を、ふと思い起こしての独り言とも思えた。

次郎が、八歳になっていた頃であろうか。

その二年前の享禄《きょうろく》四年（一五三一）に、すでに大井の家督を譲られていた嫡男信業が、飯富兵部少輔虎昌《ひょうぶしょうゆうとらまさ》、栗原兵庫、今井信元ら武田の譜代重臣や有力国人《こくじん》らと共に、信虎に叛旗を翻した。

信業をはじめ重臣たちの屋敷は、躑躅ヶ崎館周辺に集められていたが、この折彼らは揃って甲府を退去し、その北方にある御岳《みたけ》に籠った。

事のきっかけは、北条氏綱の圧迫に耐えかねていた上杉朝興が、信虎の助けを求め、自分の叔母である前関東管領上杉憲房の寡婦《かふ》を信虎の側室に差し出したことにあった。朝興が信虎とより強固に手を結ぼうとして、信虎の歓心を買おうとしたのである。

飯富兵部らは親今川派であり、落ち目の上杉と手を結ぶことに断固反対であった。その折の戦いで、信虎は栗原兵庫や信業を攻め殺した。これによって、甲斐一国の統一が、事実上信虎の手によって完全に果たされた結果ともなった。信虎の軍事力が、もはや他の豪族たちを、圧倒するに至ったことを見せ付ける、決定的瞬間ともなったからである。しかしながら信達の心の内には、あの時、信虎に叛旗を翻した信業らの心情が、手に取るように見えていたに違いない。

信達はすでに隠居し、大井の庄に平穏な日々を送っていたから、信業の叛乱の連帯責任を問われることはなかった。だがその後五年ほどして、信虎は結局今川氏と手を結び、上杉と手を切った。

信業らの取った行動が、後になって正しかったと、信虎自身が認めたようなものである。信達にしてみれば、なんとも理不尽な出来事であった。だが統一を果たした信虎の側からすれば、大いなる節目に当たってもいた。

「信虎殿にも、まわりの声に謙虚に耳を傾けられるだけの度量がおありだったなら、無益な争いは避けられたであろうに……。いや、あの折お屋形さまのお気持ちを、多少なりとも理解し、また動かし得る者が側《そば》に在《あ》ったなら……」

その時の祖父の声音が、幼い次郎には不思議にはっきりと、耳の底に残っていた。それはもしかしたら、母に向けられた言葉でもあったのかと、時折り思うことがあった。

だが同時にそれがなにゆえか、祖父の自分に向けた期待を暗示しているかのようにも感じられたのを、はっきりと覚えていた。

「次郎殿はなにより、将来国主となられる太郎殿の、お力になられることが大事だ」

その声が自分の頭の上から聞こえてきた時、次郎は思わず大きく振り返り、祖父の顔を仰ぎ見ながら、

「はい」

と、大きくうなずいていた。

「うむ、うむ」

信達は、いかにも満足気だった。

そしてしばらく無言の後、ゆったりと大きく息を吸い込むようにした。それから、こう付け加えた。

「それにはなにより、将来家臣や領民が、太郎殿になにを期待し、なにを望むかを今から注意深く、見極めていくようにしなければならぬ。また、それにもまして大事なのは、自分が太郎殿のお立場に立ったならなにが見えてくるか。まずは自分を捨て、兄上の立場に立って考えてみることだ」

信達の、まるで自身に言い聞かせるかのような、独り言が続いた。

師である元伯の言葉の続きのような、あるいはまた、母の言葉を聞いているような心地さえした。

「そしてなにより、そなたの言葉にだけは、太郎殿がまずもって耳を傾けられるよう、互いに心からの信頼を寄せ合うことだ……」

それは祖父に限らず、師や母から聞かされた言葉の中に、共通して含まれているものに他ならないと、幼い次郎には、漠然と思えていた。

長禅寺において学んでいる際は、元伯はまた、次郎を嫡男である太郎と分け隔てなく、子供扱いもいっさいしなかった。その日採り上げた書物を、声を出して何度も読み上げさせ、その意味を説いて聞かせた。

ひとたび元伯の口から説かれた故事や重要な一節は、後になって突然、その意味が問われた。答えに窮すると、しばらくの間、ひたすら沈黙が続いた。

その後、見かねて太郎が助け舟を出すと、黙って最後の最後まで語り尽くさせ、次郎の反応を冷静に見守り続けた。自分を助けてくれる兄への感謝の思いと、尊敬の念を、自ら身につけさせようとしているかに思えた。

そして同時に、太郎自身の理解の深まりと、弟を思いやる思慮の深さ、労《いたわ》りの気持ちを、じっくりとうかがい続けているようにも思えた。

五

天文《てんぶん》十年（一五四一）六月十四日の朝になった。

信虎の駿河行きは、さほど仰々しいものとはならず、信虎の側近と目されている者たちの中にも、いっさい知らされずにいる人間がいるほどだった。

それでも富士川沿いの、甲斐と駿河の国境を画する河内《かわうち》地方に向けて飯富兵部の一隊が、道案内と警固を兼ねて、一行の先導を勤めることとなった。

躑躅ヶ崎館を出て行く父の一行を、信繁は複雑な気持ちで見送った。さんざん迷い続けた末、遂に父に告げることはしなかったのである。信繁にできることは、一行に向かってただ深々と頭を下げることだけだった。

晴信も板垣・甘利の両職も、揃って信虎一行の出発を見送った。

互いに言葉を交わすことなく、むしろことさらに無表情を装っている風が見えた。すでにこれから起こるであろう事態を、いっさい知らされていなかったら、信繁はただ父の一行が無事駿河に到着できることのみを祈っていたであろう。

この後に訪れる甲斐国の混乱を、どう収束させていくのか。それを思うと、信繁は自分の選択が正しかったのかと、この期《ご》に及んでも心が揺れた。

晴信や板垣・甘利の両職が、さらには馬上姿を信繁の前に平然として曝《さら》していた飯富兵部虎昌の、何事もないかのような不敵な面構えを見ていると、昨夜兄が口にしたことのことごとくが、夢の中のことのように思えてきた。

「そなたの危惧するところは、すべて承知の上だ」

晴信は眉一つ動かすことなく、そう言い放った。

信繁は父が去った後、ただちに晴信の部屋を訪れたのである。東の館は、妙に静まり返っていた。

信繁は板垣信方《のぶかた》も甘利虎泰《とらやす》も、晴信の部屋に集まっているものと思っていた。今後のなりゆきに備えて、対策を練っているのではと思ったのだが、二人の姿はどこにも見られなかった。

屋敷内は特に人の動きもなく、一見穏やかに見えた。だが、明らかに張り詰めた空気は漲《みなぎ》っていた。

晴信は、信繁がすぐにも自分の部屋を訪れてくるであろうことを、予測していたかのようだった。

「承知の上とは?」

信繁は兄の腹の内を探るように、わざと遠まわしに尋ねた。今度のことでは、未だにわからないことばかりである。暗黙の内に兄に同意したとはいえ、この先事がどう推移するのか。考えていることの一端なりを、兄の口から直接聞きたかった。

「雪斎殿を通してすべて義元殿の耳に伝わっている。父上の駿河での隠居料のことも、内々打ち合わせ済みだ」

「そんなことまで……！」

信繁は絶句した。

だが、冷静に考えてみれば、それが事前に成っていなければ、今回の企てそのものが成り立ち得ないであろう。混乱する頭を必死に鎮めながら、信繁はさらに尋ねた。

「いつ頃、どなたの口から持ち出されたのでしょうか？」

「それを聞いてなんとする？」

平然とした、突き放すような言い方だった。もう事のすべては、間違いなくすめられてしまっている。いまさらその経緯を知ったところで、どうなるものでもあるまい。そう語っているようだった。

それはわかっていた。だが自分もこの企てに加担した以上、その間の事情を知らずには気持ちがおさまらないのだ。

信繁の真っ直ぐ晴信を見つめる目に、なにかを感じたのか、晴信はおもむろに口を開いた。

「そなたも父上が、わしを疎《うと》んじ始めていたのには気づいていたであろう?」

「……」

信繁は無言のまま、微《かす》かに頭を下げた。重臣の誰かが晴信と結びつくことで、甲斐国主の座をうかがおうとしているとは、先頃信虎の口から聞かされている。それを未然に防ぐための手段として晴信の駿河追放を、信虎は考えていたのだ。

信繁の目を、覗き込むようにして晴信はこう続けた。

「たしかに父上の考えたことにも一理はある。だがそれ以上に、領民たちが今追い込まれている状況は、もはや一刻の猶予もならぬところにきているのだ」

「このたびの信濃出兵は、それを打開するためと……」

「一時の目くらましに過ぎぬ。父上もそれは承知の上だ。それ以上に、父上に向けられた領民たちの怨嗟の声は、無視できなくなっていた。父上としても、なんとしても足元を固める必要があった。駿河行きは重臣たちとわしとの結びつきを断ち、領民たちの関心を外に転じさせようとして考え出されたことだ」

「板垣殿が言い出されたのですか？」

「板垣でも甘利でもない。もっとも飯富兵部は、以前から父上のやり方に内心反発していたようだ」

「それでは兵部殿が？」

「それも違う。ただ、わしの駿河押し込めの風聞を耳にして、自分の方から積極的に板垣や甘利に接近してきた」

「では大井のお祖父《じい》さまがなにかを？」

「大井の家は少しも関わってはおらぬ。かつては父上と激しく対立していたが、今では信業殿も亡くなっている。お祖父さまはただ、わしの身を心配してのことだ」

「それでは国主の座をうかがっている人間とは、一体誰のことを指しているのですか？」

信繁はあえて口に出して、晴信に迫った。

「誰と名指しのできることではない。板垣も甘利も飯富も、風向き次第ではいつでもわしの敵にまわる」

「……」

信繁は、じっと晴信の顔を凝視した。単なる憶測とも思えなかった。

「最も警戒すべき相手は、郡内の小山田信有と河内の穴山信友であろう」

「この二人にも、事前に手は打たれたのですか？」

「なにもしてはおらぬ」

「それでは事が明るみに出て、混乱が生じるようなことがあれば、父上に呼応する動きに出るのでは？」

「どんな動きに出るか、今はわしにもわからぬ。そのためにもすべて手抜かりなく、事を運ばなくてはならぬのだ」

その言葉の意味を、信繁はあれこれ詮索してみた。

（兵部が甲駿の国境まで護衛の役を買って出たのも、その一つであったのか）

信繁は、ことさらに物々しいいでたちで信虎の一行に従っていた、飯富兵部の一隊を思い浮かべた。

「わしがそなたの力をぜひにも必要とした理由は、そなたにも理解できるであろう？」

信繁以外は、誰もが国主の座を狙っている。晴信はそう言いたいのだ。信繁が父の力になりたいと、純粋に願い始めていたことは、晴信もとうに見抜いていた。同時に信繁自身が、たとえ父の思惑がどうあろうと、兄を差し置いて国主の座に就こうという考えは、微塵《みじん》も抱いていないということも……。

母の口から、信虎の父信縄《のぶつな》が弟である油川信恵《のぶよし》と家督を争い、甲斐国を混乱に陥《おとしい》れたことを、何度となく聞かされてきた。共に学んだ元伯の教えからしても、それは晴信には容易に推察できることなのだ。

いやそれ以上に、信繁という人間の気質を、十分承知しているに違いない。

「小山田も穴山も、事のなりゆきを慎重に見極めようとするだろう。今川義元がどこまで深く関わっているか。板垣や甘利や飯富がこの先どう動くか。そして父上の力がまだどこまで残されているかと……」

「板垣殿や甘利殿とても、兄上を必ずしも新しい国主の座に就けることを、願ってのことではないと申すのですか？」

「父上よりはわしの方が、重臣たちの意見に耳を傾ける。御しやすいと見たのだ。内心は、隙あらば自分が、と考えていないでもない。問題は誰にしろ、付け入る隙をいっさい与えないことだ」

「それをこのわたしと、二人だけで？」

「誰もが当分の間は、互いに牽制し合うことになる」

晴信の真意は、まだ十分には諮り切れないものの、信繁は兄の言わんとしていることが、ようやく見えてきていた。

板垣も甘利も、そして飯富もまた、今度のことでは晴信を前面に押し立て、なんとしても成功裏に事を運ぶ必要がある。万が一にも信虎の追放が失敗に終れば、三人とも無事では済まない。

義元もまた油断はならない。隣国甲斐の弱体化は、今川と北条との関係が微妙になってきているとはいえ、必ずしも憂うべきことではないのだ。今川家の支配が甲斐国にまで延びる可能性が出てくれば、義元とて手の平を返すだろう。

いやそれ以上に郡内の小山田信有は、事の収拾にほころびが見えれば、いつでも兵を動かす。その場合、背後の北条氏と手を結んで、武田・今川の結束に楔《くさび》を打ち込んでくることも考えられるのである。

また、たとえいったんは駿河退隠を成功させ得たにしても、今川領に近い河内地方の穴山信友がどう動くか。義元への働きかけ次第では、信虎とも手を結んで、晴信をはじめ板垣ら首謀者を一掃する挙に出ないでもない。

信友の正室は信虎の娘（晴信の姉）であり、義父からの要請を口実に、自らが甲斐国主の座を掌中にしようと、この機会に兵を出す可能性は大なのだ。

「飯富兵部は、富士西麓に北条方が兵を出す恐れがあることを口実に、自ら今川領までの警固を買って出た。義元殿からの忠告もあって、父上もこれを受け入れた。今川領に父上を送り込んだ後は、ただちに関所を閉じる手筈になっている。兵部の一隊が父上の供廻りを引き離し、甲斐に連れ帰る」

「供廻りがこれに応じなければ？」

「それらの者たちの家族を、すべてわしの支配下に置いている。抵抗すればその者たちの生命《いのち》はないと……」

湖影

一

それから二日の間、甲斐《かい》国内は何事もなかったかのように過ぎた。

三日目の朝になって、ようやく動きが出た。

晴信《はるのぶ》はじめ家族・従者全員が、東の館から躑躅ヶ崎《つつじがさき》館へと転居したのである。

誰もが驚きの目で迎え、動揺が城下に広がった。信虎《のぶとら》の近臣であり、祐筆《ゆうひつ》を勤めていた駒井高白斎《こうはくさい》でさえ、信虎の駿河《するが》行きについてはなにも知らされていなかったことが判明した。

「甲斐国守護には本日ただ今より、武田左京大夫《さきょうのだいぶ》信虎さまに代わって、大膳大夫《だいぜんだいぶ》晴信さまが就かれることとなった。一同、左様に心得られよ」

板垣駿河守信方《のぶかた》が、躑躅ヶ崎館に呼び集められた主だった家臣たちを前にして、声高に宣言した。

「大殿さまもご存知なのか？」

「なにゆえこの席にお見えになられぬのだ」

事情を知らない者たちが、口々に不審そうな声を挙げた。

「大殿は駿河の今川義元《よしもと》殿の元に、ご退隠と決まった」

甘利《あまり》備前守虎泰《びぜんのかみとらやす》が、板垣に代わってそう答えた。

両職の断固たる口調に気圧《けお》されるように、その場が一瞬、しんと静まり返った。

あまりにも突然のことであり、裏になにがあったのかと、顔を見合わせる者たちもいた。だが概して、どの顔も表情がみるみる明るくなった。

「さほどに今川家が気に入っておられるのであれば、結構なことではないか」

老臣の一人原美濃守虎胤《みののかみとらたね》が、いくらか皮肉交じりに、板垣や甘利に同調するような口振りで声を挙げた。信虎と共に戦場を往来し、多くの戦功を立て、全身に向こう疵《きず》を五十数か所も受けていると豪語する猛将である。

虎胤はもともと北条氏寄りであり、信虎が義元と急接近し今川と北条の関係が険悪になった折も、公然と信虎を批判し、煙たがられてきた。だが、今度のことではなにも知らされてはいない様子だった。

「大殿さまもご同意の上のことか？」

むっとした表情で、小幡山城守虎盛《おばたやましろのかみとらもり》が甘利備前に迫った。

虎盛はもともと遠州の郷士だったのが、父親に手を引かれて八歳の折に武田家に仕えることとなった。十四歳の時父が戦死して小幡氏の家督を継ぎ、信虎から一字を賜《たまわ》って虎盛と名乗るようになった。以来、信虎に従って武田家のために働いてきた。

それだけに今度の突然の駿河退隠については、驚きを隠せない様子だった。

「虎盛、今この甲斐国は多くの困難を抱えている。何事も武田家のためと思って、この晴信を助けて働いてくれ」

晴信が、真っ直ぐ虎盛を凝視したまま言った。

二人の目が合って、互いの心を読み合うように、じっと動かなかった。

「ははっ」

やがて、虎盛がその場に平伏した。側《そば》で二人のやりとりを見つめていた信繁には、虎盛の表情の中に、なにかを覚《さと》ったかのような、一瞬の動きが感じ取れた。鬼虎と陰で噂されるほどの剛将ながら、自分の息子や三人の弟たちには日頃から、

「身の程を知れ」

と、口癖のように言い習わしている男である。幼い頃に父と共に拾ってくれた、武田の家を第一と考える、忠義一徹の臣でもあるのだ。

ここに集まっているこうした老臣たちからの声を聞きながら、信繁は今、ここにいない重臣たちのことも気になっていた。

あの日の夜、信繁には晴信から、

「すべて平穏の内に運んだ」

と、短い走り書きの書簡が届けられていた。

「小山田信有《のぶあり》と穴山信友にも、ただちに早馬をもって使者を遣わした」

とも言い添えられていた。小山田氏も穴山氏も、躑躅ヶ崎館近くに屋敷を構えてはいたが、二人とも信濃《しなの》への出兵の後、自分の領地に帰っていたからである。

この二人の反応がどうなのか。信繁には、なにより気がかりだった。

そんな信繁の気持ちを知ってなのか、晴信が一同を見回しながら、

「郡内《ぐんない》と河内《かわうち》からもわしの守護職就任を祝し、早速挨拶に罷《まか》り越す、と申し送ってきている」

駄目を押すように、そう言い放った。

夕暮れ近くなって、祝宴が設けられた。晴信は終始無言ながら、祝辞を述べに近づいてくる家臣たちの一人ひとりに、根気よく盃を取らせ続けた。

板垣も甘利も、そして日頃無愛想な飯富《おぶ》兵部《ひょうぶ》すらもが、互いに座を回って、上機嫌で盃を交わし合った。

信繁は席を動かず、それらの者たちの動きを、じっと目で追い続けた。

信繁の耳にする限り、すべての事がすんなりと運んだように思えた。荒ぶる気性によって恐れられてきた父が、抵抗らしい抵抗も見せないまま、おとなしくおのれ自身の退隠を受け入れたとは、とうてい思えなかった。

だが、混乱の様子が少しも伝わってこない以上、有無を言わせない水際立った手筈が、甲斐側のみならず駿河側にも、周到に準備されていたに違いなかった。

それを思うと、なんとも父が哀れであった。

手足をもぎ取られ、いきなり老人扱いされたようなものである。

その有様が、信繁の脳裏に浮かび、いつまでも離れようとはしなかった。

浮かぬ顔の信繁を見て、晴信がそっと耳打ちをした。

「この中のどれだけの者が、心の底からわしの就任を祝っているか……」

皮肉とも、冷静な観察とも取れる述懐であった。

「ひとまず無事に事が運びましたのは、喜ばしい限りです」

「本心からそんなことを言っているのか」

家臣たちから目を離さず、晴信はさりげなく言った。

「わたしの目にも、家臣一同、素直に喜んでいる様子がうかがわれます」

「それがはっきり見え始めるのは、これからわしがどんな手を打っていくかにかかっている。そなたもそれを、一時《いっとき》たりとも忘れてはならぬ」

ぞっとするほどの、冷ややかな声音だった。

自らの手で父を放逐した晴信の、少しの感傷もない言い方だった。

その平然とした横顔を垣間《かいま》見ながら、信繁は自分が今、これまで思ってもいなかった舞台へと、改めて踏み出そうとしていることを痛感していた。

兄の横顔には、ここにいない重臣たちを含め、目の前の家臣たちのすべてを、まるで自分の敵と見做《みな》しているかのような気迫すらが、ひしひしと伝わってきてもいた。

（この兄を助け、なんとしてもこの甲斐国を、この国の領民を立ち行かせていかなければならない。もはやそれだけが今の自分に課せられた、たった一つの役目なのかも知れない）

突然、そんな思いが胸奥から湧き上がるかのように、ゆっくりと立ち昇ってくるのを、信繁は全身で感じ取っていた。

二

馬、熊皮の敷物、絹織物など豪勢な祝いの品を携えて三日後に穴山信友が、五日後には小山田信有が躑躅ヶ崎館に顔を出した。信友も信有も共に、あたりの空気をうかがう様子はいっさい見せず、ひたすら新しい国主を歓迎する態度に終始した。

「穴山領は駿河に隣接しているから、その後の駿河の情報は逐一《ちくいち》入手していたろう。ここにくる前に、今川家とも秘かに接触していたかも知れぬ」

二人は一週間ほど自分の屋敷に滞在した後、ふたたび河内と郡内に帰っていった。連日の歓待を済ませ、それぞれ去っていく二人の姿を見届けた後、晴信が信繁を自分の部屋に招いた。

信友と信有の目に、今度のことが果たしてどう映っているのか。それを信繁に確かめたい様子だった。

「二人とも顔にはいっさい出しませんでしたが、今度のことを仕組んだのがいったい誰なのか、知りたがっていたふうも感じられました」

「それぞれ、好きなように思わせておけばよい」

「わたしがなぜ兄上の隣にいるのかと、一向に解《げ》せぬ様子もうかがえました」

信繁の言葉に、晴信は微かに口元を緩めたが、

「こちらに足並みの乱れが少しも感じられないとなれば、うかつには出られぬと覚ったであろう」

「父上のご様子はその後なにか……？」

「駿河からはなにも申してきてはおらぬ。だがそのうち、父上の賄《まかな》い料など、うるさく申し送ってくるに違いあるまい」

「どれほどの額をお考えなのですか？」

「なにかと手こずることが多いお人だからと、義元殿に釘を刺されていたのだ。父上のわがままにはなるべく応えてくれるように願ったゆえ、こちらも相応の負担は覚悟の上と思っている」

晴信の表情には、自分独りの思惑《おもわく》から仕組まれたことでは断じてないと、強調するような色も感じられた。

「穴山殿も小山田殿も、板垣や甘利を自分の屋敷に呼びつけて、なにかと前後の事情を問い質していた様子でしたが？」

「穴山の家は、武田の親族筆頭を自負する家柄だ。今度のことで板垣や甘利がこのわしを担いで、差し出がましい態度に出るのではないかと、なにより気がかりでもあるのだろう」

「飯富兵部が、両職と共に動いたことには、快く思っていない様子もうかがわれます」

「もともと穴山と飯富は、同じ親今川派でありながら、これまでもずっと即《つ》かず離れずの関係にあった」

「それだけに、飯富が自分を出し抜くのではないかと？」

「それもあるが、なにより領民の間からわしを非難する声がいっさい聞こえてこないということが、不思議に思えるのかも知れぬ」

そう言って晴信は、皮肉な笑みを浮かべた。それから補足でもするかのように、こう付け加えた。

「小山田が駆けつけたのは、五日も経ってからだ。恐らく駿河の父上の様子をあれこれ探らせていたに違いあるまい」

「それがなんの混乱もなく収まっているようだと知って、あわてて駆けつけたということでしょうか？」

小山田信有の妻は、すでに亡くなっているとはいえ、信虎の妹である。信虎の置かれている状況次第では、信虎に呼応して兵を出すことも考えられたであろう。だが信虎のまわりにはわずかな供廻りしかおらず、義元そのものが信虎の退隠劇に、一枚嚙んでいることが知れたに違いない。

「領地を接している相模《さがみ》の北条氏綱《うじつな》が、病の床に臥《ふ》せっているということも、すでに耳に入っているのであろう」

「それを兄上……、いえお屋形さまはどうしてお知りになったのですか?」

「孫子の教えを、そなたも存じておろう」

晴信はことさらに、信繁をからかうような言い方になった。

「敵を知り、己を知る……」

晴信も信繁も、自分用に筆写した『孫子の兵法』を、これまであちこち擦《す》り切れるまで読み返してきている。

言葉では承知しているものの、それをどのように自分のものとして活かしていくのか。

「このわしが直接出向いて行けない以上、それを目にし、耳にしてきた者たちから聞き出すしか術《すべ》はあるまい」

「ずっと以前から、お屋形さまはそのことに意を注いでこられたのですか?」

「父上の下では、いろいろ制約があった。自分なりに秘かに手は尽くしてきた」

信繁はいまさらながら晴信の用意周到さには、目を見張る思いだった。

「関八州《かんはっしゅう》をおのれの掌中にと目論《もくろ》んできた氏綱も、さかんに乱波《らっぱ》とか透波《すっぱ》とかと呼び習わされている忍びの者を、自分の手足同様に使って、敵・味方の情報を摑んできていると聞いた」

「そうした者たちをお屋形さまも？」

「うむ……」

うなずきながら、すでに晴信の脳裏には新たな気がかりが、さかんに渦巻いているかに思えた。信繁はあえて口を噤《つぐ》み、晴信の言葉を待った。

嫡男が父親を追放するという、前代未聞の国主の交代劇を、少しの混乱もなくやってのけた形になっている。信繁もその詳しい経緯は、未だに知り得ていない。

だが、まわりのお膳立てにただ黙って乗っただけではない、晴信の深謀遠慮の一端が仄《ほの》見えているように思えていた。

「今度のことは、まだ始まったばかりということを、そなたもよくよく肝《きも》に銘じておいてもらいたい」

「始まったばかり……？」

「穴山や小山田のみならず、北条も今川も、また重臣たちの中にさえ、これからのわしの出方を虎視眈々《こしたんたん》、注視しておる者がいるということだ」

打つ手を一つでも間違えれば、容赦なく付け入ってくる。うまく行くことよりも、不手際をこそ願っている者たちが大勢いる。そのことを、信繁に改めて思い起こさせようとしているのだ。

薄氷の上を、今まさに渡ろうとしているかにも思える晴信の心境を、信繁は一瞬、垣間見たような気がした。

二人の間に、しばしの沈黙が流れた。その沈黙を破ったのは、晴信の方だった。

「諏訪頼重《すわよりしげ》の周辺から、気になる噂が聞こえてきている……」

なにを思ってなのか、突然、なんの脈絡もない言葉が、ふっと洩れた。信繁は兄の顔を見つめた。

「気になる噂と申されますと？」

諏訪家は諏訪の惣領《そうりよう》家として、また諏訪大社の大祝《おおはふり》（神職）として諏訪郡全体を統治し、また古来日《ひ》の本《もと》を守る戦神《いくさがみ》の家として、全国の武将から尊崇されてきた名族である。

信虎の父信縄《のぶつな》、その父信昌《のぶまさ》もまた、武田の氏神として深く信仰してきた。二人は、そう聞かされて育った。

もっとも頼重の祖父頼満《よりみつ》の代には、信虎ともしばしば領地をめぐって干戈《かんか》を交えた。たまたま頼重の父が病死し、若くして頼重が家督を継いだことから、信虎の三女で信繁の三つ下の異母妹である禰々《ねね》を、頼重の後室に迎えさせたのである。

信虎にしてみれば、信濃侵攻の足がかりとして、神家と縁戚関係に入る必要を感じたのであろう。諏訪上社の神前で、両家は互いに宝鈴《ほうれい》を打ち鳴らし、友好を誓った。宝鈴を鳴らす行為は、これを絶対に覆《くつがえ》せないという、神への誓いと畏怖の念が伴う。

「頼重に対する領民の声は、かつて聞かれた父上に対する非難とどこか通じるところがある、そう申す者もおる……」

「それはまたどういうことでしょうか」

意外な言葉だった。

「諏訪領全体が、食べる物に事欠く最中に、無益な戦を繰り返していると……」

領土を接する松本平の小笠原長時と小競《ぜ》り合いを演じ、また信虎と共に海野《うんの》平《だいら》への出兵を繰り返してもきた。そのことを指しているのか。

「それぱかりではない。とかく諏訪領内部では、このところごたごたが繰り返されている……、そんな噂が聞こえてくるのだ」

妹の嫁ぎ先でもあり、晴信としては、なによりそれが気がかりなのであろう。今はなにより武田の縁戚に関わる家に、ごたごたが起こって欲しくないと、願ってのことなのだ。

信繁は、兄の心境を思った。

三

その後一年余りの間、甲斐領内は平穏に過ぎるかと思えた。

実の父親を領外に追いやった晴信の評判は、好意的な見方と悪評とが、相半ばする形になった。甲斐国内における家臣・領民の評価はおおむね歓迎する形となり、これに反して近隣諸国の反応は、いたって評判が悪かった。

悪逆非道、なにをするかわからぬ男、といった剝き出しの警戒心をもって、境を接する国々からは見られるようになった。

「どう見られようと、人の口に戸は立てられぬ」

晴信はいっこうに気に病むふうもなく、信繁の前でそう嘯《うそぶ》いた。

晴信にしてみれば、なにより甲斐国内の家臣・領民が自分をどう見ているかに、意を払い続けている様子がうかがえた。

「領民の生活も少しずつながら、落ち着きを取り戻しつつあるかに見えます」

信繁が、このところの感じたままを口にした。

「うむ……」

振り返ってみればこの一年は、比較的穏やかな気候に恵まれている。極端な飢饉からはようやく抜け出せそうな気配もうかがえるのである。

また信虎の時代と異なり、やみくもに戦に駆り出されることも減った。

「このまま無事に過ぎてくれればよいのですが……」

信繁は思わず、そうつぶやいた。甲斐国内だけでも、晴信の統治が受け入れられていけば、との気持ちが強かった。

「どうやらそうは行かぬようだ」

信繁の言葉を、晴信はこともなげに打ち消した。

「どういうことですか？」

信繁は思わず、晴信を見返した。

「諏訪の領内で、なにやら不穏な動きがうかがえるとの噂が、このところ連日のように聞こえてくる……」

信繁の耳にも、それは聞こえていた。

諏訪領は、頼重の祖父頼満の代には下社の金刺氏《かなざし》、諏訪一族の高遠頼継《たかとおよりつぐ》などを膝下《しっか》に置いてきた。だがその後祖父と父という後ろ盾を失った頼重は、信虎と手を結ぶことで安定を求めた。

信虎が追放されると、高遠頼継を中心に金刺氏や、上社の禰宜《ねぎ》を勤める矢島満清などが、反頼重の動きを見せるようになった。頼継の言い分では、もともと諏訪の家は南北朝の時代に弟の家が諏訪の惣領職を継ぎ、そのまま今に至っている、したがって本来なら嫡流の頼継の家が惣領職に就くべきなのだ、というわけである。

頼重に対し不満を抱く金刺と矢島が、すぐさまこれに同調した。秘かに手を結び始めている、というのだ。

「これらの動きを、お屋形さまはどう見ておられますか？」

晴信が頼重と頼継の間に立って、騒ぎをどう鎮めようとしているのか。信繁には、そのことが気になった。

「頼継が秘かに、わしに接触したがっているとのことだ」

意外だった。

「なぜ頼継が？」

信繁の口から、思わずそんな言葉が飛び出した。

「父上を追ったわしの腹中を、探りたいのであろう」

こともなげに言い放つ晴信の言葉に、信繁は耳を止めた。

「それでお屋形さまは？」

「金刺も矢島も、頼継に一味し、共にわしに近づきたがっている。どんなことを申し送ってくるか。聞くだけの価値はあろう」

「三人の言い分を聞いて、どうされますのか？」

「諏訪大社は戦の神を祀る社《やしろ》だ。これを司るのは、最もふさわしい者の手によってなされねばならぬ。これは武田にとっても、由々《ゆゆ》しいことだ」

「ふさわしいのは、頼重なのでは？」

信繁はあえて頼重の名前を出して、晴信を牽制してみた。だが晴信は眉一つ動かすことなく、こう続けた。

「頼重は領民が飢饉に苦しんでいる最中にも、小笠原長時とたびたび事を構えてきた。また昨年わが父を駿河に放逐した時、上杉憲政《のりまさ》が小県《ちいさがた》（信濃北東部）に兵を侵入させた。その際、頼重は憲政に同調する動きを見せている」

「しかしながら妹の禰々《ねね》との間に、この四月、寅王丸《とらおうまる》が生まれています。将来武田の血を引く者が諏訪の家を継ぐことになれば、他の者がどう言おうとかまわぬのでは？」

「うむ」

晴信も、大きくうなずいてみせた。だが、それに続いて、

「ここは双方の言い分を、明らかにしてみる必要がある、ということだ」

一点を見据える晴信の目が、心なしか熱を帯びているように見えた。

それから、十日ほどが過ぎてのことである。

天文《てんぶん》十一年（一五四二）六月二十三日、突然、晴信は自ら武田軍五千の兵を率いて甲府から出陣した。信繁は留守を命じられ、躑躅ヶ崎館に止《とど》まった。先陣は板垣信方であり、甘利虎泰、飯富兵部などの兵がこれに従った。

ここに至る経緯は、信繁にはいっさい知らされなかった。頼継らとの交渉は、主に信方が中心になってすすめられている模様だった。

躑躅ヶ崎館を出立する段になって、晴信は初めて自分の口から信繁に向かって、

「われらが対戦する相手は、上原城の頼重だ」

と言い放った。

「なにゆえ頼重を攻めると言われるのですか！」

晴信の口からそれを聞かされた時、信繁は思わず叫んでいた。頼継らの一方的な言い分だけを聞いて、出陣を決めたとしか思えなかった。

「何事も、頼重の出方次第だ」

晴信の腹の内は、決まっているかに見えた。

これに対し頼重の方は、晴信の動きをまったく予想していなかった。七月一日、武田軍は甲斐の国境を越えて諏訪領に侵入を開始した。それでも上原城にいた頼重や重臣たちは、なんの動きも見せず、物見の報告にも半信半疑だった。

「なにかの間違いであろう」

というのが、頼重や重臣たちの認識だった。

続いて四日に高遠の兵が、頼継に率いられて杖突峠《つえつき》を下り始めているとの一報が入った。これによって初めて、事の重大さに気づいた頼重らは、上原城を引き退《の》いた。武田と高遠の兵に囲まれたのでは、とても支えきれないと見たのである。

頼重主従は上原城から二十町（約二キロ）程離れた、諏訪湖に近い桑原城に籠城した。武田軍は桑原城を包囲し、頼重に向けて降伏を勧告した。

「ただちに城を開け、頼重自ら甲府に出頭せよ」

との晴信の言葉が伝えられた。頼重は即座にこれを受け入れた。頼重にしてみれば、頼継らの一方的な言い分に、晴信が惑わされているに過ぎない、と思ったのだ。義兄である晴信に自分の口から話せば、どちらの言い分が正しいかはっきりする。

頼重は弟の諏訪上社大祝頼高と共に、武田軍に連行された。そのまま躑躅ヶ崎館の一室に拘束され、数日が過ぎた。

信繁は、晴信の真意を測りかねた。

頼重・頼高兄弟の言い分を問い質すでもなく、頼継と対決させるでもなく、そのまま徒らに日が過ぎるばかりだった。寅王丸を産んでまだ日の浅い禰々は、桑原城から夫の身を気遣う文《ふみ》を、すぐ上の兄である信繁に向けてしきりに寄せてきた。

そんな禰々の気持ちを、信繁は何度も晴信に伝えようとした。だが、晴信は信繁を避けている様子が感じられた。

「なにゆえそのような！」

七月二十日になって、頼重兄弟の切腹が命じられ、信繁はわが耳を疑った。なんの申し開きも赦《ゆる》されないままに、一方的な断が下されたのである。禰々母子の嘆きを思えば、信繁には耐え難いことだった。

晴信に目通りを申し入れたにもかかわらず、信繁の願いは叶わなかった。

それどころか、その翌日に二人の切腹が、有無を言わさず強行された。信繁の頭は混乱した。何事も独断で推しすすめると批判された父の信虎でさえ、こんな無慈悲なやり方はしなかった。

国主が代わったとはいえ、同盟を結んでいる相手である。しかも実の妹が、その嫡男を産んだばかりなのだ。父の敷いた路線を、ことごとく自分の手で否定し去ろうとでもしているのであろうか。

「………」

ようやく信繁と二人きりで対座した晴信は、終始無言だった。信繁の抗議を一応耳にしただけで、最後に、

「そのうちそなたにも、わかる時がくるだろう」

そう一言、発しただけだった。

四

頼重を切腹させた後、晴信は上原城に武田の守備兵を送り込んだ。

諏訪領の主《あるじ》は名目上、頼重の嫡男である生まれたばかりの寅王丸、ということになった。いわば幼い寅王丸に代わって、諏訪領を伯父である晴信が後見する形となったのだ。実質的な、武田による諏訪領の併合である。

こうした晴信の措置に、頼継や矢島、金刺らは不満を募らせた。頼重に代わって、自分たちが諏訪領を支配し、あるいは諏訪上社、下社の大祝の地位を手に入れようとした目論見《もくろみ》が、ことごとく外れた形になった。

たしかに頼継の領土である上伊那郡に、諏訪郡の一部が新たに加えられた。だが頼継の狙いは、あくまで諏訪領全域の支配である。領内にくすぶり始めた頼重に対する不満に乗じて、元を糺せば嫡流の家筋に当たる自分が、その地位に就こうと目論んだのだ。

頼重に対して不満を抱く矢島、金刺を語らって、信虎の婿に納まっている頼重を誅し、信虎追放に踏み切った晴信に擦《す》り寄ろうとした。その頼継の思惑は、見事空振りに終った。

こうした状況下にある諏訪領を、晴信はあらためて信繁を伴って訪れた。妹の禰々と寅王丸のいる桑原城は、極度の緊張に包まれた。晴信の仕打ちに恨みを募らせている重臣たちが、表向き恭順を装いながらも、こわばった表情で二人を迎えた。

禰々は憔悴《しょうすい》しきっていた。

晴信と目を合わせられず、必死で涙を堪《こら》えているふうだった。心の内では、夫を騙《だま》し討ちにした兄を恨んでいるに違いない。だが、一言の抗議すらも口にできず、まだ首の据わらない寅王丸の行く末を案じて、うなだれるばかりだった。

頼重の忘れ形見は、侍女が大事そうに抱きながら、晴信らの前に披露された。

「うむ、よい子だ」

晴信は一言そう声を掛けた。それからすぐ隣に控えている、十四、五と思える娘に目をやった。

晴信に切腹させられた、頼重の先妻の娘である。

晴信の前で深々と頭《こうべ》をたれていたその面《おもて》が、ゆっくり上に向けられた。晴信を一瞬、キラリと刺すような目で一瞥した。その顔は、まるで血の気を失ってでもいるかのように青白く、無表情だった。

その顔をじっと見ていた信繁は、なんともいえない痛ましさに胸を打たれた。思わず視線を背《そむ》けそうになった。信濃の山々に囲まれた盆地に、澄んだ水をたたえた、諏訪湖のたたずまいにも似た憂愁を身にまとった娘だった。

にもかかわらず、娘の黒々とした瞳の輝きや、湖水のように清く澄んだ白い素肌には、見る者の目を引き付けて止まない、若やいだ力が宿されていた。

「その方、何歳になる？」

晴信が、娘の一瞥を正面から受け止め、目を逸らさずそう言った。

隣に坐っている信繁は、この瞬間、晴信がこの娘に心を動かされたことを察知した。晴信が、強く興味を引かれたものに対して向ける眼差しの、独特の輝きがあった。

甲府の躑躅ヶ崎館に帰った後、晴信は信繁を自分の部屋に呼んだ。このところ晴信から、ことさらに信繁は遠ざけられていた嫌いがあった。

それにもかかわらずである。信繁の予感は的中した。

「あの娘を、そなたはどう見た？」

晴信は単刀直入に、そう信繁に尋ねた。

「どう、と申しますと？」

信繁はあえて、はぐらかすように答えた。

信繁の胸中を察して、晴信は軽く鼻で笑った。

「諏訪神家の家督は、頼重の血を受け継いだ寅王丸ではなく、あの娘に、わしの血を引く子を産ませて、その子に継がせたい……」

信繁が心に抱いた恐れを、晴信は臆面もなく口に出した。

娘が自分の父親を騙し討ち同然に切腹させた晴信に、果たして黙って従うであろうか。

（それをお前はどう見る？）

そう無言のうちに、信繁に問うているのだった。

なにも知らない者からみれば、神をも恐れぬ、赦しがたい所業と思えよう。

だが信繁には晴信の、諏訪大社に対する信仰心と畏怖の思いとが、ない交ぜになっている心の内を、うかがい知ることができた。戦神を司る家の者は、なによりそれにふさわしい資質を備えていなければならない。

それが、日頃晴信の口にする、諏訪神家に対する思いなのだ。晴信の見る限り、頼重も頼継も、その資格をまったく有してはいない。

では寅王丸はどうか。

寅王丸を初めて目にした晴信が、よい子だ、と口に出した言葉には、なんらの感情も込められてはいなかった。妹の禰々に向かっての、儀礼的な言葉でしかないのである。

信繁にはすぐにそれがわかった。

父の信虎に身近に接してきた信繁には、神社仏閣に寄せる民衆の畏怖と現実的な願望を、信虎がどう利用しようとしていたのかが、わかっていた。たしかに新しく国府と見立てた躑躅ヶ崎館周辺には、信虎の手によって多くの寺院が勧請《かんじょう》され、手厚く遇されてきた。

また諏訪大社はもとより、信濃の善光寺や身延山《みのぶさん》をはじめ、富士山そのものへの信仰と礼拝を、甲斐一国の統一が成った後、自らの足を使って実行した。頼重を自分の婿に迎え入れたのも、信濃国への侵攻を計算に入れてのことに他ならない。

信虎自身は、民衆の信仰心を、おのれの手による支配のための道具として、利用しようとしていたに過ぎないのである。

だが晴信は違うのだ。

天道（天の意思）をうかがい知ろうとする晴信の、それが絶対的な使命感となっており、またいつの頃からか、自分とは比較にならないほど心に深く、強くその気持ちが宿されていることを信繁は察知してもいた。

共に岐《ぎ》秀《しゅう》元伯《げんぱく》を師と仰いできた信繁には、それが手に取るように理解できるのである。

同時にその資格と能力を有する者は、晴信を措《お》いて他にはいない。晴信が自分でそう思っていることにも、信繁は本人以上に気づいていた。

だからこそ晴信は頼重の娘を一目見て、自分の血を交えることで、この娘が諏訪神家を司るにふさわしい人間を、この世に誕生させることができると見込んだのである。

「娘が果たしてお屋形さまを受け入れましょうか?」

娘の意思を問うているのではない。

そのことは、信繁にもわかっていた。信繁自身が、暗に危惧していることを、わかって貰いたいがために、あえてそう言い添えたのである。

だがこれに対しても晴信は、

「武田と諏訪が一体となり、戦神が行く手を照らすとなれば、なにひとつ恐れるものはなくなる。誰を憚《はばか》る必要もないではないか」

もはや断定を下す言い方になっていた。晴信の心の内では、なんらの迷いも存在してはいないのだ。

「今後頼継らが、どう出てくるでしょう?」

「もともとあの三人には、領民の心を摑むだけの資質など、備わってはいない」

「それを承知でお屋形さまは?」

「うむ……」

と曖昧にうなずいて、それから遠くを見る目になった。

晴信の今の言葉から、信繁はなにもかもを理解した。頼継らの話に同調すると見せかけて、はじめから目的は別のところにあった。

頼重を、諏訪神家を司る者として、また戦国を生きる武将としても、ふさわしくない人間と見做した。いや頼継ら三人、加えて寅王丸すらも、晴信のめがねに適《かな》わなかったということなのだ。

信虎が思い描いた信濃国への侵攻策はそのまま踏襲しつつ、その足場となる諏訪の地と、戦神としての権威とを、より確実な形で自分の手元に、なんとしても手繰り寄せようとしていたのであろう。

信繁はこの時になって、晴信が自分の手の届かない遥か遠くへ向かって、一歩を踏み出そうとしていることに、気づかされた。

五

その年の九月十日、高遠頼継が兵を挙げた。

上原城の守備に当たっていた武田の兵が、不意を襲われ頼継の率いる兵に城を追われた。それればかりではない。高遠勢は下諏訪のあちこちに火を放ち、諏訪上社、下社をつぎつぎに占拠した。

躑躅ヶ崎館にその知らせが飛び込んでくると、晴信はただちに板垣信方を上原城に急行させた。まるで頼継が兵を挙げるのを予想して、じっと待ち構えてでもいたかのように、てきぱきと指示を下した。

「今度はそなたも出陣するがいい」

晴信はそう信繁に命じ、自らも頼重の遺児寅王丸の名代として出馬した。

頼継は上社の禰宜矢島満清や、上伊那郡福与城（現蓑輪《みのわ》町）の豪族藤沢頼親《よりちか》らと共謀し、反武田の勢力を糾合していた。領民の武田への反発を当て込んで、晴信に対抗しようとしたのである。これに対し晴信は、頼重の重臣たちに働きかけた。

あくまで寅王丸を擁立《ようりつ》し、頼継の野望を粉砕するよう呼びかけたのである。

頼重の叔父満隆をはじめ他の重臣たちにしてみれば、いまさら頼継が諏訪神家の惣領職を引き継ぐなど、認めたくはなかった。寅王丸を晴信が擁立していることで、武田の兵と共に頼継らの兵を一掃する側に回った。

「諏訪上社・下社を力ずくで占拠するなど、領民たちが許すはずはない」

頼継らの兵と宮川の畔《ほとり》で対陣し、たちまち蹴散らした後、晴信が信繁に向かってつぶやいた。

「このままおとなしく、頼継らが引き下がるとも思えませんが……」

信繁の危惧に、晴信は即座に、

「なに、こちらから機を見て、福与城の頼親と高遠城の頼継を、じっくりと攻め滅ぼすまでだ」

と、平然と嘯《うそぶ》いた。

晴信がこの時口にした言葉は、それから三年たった天文十四年（一五四五）に現実のものとなった。

高遠城が四月、続いて福与城が六月に陥落し、頼継は城を捨てて逃亡、頼親も晴信に屈服した。

こうして諏訪郡に続いて伊那地方が、武田の勢力圏に組み込まれた。上原城には板垣信方が郡代として入った。この頃には夫を実の兄に切腹させられ、悲嘆にくれていた病弱な妹の禰々は、すでに十六歳で病死していた。

寅王丸の存在は、いつしか忘れられがちになった。というのは、頼重とその先妻との間に生まれた娘が晴信の側室として迎えられており、この娘の胎内に晴信の子が宿されたからである。

「男子が誕生すれば、諏訪神家の惣領職を引き継ぐにふさわしい者となろう」

「重臣たちをはじめ、多くの領民たちも、今はそれを待ち望んでいるようです」

信繁は複雑な思いを抱きつつも、それを認めざるを得なかった。心のどこかで、悲嘆を一身に背負わされて死んでいった妹の禰々を悼《いた》む気持ちはあった。信虎が国主の座に止《とど》まっていれば、禰々の運命はどうなっていたか。

腹違いの妹とはいえ、歳の近い信繁には哀れさが身に沁みた。

「戦神の守護がわれらの側についているとなれば、信濃の民衆は、いずれこれを仰ぎ見ることとなろう」

この言葉を耳にすることで、信繁は晴信がいかにこのことにこだわっていたかが、容易に想像できた。

「父上は頼重を囲い込むことで、武田と諏訪が一体になると……」

信繁が言いかけると、晴信はすぐさま引き取った。

「父上とて頼重をどこまで買っていたか。諏訪神家を担う人間として、不適と思っていたろう。それを自分が補い、いずれは爾々が産んだ子を、と思っていたのだ。だが信濃への進出を考えるなら、それでは不足だ」

「信濃進出は父上の考え出したことでは？」

「領民の暮らしを楽にする手段は、この方策を措《お》いて他にはない」

「それではなにゆえに父上を？」

「たとえめざすものは同じでも、それを実現できる人間かどうかだ。誰もが心の内で、それを見極めようとしている」

「今のお屋形さまのやり方に対しても、そう思っていると言われるのですか？」

「小山田も穴山も、いやこの甲斐国の領民のすべてが、わしが果たしてどこまでやれるのかと、じっとうかがい続けているのだ……」

晴信は信繁の顔を、ただ黙って見つめた。その目は、

（どうだ、お前の目にはどう映っている）

と、問うているように思えた。

隙あらば取って代わろうとしている重臣たちを屈服させるには、一歩先に出ることがなにより必要なのだと、その目は信繁に語りかけていた。

「諏訪の姫を側室に迎えられたのも、そのことがあってのことと?」

「無論だ」

　こともなげに晴信は答えた。

　信繁には、晴信が初めて娘を一瞥した時の光景が、目に焼きついていた。娘の刺すような瞳の輝きと澄んだ白い肌を目にした晴信が、一瞬、心を動かされたような表情に変わったのを、ふたたび思い浮かべていた。

　幼い頃から兄の執着心の強さを目の当たりにしてきた信繁である。娘に対しても、どんなことをしても自分の思いのままを貫くに違いないと感じていた。

　晴信が十三歳になった折、信虎が大切にしていた名馬鬼鹿毛《おにかげ》を、自分に賜るよう強く望んだことがあった。信虎は即座に、

「そなたには明年元服の際、武田重代の太刀、御旗、楯無《たてなし》の鎧《よろい》を与えよう」

と言って、それを拒もうとした。だが晴信はそれに納得せず、

「それらは家督を相続した折に賜りたく、今は鬼鹿毛をその日がくるまでに十分乗りこなせるよう、調練に励みたいと存じます」

　と答えた。これに対し信虎はみるみる不快げな顔になった。

「家督を誰に譲るかは、あくまでわし一人の存念によることだ。わしの考えに不服とあれば、次郎に武田の惣領を譲ってもよいのだぞ！」

次郎をはじめ他の重臣たちの居並ぶ席で、信虎ははっきりとそう言い放った。九歳になっていた信繁は、以来、誰をも恐れず自分の欲するものに執着する晴信の気質に、何度となく接してきた。

諏訪の姫を初めて目にしたあの日、信繁は一人桑原城から馬を駆って、諏訪湖の畔まで出た。馬から降りて水辺を散策した。歩きながら信繁は一人自問自答した。

自分の父を騙し討ち同然に切腹させた男に、娘が諏訪神家を残すためとはいえ、果たして従うのか。いや多くの家臣たちのため、義理の母である禰々や幼い弟の寅王丸の行く末のため、自分を捨てて従うかと……。

家を守るということは、一人自分の思いだけで決められることではない。家臣・領民が、いったいなにを願っているのか。まずはそれを問う必要があろう。それは晴信に限らず、あの娘にも暗黙のうちに背負わされた重い荷物なのだ。

あの時晴信から、どんな言葉が娘に語りかけられたのか。今では娘の返事に諏訪神家の命運のすべてが、かかっていたといってもよい形になっていた。

「そういえばそなたもそろそろ、正室を迎えねばならぬな」

突然晴信は、信繁をからかうように言った。

「考えたこともありません」

「そなたももう二十歳《はたち》だ。わしは十四の時に、父上に言われて嫁を迎えた。そなたはすでに遅すぎるくらいではないか」

「兄上とは、お立場が異なります」

「ふさわしい娘を、わしが世話してもよい」

このところ晴信が、気にかけている様子なのを、信繁は承知していた。だが信繁にはそんなつもりはまったくなかった。正室を迎えるにしても、有力者の娘はすべて避ける腹積もりでいた。

祖父の信縄と、その弟の油川信恵《のぶよし》との争いを、父や母の口から何度となく聞かされてきた。いやこれまでの、甲斐国の守護の座をめぐる争いは、多くが兄と弟の間で繰り返されてきたといってよい。

ひとつ間違えれば、自分と晴信との間でも、同じ轍《てつ》を踏んでいたかも知れないのである。たとえ自分にそのつもりはなくても、有力者との縁戚関係が生まれれば、どんなことになるか。

どんなものであろうと火種を、自分から抱え込むようなことはしたくない。晴信と共に、武田の家を守り抜くことこそが、自分に課された役目である。それが自分を愛し、信頼を寄せてくれてもいた父信虎の追放に加担した自分へのけじめであり、懲罰の気持ちでもあった。

「なにものにも囚《とら》われず、誰の力も煩《わずら》わせず、自分の目で生涯の伴侶は探し出すつもりでおります」

信繁の断固とした口調に、晴信は一瞬、驚いた様子だった。信繁がなにを考えているのか、胸の内を探るような目になった。

だが、そのまま黙ってうなずき、

「そうであれば、そなたの好きにするがよい」

と、つぶやくように言った。

そして、晴信の前を辞して部屋から出て行く信繁を、じっと目で追うように見つめていた。

甲州法度

一

「この甲斐《かい》国の家臣や領民の心を、ひとつにする手立てはないものかと、ずっと考えていたのだが……」

なにやら思案に耽《ふけ》っている様子だった晴信《はるのぶ》が、信繁《のぶしげ》の顔を改めて見つめるようにして言った。

信繁は無言のまま、兄のつぎの言葉を待った。

このところ一人、物思いに耽る様子がたびたび見られた。信繁は晴信の心の内を、薄々感じてはいた。

領国の危機を回避するためとはいえ、国主である実の父を国外に放逐し、自らその座に就いた。慎重の上にも慎重に事をすすめた結果、領内においてはまったくといってよいほど、混乱は起きなかった。

それに続く諏訪領の併合についても、国外の者はともかく、領内の人間たちの晴信に対する評価は高かった。

「このお人であれば、甲斐国が直面している困難を乗り越え、われらをより安泰な方向に導いてくれるに違いない」

そんな無言の内の期待感が、家臣・領民たちの間に芽生え始めていた。少なくとも、信繁にはそう感じられていた。

「あれほどまでに気ままに振る舞い、皆を苦しめてきた信虎《のぶとら》さまを、なんの混乱もなく、ものの見事に排除されてしまわれたお方であれば、さぞかしわれらにとっても良い手立てを、つぎつぎに思い付かれるに違いない」

そこには、安易な幻想と過度の期待を、一人ひとりの心の内に、根付かせてしまいかねない危うさもあった。そのことに、晴信自身、気づいたのでもあろうか。

「日々の暮らしが苦しいのはわかるが、こともあろうに知行地たる土地を質入《しちいれ》したり、売買の対象にしたりすることが、秘かに行なわれている……」

晴信も、そこに目を向けていたのである。信繁自身、そのことがなにより重大事と気づいていた。

かつて、師である岐秀元伯《ぎしゅうげんぱく》の口から、

「何事につけ、大本《おおもと》となる事柄がおろそかにされ始めると、世の乱れの元となります。それがやがて、一人ひとりの心の乱れに繋がっていくのです」

と、教えられてきた。

「飢饉が続き、おまけに外へ討って出るような戦《いくさ》が度重なるとなれば、誰もが戦支度の負担に耐えられなくなる。しかし、だからといって、耕すべき土地を人手に渡すなど、断じて許されることではない」

「土地はもともと国主から、各地域の地頭（領主）や寄親《よりおや》・寄子に至るまで、知行（職務執行権・所領支配権）として託されているものです。そのことが、すっかり忘れ去られてしまっているのかも知れません」

「過去に北条執権《しっけん》政治が足元から崩れ去っていったのも、全国の御家人たちが、鎌倉幕府から託されていた土地を担保に借金を繰り返し、次第に窮乏化していったことが原因だった、と聞いている……」

「御家人の窮乏を救うため、一時の救済策として徳政令（借金の棒引き策）が発せられ、それによって救われるはずだった御家人が、かえって以後の借金ができなくなり、世の中全体の信用が、急速に失われて行きました」

「甲斐においても、耕すべき土地を失った寄子や農民たちが、寄親たちと悶着《もんちやく》を起こしつつあると聞く。それればかりではない」

「………？」

信繁は、晴信がさらになにを言い出すかと、耳をそばだてた。これまでじっと胸の内に収めてきた兄の考え方の一端が、明かされるかと思えた。

かつて長禅寺において、元伯の教えに熱心に耳を傾けていた晴信の姿を、信繁は目に焼きつけてきた。

重臣たちの誘いに乗って、実の父を駿河《するが》国に追放しただけではない。甲斐国を滅亡から救うためでもない。晴信は元伯によって、さらには他ならない母の願いによって、なにかを成し遂げようとしているのだ。

それが、共に学んできた信繁にはわかるのである。

「寄親たちはもちろん、その家人や農民の一人ひとりに至るまで、国主たるこの晴信から住むべき、耕すべき、また守るべき土地を預けられている身なのだといういことを、いまこそ思い起こさせねばならぬ」

「この国を統治する人間が誰か。その意思がどんなものか。皆に周知徹底させる、ということでしょうか？」

「父上が推し進めようとしていたのは、国人《こくじん》領主たちの勝手気ままを排除し、どうやって甲斐国の民の心をひとつにしていくか、ということだ」

「それをご承知だったのですか？」

信繁は皮肉を込めて、そう口に出してみた。

「甲斐国が置かれている状況が見えている者たちであれば、おのずからそれは明らかになることだ」

晴信は平然とした口調で言った。

「そもそも父上を、駿河に追いやった重臣方の狙いは……」

「重臣たちの狙いはどうであれ、もはや後戻りは許されぬ。善い政治とは、かつて元伯さまがおっしゃっておられたように、民の生活を全うさせることだ」

「日々の生業《なりわい》に勤《いそ》しみ、多くを語らぬ者たちにこそ、国主たる者はよくよく情を加えるべしとは、『書経』の中に出てくる一節です」

「うむ、農民たちに対しては、その本来の役目とするところ以外は、あまり負担をかけぬように、絶えず心配りをせねばなるまい」

ふと目を閉じて、深い瞑想《めいそう》の中へと入って行くかのように、晴信は押し黙ったままになった。

「こうしたことのほかに、領国の安定のため、どんな方策が考えられましょうか？」

しばらくして、信繁はあえて口を切った。

「先頃今川家の客分だった山本勘助と申す男が、こんなことを申していた」

晴信のいうその男は、信繁も一度躑躅《つつじ》ヶ崎《がさき》館において目にしていた。晴信から召し抱えることにした、とも聞かされていた。

五十歳前後と思える、隻眼《せきがん》で、見るからに異相の人物である。

「各地の大名家には、その領国内にのみ通用する法度《はっと》や家訓というものを定め、家臣や領民に周知徹底させている、と……」

「各地の大名家とは？」

「勘助は長年各地を渡り歩いてきた。北は奥州伊達《だて》氏、西は越前朝倉氏、関東の小田原北条氏の家などには、それぞれ独自の分国法（領国支配の法）が定められ、家臣・領民の間に広く行き渡っているということだ」

「駿河の今川家にも、先々代の氏親《うじちか》殿の時に、〝仮名目録〟と名づけられた家法が定められ、今でもそれが政《まつりごと》の規範になっていると、大井のお祖父《じい》さまから、以前お聞きしたことがあります」

「今川家では領内での家臣同士の喧嘩は、理由の如何《いかん》を問わず両成敗と定められている。一見すると、非のない方に不満が残りそうに思える。理非善悪をどこまでも追及しなければ、正義は実現しないと……。だが、内なる結束を重視するためには、争いごとそのものを無くすことが肝心だ」

信繁が祖父の口から聞かされた限りでは、今川家の家法はかつての鎌倉幕府や室町幕府が制定した〝天下の法度〟を下敷としつつ、領内独自に通用する三十三か条にわたる条文を定めているとのことだった。

「お屋形さまはわが甲州にも、それと同様なものを定めようとお考えなのですか？」

「そなたはどう思う？」

「これまではその土地の慣行に従い、在地の有力者がそれぞれ裁定を下し、和解に導いてきたようです」

「これからは、甲斐国がひとつであることを自覚させるために、さまざまな慣行や裁定の基準は、大本のところでひとつに統一されていなければならぬ。これは農民や商人に対してはもとより、寄親・寄子のすべてに適用される……」

「定めごとと聞くと、皆一様に顔をしかめ、警戒心を抱きます」

「国はそこに住む者が、安心して暮らせるものでなければならぬ。それにはどうしたらよいか。それを国主たるわしとそなたで、考えていかねばならない」

「はい」

少しの異存もなかった。だが、それを実現させていくために、いったいどんな手を打っていけばよいのか。

「見渡した限りでは、誰もが自分だけの狭い視野に立って勝手気ままに生き、欲望のままに振る舞おうと願っている」

「他を省みるより、まずはわが身ということでしょうか」

「それをどう正していくかだ」

「実行の伴わない言葉や形ばかりの決まりごとでは、たとえ一言《いちごん》たりとも、また一行たりとも軽々しく口に出したり、取り決めたりすべきではありません」

信繁の、めずらしく語気を強めた物言いに、晴信はちょっと驚いた表情を見せた。それから、まじまじと信繁の顔を見つめ直した。

「お屋形さまはどのような決まりごとを、甲斐における法度の中に、盛り込もうとされておられるのですか？」

「うむ……」

うなずいたものの、晴信はそのまま考え込む表情になった。

二

「高白斎《こうはくさい》などを通して、各地から文書を取り寄せ、検討させてみようと思っている」

「特にどんな点に、意を払われようと……？」

信繁はあえて、一歩踏み込むように質した。

「まずは、土地に対する大本の考え方についてだ。家臣・領民はこの甲斐国においてはなにを第一と考えるべきか」

「寄親・寄子、領民などはともかく、国人領主として長い間君臨してきた者たちが、どう受け止めるでしょう？」

「それをそなたにも、考えてもらいたいのだ」

晴信の目は真剣だった。その目を見返すうちに、信繁にはこの時、晴信もまた父の信虎が思い描いていたこととまったく同じ方角へと、大きく踏み出そうとしているのが、はっきりと見て取れた。

家臣・領民の心をひとつにする、ということ。それは他でもない、父信虎があの日、信繁に語った言葉、

「甲斐の民を飢餓から救うための、止《や》むに止まれぬ方策」

ということであり、

「信濃にはまだまだ肥沃な土地が残されている」

という言葉に、繋がっていくように思えた。

信繁の口から、こんな言葉が洩れ出た。

「とかく法度というものは、家臣・領民の目から見れば、上から定めごとを押し付けるだけのものと受け取られがちです。これでは表向きいくら心をひとつにするためとされながらも、一人ひとりの心に届くものにはなりません」

「そなたはどうすればよいと……？」

いささか神経に触れたかのように、晴信は一瞬気色《けしき》ばんだ。

「上から定めごとを押し付けるだけでなく、甲斐国に住まう者であれば、たとえお屋形さまであろうと、この定めに従わなければならないと、まずはなによりはっきり宣言されることとです」

「そなたはこのわしに対して、物を申しているのか？」

晴信はたちまち頬をひきつらせ、怒気を含んだ目で信繁を睨み据えた。さすがに晴信も、そこまで考えてはいなかったようである。国主たる者に向かって無礼な一言と、受け止めた様子だった。

信繁はひるまなかった。

晴信の考え方の根底には、素直に甲斐の領民のためを思う心情が、たしかに垣間見えていた。それは幼い日に長禅寺で共に学んだ、あの元伯の教えがいまもはっきりと、耳に残っているからでもあったろう。

このことをこそ、なにより大事にしなければと、いままでずっと、信繁は思い続けていたのだ。

「この点をこそお屋形さまご自身が、自らはっきりと宣言されましたなら、いかなる国人領主といえども、これをないがしろにできないこととなりましょう」

「うむ……」

晴信の目は、じっと信繁に注がれた。その目を真正面から受け止めて、信繁はいささかの動揺も見せなかった。二人はしばらくの間、互いの心の底を探り合うように、じっと動かなかった。

やがて晴信にも、信繁の言わんとしていることの真意が、伝わったようだった。

小田原北条氏にしろ、今川仮名目録にしろ、あるいは奥州の伊達氏の分国法のいずれにも、信繁の主張するような国主自らがこの法度に従うと、はっきり明言しているものは皆無なのだ。

だが、信繁のいうように、領主だけを例外とするものと受け取られるようであれば、国人領主や有力豪族のなかにも、暗黙の内に自分もまた同様の立場と主張する者が出てくるであろう。

誰一人として例外を設けないと、晴信自らがはっきり宣言することで、晴信の甲斐国の心をひとつにする、という願いが達成されるに違いないのである。

この後、駒井高白斎に法度に関する下調べが命じられ、次第に各方面から、関係資料が取り寄せられていった。それらはどんな情報であろうと、そのつど信繁の元にも、報告がなされた。

時には三人が額をそろえ、集められた文書を互いに回し読みし、意見を交換し合うことがしばしばとなった。

争いごとの最終的な裁定は誰が担うか。甲斐国における大事の事柄とはなにか。心をひとつにする上で必要なこととは、などといった案件が逐一提起されていった。

だが三人があれこれ協議を重ねるうちに、次第に明らかになっていったことがあった。

「みんなの心をひとつにしていくためとはいえ、明確に法度として取り締まる必要のある事柄と、家臣・領民が日頃の心構えとして大事と思える事柄とを、同列に論じるのは無理があるのではないかと思われます」

高白斎が音《ね》を上げるように、こう言い出したのである。加えて、

「こうあったらよい、こうあるべきだといった事柄をいちいち並べていきましたら限りがありません」

「高白斎の申す通りだ。人それぞれの持って生まれた気質によっても、取り上げられるべき事柄は大いに異なるものになる」

晴信も同じ思いに、悩まされた様子だった。

「しかしながら、心をひとつにしていくとなれば、そうしたことにこそ意を注ぎ、みんながこうあったらよいと思えるものに目を向け、丹念に掘り起こしていくことこそが肝要と思えますが……」

信繁があえて異を唱えた。

「それらは法度としてではなく、共通の心構えとしてじっくり考えていったほう

がよろしいのでは？」

「法度に含めるべきものと、共通の心構えとすべきものとでは、いったいどんな違いがあるというのか……」

信繁が高白斎に向かってというより、自身に向かって問いかけるようにつぶやいた。

「法度は、万民が守るべき必要最小限の決まりごと、断じて破ってはならない事柄だ。一方の共通の心構えの方は、皆がこれを絶えず意識することで、大いに力が結集されてくるもの、と考えればよい。こちらの方は皆の心に響くものであれば、どんなものでも取り上げられてよい、ということになろう」

「心に響くもの？」

晴信の言葉を反芻《はんすう》するように、信繁が自問した。

「しかしながら、皆に受け入れられなければ、無意味なものとなる」

晴信が、いくらか自嘲めいた口調で付け加えた。

「家訓のようなものでしょうか？」

高白斎がすかさず口を挟んだ。二人より年長だけに、それらに類する事柄には精通していた。

「北条家に伝わるという、早雲寺《そううんじ》殿二十一か条などのことか?」

晴信の質問に、

「朝倉敏景《としかげ》十七か条なども同様です」

と高白斎が言葉を継いだ。

「家訓であれば、北条家や朝倉家のもののように、家を継いだ者や主だった家臣たちだけに向けたもの、ということになりましょう」

「次郎の申す通りだな」

「わたしが思い描いておりますのは、この甲斐国に住まう者たちのすべてが心の内に抱き、気持ちをひとつにできるものはないかと……」

「うむ」

「おのれ一人のみのことでなく、皆が共に生きていけるよう、自分がどんなことに心を砕いていくべきなのか……」

「信繁さまがおっしゃられますのは、とても一朝一夕《いっちょういっせき》に纏《まと》められるものとは思えません。上下万民を相手となされるのでしたら、皆がすすんでその気持ちになれるような言葉を、まずは丹念に拾い集めて行くことから始めなければなりません」

「次郎はこれまでも師の岐秀元伯さまから与えられた、古今の書物に多く目を通してきている。それらをもう一度読み返し、長い時間を費やしてでも、そなたが思うものを、作り上げてくれぬか」

晴信の言葉に、信繁は一瞬戸惑いを覚えた。まさかそれが、自分一人の手に託されるなど、思ってもいなかったのだ。

「もちろんそなた一人に、なにもかもを任せてしまうつもりはない。わしとても、これから気にかけて、思いついたことはなんでも伝える。高白斎とても同様と心得よ。だが、法度はなんとしても、早々に纏め上げなければならぬ」

その点は信繁に異存はなかった。晴信はさらにこう付け加えた。

「そなたが申していたこと、今のわれらにとって重要と思われること、共に法度の中ではっきり触れるつもりだ」

厳しい口調で晴信は語った。

この後数か月して、晴信の手によって、

「甲州法度之次第」

と銘打たれた二十六か条にわたる定めが、甲斐国の隅々に至るまで触れ出されることとなった。その主だった内容は、地頭と農民の争いごとに関する定め、知行地の質入・売買の禁止、米銭の賃借や喧嘩両成敗、寄親・寄子関係に関わる問題、訴訟の公平などが中心となっていた。

そしてさらに、これらの基《もとい》を成す考えとして、

「天下戦国の上は、諸事をなげうって武具用意肝要なるべし」

との条項や、

「晴信行儀そのほかの法度以下において、旨趣《ししゅ》相違のことあらば、貴賤を選ばず目安を以《も》って申すべし、時宜《じぎ》によってその覚悟すべきものなり」

と国主の行動をも律する定めが、はっきり打ち出されていた。

三

諏訪郡全域から上伊那地方を手に入れた晴信の目は、続いて北に隣接する佐久

郡へと向けられていった。かつて信虎が進出を企てたのと、まったく同じである。

だがこれに対する家臣・領民の声は、信虎の時と異なっていた。

「かつての信虎さまのように、果てしない内輪揉《も》めや、落ち目の管領《かんれい》家と手を結んで北条や今川と、不毛な戦いを繰り返していたのとは違う。なにより甲斐の領土を広げ、この国を豊かにしてくれようとしている」

「気まぐれで、誰の意見にも耳を貸そうとはなされなかった先のお屋形さまと違って、誰の言うことにも注意深く耳を傾けられる」

「信虎さまより北の方さま（晴信の母親）のご気質を受け継いでおられるとのことで、なにより学問に精通しておられる」

こうした晴信に対する評判は、誰が言い出したともなく、甲斐国内の隅々にまでに広まっていった。

「多くの者がそう思っているのであれば、それでよい」

肯定も否定もせずに、晴信は信繁に言った。

信繁にしてみれば、父の信虎に対する領内の評価が、ますます一方的なものになっていく、と思えた。だが、それをことさらにここで言い立てたところで、もはやどうなるものでもなかった。

晴信とて、すべて承知の上なのだ。

「小山田や穴山などは、こうした声を内心ではどう受け止めているでしょうか？」

「噂など、気にも留めておるまい」

「穴山伊豆守《いずのかみ》などは諏訪侵攻に際しては、兵を送ってきておりません」

「今度の志賀城攻めには、二人とも自らが兵を率いて出陣してくると、すでに申し送ってきている」

五年前の信虎の佐久出陣に際し、一度は武田に降《くだ》っていた大井郷（信濃国北東部）の大井貞隆《さだたか》が、晴信による信虎追放とそれに続く諏訪侵攻の間、武田に叛旗を翻した。これをつい先頃長窪《ながくぼ》城に攻めて降伏させ、続いてその息子の貞清を内山城に降した。

だが内山城のすぐ北に位置する志賀城の笠原清繁《きよしげ》だけは、晴信に頑強に抵抗していた。清繁の背後には、上野《こうずけ》国平井城（群馬県藤岡市）の関東管領上杉憲政《のりまさ》がいた。また憲政配下の豪族たちも境を接しており、清繁支援に回っていた。

　西上野の豪族たちにしてみれば、内山城に続いて志賀城が晴信の手に落ちれば、次は自分たちが標的にされると恐れたのだ。

「信濃の豪族たちへの示威のためにも、志賀城は落とさねばならぬ」

　晴信は主だった重臣たちを前にして、そう宣言した。志賀城が落ちれば、佐久地方一帯は事実上武田の支配圏に入る。さらにそこからすすんで、一度は信虎が手にした海野平《うんのだいら》も、ふたたび掌中にできる。

　しかしながら海野平は、晴信が伊那地方への進出を企てている間に、隣接する北信濃の勇将、葛尾《かつらお》城の村上義清《よしきよ》が、事実上蚕食《さんしょく》してしまっていた。大井貞隆や貞清父子の晴信への謀叛《むほん》にも、裏には村上義清の働きかけがあったのである。

　信繁は晴信が、そうした信濃周辺の豪族たちのみならず、自国の小山田や穴山などをも暗黙の内に強く警戒しているのを感じた。晴信の立場からみれば、諏訪や伊那を併合してみせた手腕にもかかわらず、未だに晴信を若輩者と見做《みな》している者たちが多かった。それらの者たちに、有無を言わせぬ強権ぶりを見せ付けたいに違いなかった。

天文《てんぶん》十六年（一五四七）七月（陰暦）、武田軍八千は東信濃と上野国甘楽《かんら》郡南牧《なんもく》地方とを結ぶ街道の入り口を扼《やく》する志賀城を包囲した。

包囲後、一日足らずで水源を探し出し、水の手を切った。志賀城に籠城する清繁やこれと姻戚関係にある上野の豪族、高田憲頼《のりより》の率いる援軍の兵は、たちまち飲み水に苦しむこととなった。だが憲政からの援軍が必ずくると信じて、籠城兵の士気は高かった。

「城に籠っている兵は三百余と見られる」

作戦会議の席で、晴信が口を切った。

「水の手を切った以上、半月とは持ち堪《こた》えられますまい」

板垣信方が、自信ありげに口を添えた。

暦の上では初秋を迎えているとはいえ、日中の日差しはまだまだ強い。このところ雨はまったく降っていなかった。飲み水を得られる当てがないとなれば、城内には女子供も籠っていることから、早晩干上《ひあ》がると見ているのだ。

八千もの兵が、山間《やまあい》の小城を十重二十重《とえはたえ》に包囲し尽くしているのである。外部との連絡は完全に遮断されていた。

「どんなに頑強に抵抗を続けたところで、三百ばかりの兵ではなにもできまい」

一千余の手兵を率いて郡内《ぐんない》から参陣している小山田信有《のぶあり》が、自軍の力を誇示するように、他の重臣たちを一瞥した。自らが出陣してきている以上、もはや勝ちは見えている、と言いたいのだ。

信有は元服後に父と同じ信有を名乗り、父が越中守《えっちゅうのかみ》を称していたことから、出羽守《でわのかみ》を自称していた。

「上野の豪族たちの目がこの城に向けられている以上、上杉憲政が黙ってはおるまい」

「関東管領の名誉にかけても、必ず大軍を送り込んで参りましょう」

甘利虎泰《あまりとらやす》が、晴信の言葉に同調した。

「上杉が動いたら、これを途中で迎え撃つ」

晴信が強い口調で言った。隣にいた信有が、間髪《かんはつ》を入れず叫んだ。

「志賀城の包囲は、われらが兵にお任せいただきたい」

ことさらに、自軍の役割を声高に宣言した。その声を板垣や甘利、飯富《おぶ》ら晴信の筆頭重臣を自負する者たちが、苦々しげに聞いていた。

信繁は兄の無表情な横顔を見ながら、晴信が自分の思い通り事がすすんでいる、と見ているのを感じた。

憲政は、笠原清繁の救援要請に応え、麾下《きか》の金井秀景《ひでかげ》を総大将として八千余の軍勢を救援のため送ってきた。

「碓氷峠《うすい》を越えて、浅間山麓の小田井原に向かっている」

との情報をいち早く耳にすると、晴信はただちに板垣信方、甘利虎泰、横田高松《たかとし》ら武田軍の主力の兵五千を大挙して差し向けた。信有の言葉を、そのまま受け入れたのである。

迎撃の武田軍は、いち早く小田井原に出た。

先回りし、敵を待ち伏せする格好になった。狭隘《きょうあい》な山道を登ってくる敵兵を分断し、つぎつぎに討ち取って敗走させた。武田の兵が討ち取った敵は、将と雑兵《ぞうひょう》合わせて三百余にも上った。

この味方の大勝を耳にすると、晴信はただちに伝令を発した。

「敵兵の首を、ことごとく斬り取って持参せよ」

「なんと！」

信繁は自分の耳を疑った。兄の口から出た言葉とは、とうてい思えなかったのだ。

だがそれに続いて発せられた命令は、

「将、雑兵の首を選ばず」

と言うものだった。

(なんのために？)

すぐ口には出さなかったものの、信繁は晴信の真意を疑った。

板垣・甘利らの部隊が志賀城の包囲陣につぎつぎに凱旋《がいせん》してくると、持ち帰られた敵兵の生首は、一つひとつ竹槍の先に突き刺された。その上で城の周囲に、見せつけるように晒《さら》されていった。

城から眺められる地点という地点に、顔面をことさら城に向けられた青竹が、びっしり折り重なるように林立した。

恐らく籠城の兵たちの目にも、馴染みの顔あるいはなんらかの縁に繋がる者の顔が、いくつも見分けられたに違いない。

籠城側の兵はもちろん、包囲する武田の将兵の間にも衝撃が走った。

上空に漂う大気がたちまち薄くなってしまったかのような、なんともいえぬ陰鬱な息苦しさが、誰の胸にも一瞬にして広がっていった。

信繁は、晴信のこの一戦に懸けた、覚悟の程を思い知らされた。

「いくら待っても、援軍はこない」

無言のうちに、そう城兵たちに思い知らせたのである。

これまで少しも知りえなかった兄の、底の知れない心の内を、今信繁はまざまざと見せ付けられている思いがした。

城方の士気は急速に失われていった。にもかかわらず、城門はいつまでも固く閉ざされたままだった。

晴信の開城勧告にもかかわらず、重苦しい沈黙が数日にわたって続いた。

「降伏したところで、命は助からない」

城兵の誰もが、そう思い決めたようだった。絶望的な戦いが、その後武田軍の総攻めという形で終日敢行された。

決死の抵抗も空しく、城主笠原父子、救援の高田父子らはつぎつぎに討ち取られていった。籠城兵三百余は玉砕した。

ただちに城内に残っていた女子供のことごとくが、晴信ら重臣たちの居並ぶ前に引き出されてきた。

武田軍に抗《あらが》えば、たとえ女子供でも容赦はしない。そんな断固たる晴信の無言の意志が、信繁にははっきりと読み取れた。

四

志賀城内に籠城していた女子供は、総勢五十人余に上っていた。いずれも城主や主だった将兵所縁の者たちばかりである。二、三歳の幼児から妙齢の女性、老女に至るまでさまざまだった。

男子は七、八歳以上ともなれば一人前の戦闘員として扱われていたから、残っているのは幼子《おさなご》ばかりと言ってよかった。

「この者たちの処分は、城攻めに功のあった者の手に委《ゆだ》ねることにする」

信繁が驚いたことには、晴信の口からそんな言葉が飛び出した。これまで人伝《づて》ながら、敵対した城が落ちた際は城もろとも火をかけられたり、全員首を刎《は》ねられたり、といった仕置は耳にしてきた。

だが、戦功の賞として手柄を立てた者の好き勝手にさせるという例は、聞いたことがなかった。

「最後の総攻めに功があったのは、出羽守信有の兵と見た。その方、望むところを申してみよ」

他の重臣たちを横目に、晴信は信有に向かって言った。

「ははっ」

信有は、突然降って湧いたような晴信の言葉に、一瞬戸惑いながらも、みるみる顔を紅潮《こうちょう》させていった。

「その方の手で殺すなり、家臣に下げ渡すなり、下人《げにん》として召し使うなり、いかようにも仕置せよ」

重ねての晴信の言葉に、信有はしばらく思案するかに見えたが、やがておもむろにこう口を切った。

「お許しいただけますなら、清繁の妻女を申し受けたく……」

「うむ」

晴信はその答えを予想していたかのように、かすかに口元を緩めた。

笠原清繁夫人は、近隣に聞こえた美女である。年齢は三十を過ぎたばかりだ。今、目の前に無残にも晒し者にされているその姿は、絶望に打ちひしがれていた。すっかり血の気の引いた白い顔が、かえって見る者の心に凄絶《せいぜつ》なまでの美しさを、感じさせずにはいなかった。

五十歳にそろそろ手の届く男盛りの信有にとって、嗜虐《しぎやく》的な興味の対象になるのかと、重臣たちの誰もが蔑《さげす》みに似た目で、信有を凝視していた。だがそれらの目の底には、一様にある種の羨望が垣間見られた。

清繁夫人を除いて、残りの者たちはこの後甲斐に連行され、二貫から十貫の値で売り買いの対象とされた。

「お屋形さまにおかれましては、なにゆえにあのような処置を、あえて取られましたのか？」

甲府に凱旋した後、信繁は晴信に強い口調で尋ねた。そうせずにはいられなかったのである。長禅寺で共に学んでいた頃の晴信からは、想像もできないことなのだ。

元伯の口から洩れ聞かされた〝仁〟、あるいは〝恕《じょ》〟という言葉の意味は、明らかに信繁以上に、晴信自身が深く理解していたはずである。

この二つの文字は、いずれも他者への慈《いっく》しみや思いやりの心を第一とするものであり、女子供や民衆、保護されるべき弱者への眼差しこそが大切とされる。それはたとえ敵に対しても、同様のはずであった。

「清繁には城を包囲する以前に、何度も遣いの者を差し向け、有利な条件で武田の側に付くよう申し送ってきた」

「それはうかがっております」

「清繁は、背後に控える上野の豪族たちがこぞって味方に付くと、始めからわしを若輩者と見下し切っていた。おまけに管領憲政のみならず、信濃の小笠原長時、北信濃の村上義清までが、清繁に味方する動きを見せていた。よもや手出しはできまいとすっかり見縊《くび》っていたのだ」

事実、武田軍が志賀城を包囲した直後に、小笠原勢や村上勢が志賀城の近くまで物見の兵を出し、武田の動きを牽制しようとした。小田井原で上州軍が大敗を喫していなかったなら、その後の展開はどうなっていたか。

「武田に抗《あらが》う者たちへの見せしめのためとはいえ、敵兵の生首を晒したことや、罪のない女子供にまで過酷な処罰を加えるのは、天の道に背《そむ》くのでは？」

信繁はあえて、晴信の神経を逆撫でする言葉を口に出した。

晴信の面《おもて》に、一瞬の間、激しい怒りの表情が走った。

「清繁は、こうも申した」

信繁の顔を改めて強い視線で見返すと、わずかに唇を震わせながら、晴信は言葉を継いだ。

「血を分けた実の父親を、身一つで追放するような人の道に外れた男に、この城に籠る人間はたとえ女子供であろうと、一人として服従することはないと……」

「次郎。そなたもこのことだけは、心に留めておけ」

晴信は、自分の気持ちを鎮めるようにした後、さらに言った。

「……？」

信繁は黙って、晴信の顔を凝視した。

「大きく一歩を踏み出した以上、わしにはもはや後戻りする道はない。いや、すすむことを迷いためらっている者たちを、どんな手段を用いてでも、前へ前へと引きずっていかねばならないのだ。戦というものは、すべて勝ってこそのものぞ。そなたとて、わしと同様の立場に立っていることを肝《きも》に銘じ、よくよく忘れずにいることだ」

怒りとも憎しみとも取れる強い光が、晴信の瞳に宿っているのを、信繁ははっきり見て取った。

たしかに晴信の言わんとしていることは、信繁にも理解できないわけではない。晴信の心の内は、痛いほどに伝わっていた。

だが自分一人安全な場所に止《とど》まり、批判めいたことをただ口にしているだけでは、決してなかった。晴信の怒りの火に油を注ぐ危険を承知で、信繁はあえてこう付け加えた。

「今のお屋形さまには、なにかをしきりに急いでおられるように、見受けられてなりません」

「なんだと?」

「ことさらに武田を敵とする者たちを、この世に生み出してしまう結果になるのではないかと……」

晴信は信繁を鋭く見据えた。

苛立《いらだ》つ神経を、押さえつけようとしているのか。あるいは信繁の言葉を頭の中で反芻しつつ、口を閉ざし続けているのか。どちらとも判別できなかった。

「以前の兄上らしい、辛抱強く相手の動きを待つ姿勢が、このところ見られぬように思えてなりません」

「何事も相手の出方次第だ」

辛《から》くもそんな言葉が、晴信の口から衝いて出た。

「笠原清繁に対しても、あるいは身内である出羽守に対しても、ことさらにこちらからあえて挑発し、仕掛けていっているように、わたしには思えてなりませんん」

「そんなつもりは毛頭ない」

不快げに、小さく頭を振った。

そんな晴信の表情を注意深く見守った後、信繁はおもむろにこう続けた。

「このたびの志賀城に籠城した者たちに対するお屋形さまの仕打ちは、上野国や信濃国の各地にたちまちのうちに広がってまいりましょう」

「うむ……」

もとより承知の上と、晴信は少しも動じる様子を見せなかった。

信繁はここでもう一言、言い添えた。

「噂は必要以上の尾ひれをつけて、この上ない恐怖の念を、これらの地の将兵はもとより民衆の一人ひとりに至るまで、しっかりと植えつけていくに違いありません」

五

信繁の懸念は的中した。

志賀城において晴信がやってのけた所業のすべては、この後晴信を、いや武田軍全体を、長く苦しめることになる。

小田井原で大敗した上州の将兵たちは、命からがら逃げ帰り、武田に対する憎悪の念を骨の髄まで染み渡らせた。また佐久地方の小豪族たちは、晴信のやり方を恐れ、武田の軍門につぎつぎに降った。

だがその一方で、上田平から善光寺平《ぜんこうじだいら》へと続く北信濃一帯を支配する村上義清は、晴信への対決姿勢を鮮明にした。

信濃国は南北に長く、甲斐国の三倍近い面積を有する。北は村上氏、中央の松本平に信濃守護職である小笠原氏、南に木曾氏の三大勢力に三分される形になっていた。この三大勢力の周辺には、中小の豪族たちがそれぞれに与《くみ》し、時に反目し、離合集散を繰り返してきた。

村上氏の発祥は源平初期の時代にまで遡《さかのぼ》る。清和源氏の血を引く武家の名門と称され、八幡太郎義家《はちまんたろうよしいえ》の父頼義《よりよし》の次弟頼清《よりきよ》に発しているとされる。埴科《はにしな》・更科《さらしな》両郡を本拠地として君臨してきた。

善光寺平に勢力を張る高井郡の高梨氏や井上氏、小県郡《ちいさがた》の室賀《むろが》氏、埴科郡の清野氏、水内《みのち》郡の栗田氏など、これら大半の豪族たちは、もともとは村上氏の同族でもあった。

六年前に信虎が奪取した海野平は、信虎が追放された後、村上義清が支配する形になっていた。だが晴信による志賀城奪取により、この地方への武田の進出がふたたび取り沙汰されるようになった。

中小の豪族たちは、義清に付くか晴信に付くかで去就に迷っていた。義清は晴信の残忍さをしきりに触れ回ったので、多くは義清を頼りにしようとした。

同様の動きは、信濃中央部の小笠原長時の周辺にも及んだ。義清と長時が共に晴信に対抗しようとする動きすら、うかがわせるまでになった。

「めざす相手は、村上義清だ」

晴信は天文十七年（一五四八）の年が開けた正月十七日、重臣たちを目の前にして、きっぱりと言い切った。

「佐久郡の豪族たちの中にも、武田に従うと見せて、いつ敵に回るかわからない者がまだまだ多くおります」

「義清と雌雄《しゆう》を決する前に、まずは小県の豪族たちを一人でも多く味方に付けるのが先決かと……」

飯富兵部《ひょうぶ》をはじめとする重臣たちの幾人かは、いきなり義清を相手に戦うのは時期尚早と主張した。

武田に恨みを抱く上野の兵が、義清との決戦の最中に、佐久の豪族たちを語らって背後を襲わないとも限らない、というわけである。勝ち戦に乗じようとする晴信の性急さに、一抹《いちまつ》の危惧を抱いてのことと思えた。

信繁自身も、同じ思いだった。だがこれに対して晴信は、

「たとえ一つひとつと慎重に事を運んで行ったにしても、義清とは早晩雌雄を決する時がやってくる。佐久や小県の中小の豪族たちにしても、今はどちらに付くか、本心を少しも見せようとしていない。いや、果たしてどちらに付いたらよいのかと、天秤《てんびん》にかけているのが本音のところだ。ここで義清を叩いて見せれば、誰もが雪崩《なだれ》を打ったように武田に靡《なび》く」

自信に満ちた、晴信の確固たる宣言だった。

「しかしながら義清と、どこで対戦なされるおつもりなのですか？」

板垣信方が、両者の言い争いに割って入るように言った。

「うむ……」

晴信はそれも承知の上というように、一瞬、遠くを見る目になった。

しばらくして、重臣たちの顔を一人ひとりゆっくりと見据えながら、おもむろにこう口を切った。

「義清を葛尾城から引きずり出すには、こちらから上田原に出て行くしかあるま

い」

なんのためらいもなく、平然と言った。

「義清の庭先にまで、こちらから兵を率いて出陣されると言われるのですか!」

思わず信繁が叫んだ。

甲府から佐久平を抜けて上田原に出るとなれば、二十里(およそ八十キロ)の余の行軍を要することになる。いったん板垣信方の居る上原城に入り、そこから出撃したにしても、大門峠《だいもん》を経て十二里の道程である。

おまけに途中の山道は、どこも雪に覆われているはずである。

一方の義清の本城である葛尾城からは、上田原は東南にわずか二里半の距離だ。まさに自分の庭先といってよい。敵地にまで出向き、一戦を遂げる理由はどこにあるのか。

「大門峠を越え上田原に至る道には、途中左手に塩田城が、また右前方には戸石城が大きく立ちふさがっています。これを落とすとなれば、どちらもひと月やふた月は要することになりましょう」

板垣、甘利両職の隣に座った飯富兵部が、即座に異を唱えた。

「恐らく義清は、塩田や戸石の城には、わずかの兵を入れるだけで、あくまで自分から籠城策を取ることはあるまい」

「なにゆえに？」

これにも兵部がすかさず尋ねた。

信虎の代から猛将で知られる兵部は、自分が納得できない限り、誰の言葉であろうとも容易に承服しないところがあった。晴信の言葉に心を動かされながらも、いささか気がかりと見ている様子だった。

「義清は管領家に対しても、また佐久や小県の豪族たちに対しても、ここで自分の実力を見せつけようとするだろう。自分の庭先にまでわれらが出向いてくるとなれば、あえて途中で阻止せず、自分の懐深くにまで引き入れようとする……」

「それを読んだ上で、敵の策に乗じようと？」

兵部が晴信の腹の中を読んだかのように、満足げな声を挙げた。

「今こそ無二の一戦を遂げる絶好の機会だ」

「しかしながらわれらの動きを見て、上野の兵が背後に回り込むとなると……」

信虎の全盛期には剛将として知られた小幡虎盛《おばたとらもり》が、めずらしく慎重な意見を口にした。

「憲政はもはや、自分から兵を動かすことはあるまい」

「なにゆえにそう思《おぼ》し召されますのか？」

すでに五十八歳という老境に入っている虎盛は、晴信の血気にあえて異を唱えている様子だった。そこから若い晴信の、真に意図するところを見定めようとしているかとも思えた。

「憲政は重臣長野業政《なりまさ》の反対を押し切って、志賀城救援に兵を差し向けた。その結果が小田井原での大敗に繋がった。もはや信濃に兵を出す余力などないと見ていい」

晴信はきっぱりと断言した。

憲政は志賀城に援軍を送る一年前、北条方に奪われていた武蔵河越《かわごえ》城を奪回すべく、それまで反目しあっていた扇谷《おうぎがやつ》上杉朝定《ともさだ》、古河《こが》公方足利晴氏《はるうじ》らと大同団結し、七万の大軍でこれを包囲した。

河越城には氏康《うじやす》の義弟綱成《つなしげ》が三千の兵で籠っており、落城は時間の問題となっていた。氏康は救援に赴いたもののとうてい勝ち目はなく、城兵の命ばかりは助けて欲しいと懇願した。だがこれは敵を油断させるための策であり、夜陰に乗じて八千の奇襲部隊を包囲軍に突入させたのである。

業政は事前に、氏康の油断のならないことを説いて出兵に反対し、その予想が的中した。志賀城救援に際しても、ふたたび同様の結果となっていた。小田井原での敗退後、北条の勢力は日増しに増大していたから、晴信は憲政の目が今関東に釘付けになっていると見ているのだ。

この河越夜戦の際には、実のところ晴信も一役買っていた。河越城が大軍に包囲され、苦境に陥った氏康は、この頃今川義元とも、駿河と相模《さがみ》の国境に当たる駿東《すんとう》郡長久保城をめぐって対陣していたが、両面作戦の不利を覚《さと》った氏康は、秘かに晴信に働きかけ、なんとか今川との対立を解消しようとした。

晴信もこの頃氏康と敵対していたのだが、氏康の熱心な働きかけに応じ、またその人物を見抜いてあえて義元に働きかけた。今川から奪っていた長久保城を義元に返させ、その上富士川以東の土地をも今川に譲るとの破格の条件を付し、義元を納得させて氏康の苦境を救っていたのである。

虎盛は晴信の言葉に、いたずらに気負い立っているのではないと見て、それ以上は口を挟まなかった。だが幾多の戦場を疾駆して、鬼虎の異名で知られたその表情には、まだ一抹の危惧を覚えているようにも、信繁には思えた。

「お屋形さまの言われるように、義清があえてわれらを上田原に引き入れようとするかどうか、まずは全軍挙げて塩田城を包囲なされてはいかがでしょうか?」

それまで黙ったままだった甘利虎泰が、独り言のようにつぶやいた。

それを耳にした晴信は、たちまち不快げに押し黙った。晴信にしてみれば、義清がどう出るか、すべて読み切った上でのことと言いたげだった。

「万が一、塩田の城に敵が籠っているようでしたら、この兵部の兵のみで落としてご覧に入れましょう。お屋形さまは全軍を率いて、そのまま上田原におすすみ下され」

飯富兵部が虎泰を、牽制するかのように言った。

信繁はこの間、沈黙を守った。

もはや晴信に異を唱えれば唱えるほど、ますます意固地になると思えたのである。それでなくとも、志賀城で晴信が取った非道な仕打ちを非難した信繁に対し、あからさまな不快感を露わにした晴信なのだ。

「義清を相手の先陣は、この小山田出羽守にお任せください」

志賀城陥落の第一の功を誇る信有が、兵部に負けじと続いた。

「うむ」

満足げに大きくうなずいた晴信は、ここでやにわに脇に置いてあった文箱《ふばこ》の蓋を開けた。大きな朱印の押してある十数枚もの文書をおもむろに取り出し、目の前に居並ぶ諸将に向かってこう言った。

「この書面には、〝信州本意（意のまま）においては相当の地を宛行《あてが》う〟と明記し、わしの朱印が押してある。これをそなたたちに、あらかじめ与えておくことにする」

晴信はわざわざその一枚一枚を諸将に示し、念を押すように力強く言い放った。

つまり、村上義清との戦いに勝利したなら、相応の土地を間違いなく授与するとの、晴信の約束手形なのであった。

峠

一

天文《てんぶん》十七年（一五四八）二月一日、晴信《はるのぶ》の率いる武田軍七千は、甲府を出陣した。

いったん上原城に入った後、大門《だいもん》峠を越えて小県《ちいさがた》郡に進出し、上田原をめざした。峠越えは雪が深く、行軍は難渋した。だが晴信の意志は固く、将兵の誰一人として不満を口にする者はいなかった。

信虎《のぶとら》の駿河《するが》追放以来、甲斐《かい》の人々の若き国主晴信に寄せる期待は、高まるばかりであった。その一方で、戦に駆り出される寄子《よりこ》やその家族の大半は、大きな負担を強いられることになった。

それでも諏訪領の併合や佐久地方の諸豪族たちとの戦いに、武田軍はつぎつぎに勝利している。行く手には、なにか知れない大きな希望が待ち受けているようで、誰の心にも灯火《ともしび》が点《とも》っていた。

「この峠を越えさえすれば、すぐ目の前に自分たちが手にすることのできる沃野《よくや》が広がっている……」

口には出さずとも、一人ひとりの将兵たちの胸中には、そんな想いが行き交っていた。

晴信が義清《よしきよ》の出方を読んだ通り、塩田城には村上方の将兵は籠っていなかった。飯富兵部《おぶひようぶ》が先行して城を包囲すると、ほとんど抵抗らしい抵抗を示さず、城兵はことごとく夜陰にまぎれて退去した。

「そのまま城内に止《とど》まり、敵の動きに備えよ」

晴信は飯富兵部に向けて、指令を下した。

「われらを油断させ、武田の全軍が上田原に進出した後にふたたび塩田城に兵を入れ、背後を断つことも考えられる」

晴信は、そう兵部に伝えることを忘れなかった。

二月十四日の朝、武田軍は上田原に進出した。一面雪に覆われた平野の中央部を、大きく取り囲むように義清の軍勢が陣を構えているのが、遠目に飛び込んできた。村上軍の各隊は、それぞれが三段に構えており、縦に薄く横に大きく広がる鶴翼《かくよく》の陣形を敷いていた。

武田軍の先陣を雪原に誘《おび》き寄せ、十分に引き付けたところで左右に展開している各隊がこれを取り囲み、一気に殲滅《せんめつ》する作戦であろう。総勢は武田軍と同じ七千余りかと思えた。南東から北西に流れる千曲川《ちくま》を背に、一定の間隔を置いて兵を展開していた。

前日までの物見の報告によって、村上軍の動きはおおよそ掌握しているつもりだった。だが義清の方は、それ以上に武田軍の行動を読んでいた。この日の巳《み》の刻《こく》（午前十時）を期して、晴信が上田原に兵をすすめてくると予測した。いつでも戦端が切れる態勢で待ち構えていたのだ。

「大河を背に布陣するとは、覚悟の一戦ということか。それとも、こちらをなにがなんでも誘い込むための策か……」

これまで常に武田軍の先陣を勤めてきた甘利《あまり》備前守虎泰《びぜんのかみとらやす》が、晴信に向かって真っ先に口を切った。剛勇で知られた虎泰だが、一方で細心さも兼ね備えている男である。地形を知り尽くしている義清が、あえて背水《はいすい》の陣を敷くということはそれなりの策がある、と言いたいのだ。

晴信の脇備えを担う信繁《のぶしげ》も、雪原の向こうにひっそりと静まり返っている村上軍の陣営に、ただならぬ空気が漂っているのを感じた。

「義清の覚悟の程は承知の上だ。この戦いこそ、この先信濃への道が開けるかどうかを占う、われらにとっての大事の一戦だ」

将兵の戦意を煽《あお》り立てるかのように、晴信が叫んだ。

もはや晴信の心は決しているようだった。雪の大門峠を越えて、長駆この地にまで足を踏み入れたのである。なにがなんでもという意気込みが、肌を刺すようにひしひしと伝わってきた。

「甘利殿に代わって、ここはわれらが先陣をお引き受けいたしましょう」

すかさず小山田信有《のぶあり》が、声を挙げた。先陣はなにより勢いに勝る者が勤めるべき、と言いたいのだ。

「差し出口、無用！」

虎泰が信有を一喝した。熱を帯びた二人のやり取りに、晴信はあえてどちらの肩も持たず、満足げな表情を見せた。

戦いの気運は一気に高まっていった。虎泰と並んで武田の両職（二人の家老職）を勤める板垣信方も、いつもの慎重さをかなぐり捨てたかのように、自ら第一陣を買って出た。

正午近くになって、どちらからともなく戦いの火蓋が切られた。両陣営とも、さかんに遠矢を射掛けた。続いて長柄《ながえ》の槍隊を突出させ、しきりに敵側を挑発した。騎馬の兵が数十騎の隊を成し、互いに敵の陣形を攪乱《かくらん》しようと突出した。

信繁は晴信の本陣を固く守り、遥か前方で繰り広げられている戦況を注意深く見守っていた。押しつ押されつ、入り乱れた攻防が一刻《いっとき》（およそ二時間）余りも続いた。そんな中で小山田隊の動きは、遠目にもひときわ目立った。

志賀城攻めの際、その働き振りが晴信によって評価された。それによって、信有は気をよくしていた。信有は晴信の力量を、当初は疑問視していた。侮《あなど》りがたいと見抜いた後は、自分から積極的に協力するようになっていた。幾度となく敵の重囲に陥りながら、そのたびに内側からじわじわと撥ね返し、逆に敵の包囲陣を崩れ立たせた。これに刺激されたのか甘利隊、板垣隊が、敵の待ち構える真っ只中に果敢に突入していった。

伝令の騎馬兵が晴信の本営に駆け込み、前線での戦況を、短く報告した。そのつど晴信からの指令が騎馬兵に伝えられた。騎馬兵はあわただしく馬首を返し、一直線に前線に帰って行った。

「村上義清と思《おぼ》しき騎馬武者が、自ら白刃《はくじん》を振りかざし、板垣信方さまの第一陣をめがけて接近戦を挑んでいる模様です！」

未《み》の刻（午後二時）を過ぎた頃、伝令の兵が驚くべき一報を持って、本陣に駆け込んできた。

「なんだと！」

晴信が思わず、床几《しょうぎ》から立ち上がった。

じっとしていられないというように、大きく背伸びをした。続いてその場を行ったりきたりした。自らも馬を引かせかねない意気込みであった。

「義清を、断じて取り逃がすなと伝えよ！」

伝令に向かって、大声で叫んだ。

「ははっ」

晴信の命を耳にするや、騎馬兵ははじかれたように、板垣隊めざして駆け戻って行った。

義清は剛勇で知られた武将である。これまでの戦いでも、しばしば先頭に立って、味方の士気を煽った。義清にとってこの一戦に敗れれば、これまで自分に靡《なび》きつつあった信濃の小豪族たちが、たちまち晴信の方に目を向けると見ているのだ。

あえて自分の庭先にまで、晴信を引き込んでの一戦である。自分の手で、なにがなんでも晴信の首を取りたいとの、不退転の意気込みが感じられた。それは晴信とて同じ気持ちなのだ。身近にいる信繁には、ひしひしと伝わっていた。

晴信の意気込みが、そのまま武田軍の前線に伝わった。それまで押しつ押されつ、互角に戦っていた両軍の均衡が、飽和点に達し、義清自らが乗り出した板垣隊との間の戦闘が、遠目にも激しさを増していった。

団子状態になって混戦が続いていたのが、半刻余り（小一時間）の後、突然、村上軍の兵が大きく崩れ立った。板垣隊に背中を見せ、坂城《さかき》の葛尾《かつらお》城のある方角に向けて、敗走を始めたのである。

「義清を討ち漏らすまいと、板垣信方さまが自ら兵を率いて追撃に移りました！」

伝令の兵が晴信の本営に駆け込み、あわただしくそう伝えた。

「断じて義清を取り逃がすな！」

高ぶった晴信の声が、戦場に響き渡った。

ただちに伝令の兵が晴信の命を伝えるべく、信方の後を追った。この時後方に陣取っていた村上軍の諸隊が、いっせいに前進を始めた。崩れ立った義清の隊を追う板垣隊に続いて小山田、甘利の隊が追撃に移るのを、阻止しようとの動きと思われた。

真っ先に甘利隊が包囲され、激戦となった。小山田隊は自軍も奮戦しつつ、甘利隊との連携を維持しようと左右に激しく動いた。

「小幡《おばた》隊に続き、原美濃守《みののかみ》隊も、ただちに村上軍の背後に回れ！」

晴信の命令が下り、それまで戦況を見守っていた小幡隊、原隊がつぎつぎに戦闘の渦中に参入していった。これによって武田の各隊が、じわじわと村上軍を押し返し始めた。だが一見したところでは、どちらが優勢とも判別しがたかった。

本陣脇備えを命じられている信繁隊、穴山信友隊は、武田の本営めがけて駆け入ってくる敵襲に備え、戦闘態勢に入った。義清が敗走に移ったことで、村上軍将兵は浮き足立つかと見ていたのだが、信繁の予想に反して村上軍の動きは衰えていなかった。

信繁は、義清の追撃に移った板垣隊の行方が気がかりになった。信繁の耳には、はじめに叫んだ晴信の、

「義清を取り逃がすな」

の声が、今も耳の奥に響き渡っていた。

そこには晴信の、ひどく気負った、焦りの気持ちが剝《む》き出しになっていた。信繁の脳裏を、一瞬の間、不吉《ふきつ》な予感が掠《かす》め過ぎた。

二

小山田隊、原美濃隊の奮戦が続いた。

信繁の見る限り、双方互角の戦いが繰り広げられていた。村上軍は義清の敗走にもかかわらず、各隊は戦場に止まり、果敢な攻撃を繰り返した。

やがて村上方の新手の数十騎の騎馬兵が、つぎつぎに武田の前衛を突き破って、本営近くまで肉薄してきた。信繁や穴山信友の率いる脇備えの兵が応戦し、激戦となった。それに続いて晴信の旗本隊までが、激しく刃《やいば》を交えるまでになっていった。

「お屋形さまは、後方にお引きください！」

信繁は思わず晴信のもとに駆け寄り、自分の身を投げ出すようにして、晴信をかばった。

気がつけば晴信自身、敵兵と時に刃を交えるほどの白兵戦が、展開される戦況にまでなっていたのである。

「信方はいかがいたした？」

晴信の口から、そんな言葉が洩れた。いつにない苛立《いらだ》ちが、その声音《こわね》には感じられた。板垣信方が義清を討ち取ったかと尋ねているのか、それとも信方自身の無事を案じてのものなのか、どちらともつかなかった。

「ほどなく、義清の首を討ち取ったとの報が、もたらされることとなりましょう」

穴山信友が、ことさらに落ち着き払った口調で、晴信に向かって言った。信繁にはその口調に、微《かす》かな皮肉が込められているように思えた。

信虎によって甲斐国がひとつに統一されるまで、しばしば信虎と敵対し、刃を交えたことのある信友である。戦慣れした信友の目から見れば、晴信の姿はいかにも落ち着きのない、頼りないものと映っているのか。

穴山の家は、武田宗家に最も近い筋との自負がある。武田の姓を名乗ることを許されている親族衆筆頭の家柄でもある。公式の書面などには「武田伊豆守《いずのかみ》信友」と署名しており、いつなりとも守護家を名乗る用意があるという気概を持っていた。

晴信の姉南松院《なんしょういん》を正室に迎えており、駿河追放前の信虎に、最も近い人物だ。そんな信友の言葉だったが、早馬で晴信のもとにもたらされた報告は、誰もが思ってもいなかったものだった。

「板垣信方さま御討ち死に！」

晴信のもとに倒れ込むように駆け込んできた伝令の騎馬兵の口から、そんな言葉が飛び出したのである。

晴信の顔が一瞬にして、驚愕《きようがく》の表情に変わった。

信じられない報告であった。義清の率いる村上軍を崩れ立たせ、一気に追撃に移った信方の盛んな勢いを目《ま》の当たりにしていた晴信や信繁にとって、むしろ吉報をこそ期待していたのだ。

第一報のみでは、なんとも納得できなかった。だが晴信のもとに、つぎつぎと信方の悲報が伝えられるにつれ、真相が次第に明らかになっていった。

義清を取り逃がすまいと急追した板垣信方の兵は、地形を知り尽くした義清によって、巧妙に誘い出されたのである。退路を断たれ、秘かに待ち伏せしていた敵兵に取り囲まれてつぎつぎに討ち取られていった、というのだ。

「義清の策に嵌《は》められたというのか！」

思ってもいなかった展開だった。晴信はみるみる顔面を蒼白にした。視線は宙に浮き、一瞬、足元が定まらなくなった。

日脚の短い、早春の一日が暮れようとしていた。

信繁や穴山信友の脇備えのみならず、晴信の旗本隊の反撃が活発になるにつれ、村上軍側からの突撃は次第に衰えていった。

雪原に繰り広げられていた両軍の戦闘は、小山田隊、小幡隊、原美濃守隊の果敢な攻勢によって逆転し、あたり一面が薄暗くなり始める頃には、上田原から村上軍の姿はことごとく消え去っていた。

だがその日の戦いは、それだけでは終らなかった。晴信のもとにもたらされた報告は、板垣信方の死に劣らず衝撃的なものだった。

「甘利備前守虎泰さま、敵に包囲され、討ち死になされました！」

武田の職である板垣信方・甘利虎泰の死は、晴信にとってまったく思ってもいなかった大きな誤算だった。信虎の追放以来この二人は、まさに晴信を支える両輪といってよい存在になっていたのである。

表向き、上田原の戦場から村上軍を駆逐《くちく》したとはいえ、武田軍の蒙《こうむ》った損害も計り知れないものがあった。

「このまま夜を迎えるとなれば、敵方は夜襲を仕掛けてくるかと思われます。この場はただちに陣払いを！」

穴山信友が晴信に向かって進言した。

ここはもはや、いったん兵を退《ひ》くべきである。誰もがそう思った。いったん退却した村上勢だが、地の利を知り尽くしているだけに、夜陰にまぎれて、なにを仕掛けてくるか知れなかった。だが晴信は、

「ならぬ！」

と皆が、自分の耳を疑うような返事を返しただけだった。

「なにゆえですか？」

納得しかねると言わぬばかりに、信友があえて一言《いちごん》した。

「われらは勝利した。敵を戦場から追い払ったのだ！」

「………！」

居合わせた者たちは、一瞬、言葉を失った。

（お屋形さまは、本当にそう思っているのだろうか？）

単に若さゆえの判断不足なのか。それともみんなの手前、負けを認めたくないがための強がりに過ぎないのか。

たしかに最後まで戦場に止まっているのは、武田軍には違いない。上田原は敵

の庭先である。村上軍はそれを放棄して、ことごとく葛尾城に兵を引き上げさせてしまっている。その上大将の村上義清は、真っ先に戦場から離脱しているのだ。

しかしながら村上方の主だった将は、誰一人生命《いのち》を失ってはいない。それに引き換え、武田方の損害は甚大である。板垣、甘利という、いわば晴信の両腕とも言える二人を敵の手で討ち取られてしまっているのだ。

村上方にしてみれば、これほど声高に言い触らせる好宣伝材料はない。晴信の首は取れずとも、それに準ずるほどの大勝利と誰もが認めるはずである。このまま城に籠って、晴信の出方を待つだけで十分なのだ。

またこの先、もし晴信が無理にも城攻めを強行すれば、まさに思う壺である。

義清にしてみれば、武田を恐れて城から出ないのではない。機があればいつでも出撃できる。いわばこれからは、敵を翻弄《ほんろう》するための籠城策なのだ。長期戦になればなるほど、ますます有利になるのは、明らかに村上方である。この地に遠征してきている武田軍が、兵糧に苦しむのは目に見えている。周辺の豪族たちの晴信を見る目は、冷ややかなものになっていくであろう。

「村上方の兵は生命からがら、戦場を離脱して行きました。もはやわれらが退却に移っても、義清に追撃の余力はありますまい」

小山田信有が、晴信の心中を察して口を挟んだ。村上軍を上田原から追い払ったのは、他ならぬ小山田勢の奮戦によってなのだ、と言いたげな口調でもあった。その信有でさえ、このままこの地に止まっていることの不利を、暗に主張していた。

もはや一刻も早く、夜陰に乗じて陣払いが必要という認識で、諸将の考えは一致していた。少なくとも、いったん飯富兵部が占拠している塩田城に入り、義清の出方をうかがう方がよい。

「殿軍《しんがり》はこの信友にお任せください。村上方が追撃に出てくるようであれば、そのときこそ散々に迎え撃ってご覧に入れます」

信友が信有に負けずと言い出した。板垣、甘利亡き今、否が応でも自分が前面に出なければ、と言いたげだった。

「一兵たりとも、この場を動いてはならぬ」

「……………！」

晴信の顔を凝視しながら、穴山、小山田、原美濃守ら主だった諸将は、互いの顔を見合わせるようにした。

(お屋形さまはいったい、なにを考えているのか)

信繁に向けられた諸将の視線が、明らかにそう語っていた。

だが信繁には、晴信の心の内が見えていた。

父信虎の追放以来、どちらに転ぶかわからない危うい均衡を保ちつつ、家臣・領民をはじめ、敵味方の心の内を凝視し続けてきた。そうした結果を踏まえ、新たに慎重な第一歩を踏み出したつもりであった。

しかしながら、自分の目の前に出現した光景はどうだったのか。

明らかに自分の思惑とは、大きく異なる結果を生み出してしまっていた。ようやく自分の意図するところを理解し始めた二人の重臣を、一度に失う事態が訪れようとは、想像もしていなかったであろう。

自分が立っている足元が、大きく口を開けて自分を呑み込もうとしているような感覚を、晴信は味わっているに違いなかった。しかも、この場を逃れようとすれば、自ら犯した決定的な誤りを自分で認めてしまうことになる。

それは同時に、自分自身の心の内にいつのまにか芽生えてしまっていた〝油断〟というものに、否応なしに向き合わなければならないことを意味するのだ。晴信が日頃最も戒めていた、増長という〝油断〟そのものに……。

今はそれらのなにもかもを、断じて受け入れたくはない。せめてこの上田原における武田の本陣にしっかりと止まっていることで、自分に襲い掛かってくる過酷な現実を、辛《から》くも撥ね返そうとしているのだ。

信繁には、重臣たちがこの場に及んで、自分になにを期待しているのかがわかっていた。

（お屋形さまをなんとしても説得して欲しい。それができるのは、お屋形さまから最も信頼されている弟の信繁殿を措《お》いてない）

誰の目にもそんな思いが宿っていた。

だが信繁には、あえて晴信にそれを言いだすつもりはなかった。いやむしろ自分がそれを代弁すれば、ますます兄の心を打ちのめすだけだと、承知していたからである。

三

武田軍は、上田原の戦場に止まったままになった。それからは、いたずらに時が流れるばかりになった。

その間、晴信の沈黙は続いた。父の信虎と異なり、晴信はまずは周囲の意見に注意深く耳を傾けるのが常である。だが今度ばかりは、ひたすら自分の殻に閉じ籠ったままになった。

その頑迷さは、日を追って強くなっていくように思えた。誰一人、あえて晴信に近づく者はいなくなった。村上軍の夜襲を恐れていたものの、葛尾城に退いた村上方の動きは、その後まったく見られなくなった。

晴信の不気味な沈黙を恐れてなのか。それとも武田軍が兵を返すのを待って、追撃に移ろうとしているのか。

「恐らく義清もこちらの手強《てごわ》さを知って、むやみに手を出してこられないのであろう」

小山田信有が信繁にとも、信友にともなく言った。

たしかに村上方の蒙った損害も、決して少なくはない。形の上では武田の両職を討ち取ったという大きな戦果を挙げてはいるが、その後の勢いに乗じる余力は残されていないと見てよかった。

「義清にしてみればこのまま武田が兵を退けば、周辺の豪族たちはみんな村上方の圧倒的な勝利を信じる、と見ているのだろう」

鬼美濃の異名で知られる戦場経験の豊富な原美濃守虎胤《とらたね》が、義清の心理をそう忖度《そんたく》してみせた。虎胤はこれまで城攻めを得意としてきた。どんなに攻めるのが難しい堅城といえども必ず弱点はある。正面突破と見せかけて敵の注意を一点に集中させ、その間に備えの手薄なところを見極める。水の手や外部につながる間道を見つけ出し、これを断って相手を窮地に追い込むのである。

だがその虎胤にしても、武田の側の不利を撥ね返すため、このまま葛尾城攻めにまで持ち込むだけの余力は、武田軍に残っていないと見ているのだ。

なんといっても板垣・甘利の両職を失っていることが、心理的に、晴信のみならず武田の将兵に与えた衝撃は大きかった。

結局十日余りが、いたずらに過ぎていった。

「このままでは兵が疲弊《ひへい》するばかりだ」

穴山信友が、苦りきった表情でつぶやいた。

「お屋形さまにそれを、わかって貰わなければなるまい」

「お屋形さまを動かせる人間が、どこにいるというのだ」

小山田信有も、原虎胤も暗に信繁が働きかけてくれなければ、と言いたげなのはわかっていた。だが信繁にしても兄の苦衷《くちゅう》を察している。晴信が自分で自分の心の内の葛藤を、克服する以外に方法はない。

「こうなればやむを得ぬ」

独り考えに耽《ふけ》っている様子だった信友が、決心がついたと言わぬばかりに、顔を挙げた。重臣たちを代わる代わる凝視した。

「なにか妙案でも？」

何事を思いついたのかと、信有が半ば相手の肚《はら》を探るような目を、信友に向けた。

「うむ……」

信友は一瞬、ためらう素振りを見せた。それから思い切るようにこう言った。

「ここは北の方さまに、ただちに陣払いをされるようにとの文《ふみ》を、お屋形さまに宛ててお寄せいただくしかあるまい」

「……」

重臣たちは互いに顔を見合わせたままになった。

そんなことを、とはじめは思った。

（戦場でのことに女人《にょにん》の助けを借りるとは……）

とんでもないことだ、と思えた。

だが、よくよく考えてみれば妙案には違いなかった。晴信は何事にせよ母親を第一に敬《うやま》い、その意見に服してきている。それを信友が思い起こしたのであろう。晴信の頑《かたく》なに閉じてしまった心に、唯一言葉を届けるにはこの手以外にはない。

信繁にもそう思えてきた。

「このこと、信繁殿はいかがお考えか？」

勢い込んで虎胤が信繁を見返した。虎胤もこれ以外に良策は考えられない、と言わぬばかりである。

母を巻き込みたくはなかった。だが、自分がなにもできない以上、兄の心に働きかけることができるのは、母を措いてはいない。

穴山信友の正室は信虎の次女、晴信・信繁の姉である。この信友の妻の口から母に働きかけてもらえれば事は運ぶであろう。他に手立てがないとなれば、信繁もあえて反対を言い出せなかった。

幾日かが過ぎた。諏訪の上原城にいる駒井高白斎《こうはくさい》などの斡旋《あっせん》もあって、晴信の元に母からの手紙が届けられた。しかしながら、それでも晴信には、なんの変化も見られなかった。

「北の方さまが、ご自身でこの地にお出ましになられると、おっしゃっておられるようです」

「真《まこと》のことか!」

信友の言葉に、重臣たちは一様に驚きの声を挙げた。

母にはわが子の苦衷が、容易に想像できるのであろう。そこから救い出す手立ては、自ら動くことしかないと思い立ったのか。信繁には、わが子のためになにもかもを投げ出そうとする母の思いが、直に伝わってきた。

「お屋形さまとてこの雪の原にまで、北の方さまがわざわざお出ましになられるとなれば、ご自分のお考えを改められるでしょう」

信友に得意げな表情が浮かんだ。

あの母であれば、実行に移しかねない。そのことは晴信自身も、十分に承知しているはずである。

月が替わった三月五日になって、晴信はついに上原城に向けて退却を命じた。

塩田城の飯富兵部も、いったん甲府の地に兵を返した。

武田軍退却の報は、たちまちのうちに北信濃一帯に広まった。晴信の手によって武田軍の手に落ちていた佐久地方の諸城、内山城、前山城、田ノ口城などがつぎつぎに村上軍の攻撃に曝《さら》され、放火された。

それにつれて多くの豪族たちが、ふたたび村上方に靡《なび》き始めた。

諏訪郡代板垣信方の敗死は、諏訪地方に大きな動揺をもたらした。晴信の諏訪領併合は、もともと地元の中小豪族たちの間に不満を生んでいた。頼重《よりしげ》の娘を側室に迎えているとはいえ、そのこと自体も立場を変えれば、ひどく強引なやり方と見られていた。

もっとも晴信と頼重の娘との間には、二年前に勝頼《かつより》が生まれている。将来、諏訪領はこの勝頼が受け継ぐと期待されてもいた。

躑躅《つつじ》ヶ《が》崎《さき》館に帰った後も、晴信は奥の一室に閉じ籠りきりになった。誰も寄せ付けず、しきりに思い悩んでいる様子がうかがわれた。

「このところ小笠原長時が、しきりに諏訪の地侍たちに働きかけ、反武田の動きを煽り立てているようです」

駒井高白斎が、諏訪から帰ったばかりで、さっそく信繁に報告した。高白斎にしてみれば、誰よりも晴信にこのことを報告したいに違いない。だが、側近であり祐筆《ゆうひつ》でもある高白斎にすら、晴信は面会しようとはしなかった。

仕方なく、せめて信繁の口から、伝えてもらいたいとの思惑が、高白斎の胸の内にはあった。

四月五日に、小笠原長時は村上義清をはじめ安曇《あずみ》郡の豪族仁科道外《にしなどうがい》、並びに長時の妹婿である藤沢頼親《よりちか》ら晴信に敵意を抱いている信濃の豪族たちに働きかけ、諏訪下社に乱入したというのである。頼親はかつて高遠頼継《よりつぐ》と手を組み、晴信に反抗した。鎮圧され、以後武田に服していた。

明らかに晴信に対する挑発であった。四月十五日には諏訪上社の御柱《おんばしら》引きと、下社の宮移りの祭礼が行われる手筈になっていた。これを妨害しようとして意図されたものに違いなかった。

晴信は諏訪大社をなにより敬い、大切にしている。これを逆手にとって、その大切な神事を混乱に陥れたのだ。厳粛であるべき神事すらも、今の晴信には守り切ることができない。そのことを、領民に見せ付けようとの意図から出たものだ。

上田原の敗戦によって晴信に対する評価は一変した。これを境にして一気に、反武田の信濃の領主・豪族が互いに手を結んだ。武田を信濃国から追い出しにかかったのである。

「今から思えば、何事にも独断専行の嫌いがおありだった信虎さまだが、それはあくまで甲斐国内の、いわば身内同士の戦いに対して発揮されてきたことだ。諏訪神家に対しても、義清や根津一族などに対しても、先のお屋形さまはあくまで慎重に、一歩一歩融和策を取られていたのだ……」

小幡山城守虎盛が、ふと信虎の時代を思い浮かべるかのようにつぶやいた。鬼虎と異名を取り、信虎と共に戦場を往来してきた老臣の述懐である。

ここまでは晴信に対する評価が高まる一方だった。ふとわれに返って、足元を見つめ直してみる必要もあるのではないか……。家臣たちの間で、そう自問し始めているような気配すら感じられるのだった。

四

「お屋形さまがなにをお考えになっておられるのかと、家臣・領民の間に不安が広がっております」

信繁は自分から北の館に住まう母親の元を訪れた。率直に自分の気がかりを、口に出して問いかけてみた。母親に、知恵を借りようとの思いからではない。なんといっても晴信が上田原の戦場から兵を退く気になったのは、母の力があってのことである。兵を引き上げさせたのは、晴信が戦場にまで自ら出向いてくるという母の決意を知って、その身を案じてのことだ。

「そなたはどう思っておいでなのじゃ？」

信繁の問いには答えず、母の方から逆に尋ね返してきた。その眼差しは穏やかで、少しの翳《かげ》りもなかった。

「義清や長時の反武田の動きは、いっそう激しさを増してくるものと思われます」

「………」

無言のままうなずいて、そのまま信繁のつぎの言葉を待った。そんな母親の少しも動じる風のない、ひっそりとした表情を見ているうち、信繁はおのずからそれまで頭になかった言葉が、自然に流れ出てきていた。

「お屋形さまはこのたびの油断が、ご自分の心の内のどこから生まれ出てきたものなのかと、ご自身納得のいくまで考え続けておられるのではないかと……」

「ほう」

肯定とも否定ともつかぬ声を発した。微かにうなずくようにし、さらに先を促すようにした。

「誰の声も耳に入れず、今はひたすらご自分の心の内を見つめ続けているのではないかと、推察いたしております。起こったことのすべては、自分自身の心の内にこそ原因があったのではないかと……」

「それでそなたは、自分からは声をかけなかったのですか？」

「なにかを申し上げたとしましても、今はわたしの言葉がお耳に届くことはないと思っておりました」

「なるほど……。それで？」

ちょっと目を上げるようにして、信繁のつぎの言葉を待った。

「今はまた家臣・領民の、自分に対する見方がどう変わりつつあるか。あるいは変わらないままの点があるのかどうか。見定めようとされているのではないかと思われます」

「ではこれから先は？」

「恐らく長時・義清・頼親をはじめ、諏訪の旧臣たちがどんな動きに出てくるか。用心深く見極めようとされるでしょう」

「それでそなたはこの先、どうされようとしておられるのじゃ？」

自分の考えを少しも口にしようとはしなかった。ただ信繁がなにを考えているのかを、問うばかりだった。

じっと信繁を見つめる母の目は、これから先のことはなにもかも、信繁が思い描いている通りにすすんで行く、とでも言いたいようにすら思えた。

「すべてご自分の心の内のどこに原因があったのかと、お屋形さまのお気持ちが定まるのを待つしかありません」

信繁はきっぱりとそう言い切った。

今の今まで、信繁自身、思い悩んでいた。しかしながら、母は少しも動じていないのだ。いかにも目の前にいる信繁を見据える眼差しが、波紋すら立たない水面《みなも》のように澄んでいた。それがゆえに、いつの間にか信繁自身の気持ちも和らいでいた。

よくよく考えてみれば、晴信が初めて迎えた絶対的な危機である。それをどう乗り越えるか。それを真正面から突きつけられているのが晴信なのだ。今は周囲が騒ぎ立てたところでどうなるものでもない。

わずかでも心が弱っているときは、誰でも外の声に耳を傾けがちになる。自分の考えが原因で招いた結果なら、それを見据え続ける必要がある。そこから見えてくるものをこそ、自身で摑み取っていかなければならない。それは晴信自身が、誰よりも承知しているに違いないのだ。

ではその間、信繁自身はなにをなすべきか。

(あれこれ迷う心を、いっさい捨てることだ)

晴信が自身の心に問い続けている間、自分はじっと待ち続けるしかない。晴信の心の内に生じたわずかな隙、誤った方向へと駆り立てる心の逸《はや》りは、誰に指摘されるまでもない。二度とふたたび味わいたくはないというほどに、向き合うべきことなのだ。

(ただその後に、そんなお屋形さまをなにもかも承知で、その先の立ち直りをじっと待ち続けている人間が居るということに、思い至らせることだ)

信繁はそう自分の胸の内で、独りつぶやいた。

信繁の心の動きを読み取ったのか、母は色白で柔和な頬を、わずかに動かして微笑んで見せた。

「ところで以前、お屋形さまの口から漏れ聞きました。お屋形さまのすすめにもかかわらず、そなたは正室を迎えようとはしていないと……?」

この機会にとばかりに一転して母は、信繁がいっこうに嫁を迎えようとしないことに話の水を向けてきた。

「このことばかりは次郎は頑固で困っていると、わたしにたびたびこぼしたものです。そなたももはや、二十四歳になられたはずじゃが？」

「はい……」

と、うなずいた。どう答えようもなかった。

「そなたは父上と叔父の信恵《のぶよし》殿との間をはじめ、かつての武田の家督をめぐって何度も繰り返されてきた兄弟同士の争いごとが二度と起きないようにしようとされておられるのか？」

柔らかく包み込むような表情ながら、その目の奥には、キラリと光るものが感じ取れるのだった。

「いえ、そんなつもりではありません」

「ほう、それではなにゆえに？」

「わたしの心に適《かな》う娘に、これまで出会えませんでしたので……」

信繁は曖昧に、この場を言い逃れようとした。

「それがそなたの本心なのか？」

いつになく真剣な眼差しが向けられているのが、信繁にもわかった。

「はい……」

とうなずいたものの、ふと自分を振り返ってみた。意識的に目を向けてこなかったような気が、しないでもなかった。

「どんな娘ならそなたの心に適うと？」

信繁の視線を、ひたと捉えて離さなかった。

「家柄や家格にいっさいかかわりのない、娘の気質そのものにわたしの気持ちが動かされるのであればと……」

信繁はこれまで、漠然と抱いてきた女性像の一端を口にしてみた。本心からすれば、もとより争いごとのいっさいの芽を、自分からは決して招きたくはなかった。父をではなく、兄を自分から選んだ以上、このことに徹するのが人としての筋であるとも思えていた。

「そなた自身の家を保ち、そなたの子孫を繋いでいくことも、お屋形さまを支え、武田の家を安泰にしていくためには必要なことです。それを忘れてはなりません」

噛んで含めるような言い方だった。その言葉の裏には、信繁の身を思いやる、慈愛の念が含まれていた。

しばらく信繁を見つめたまま、沈黙が続いた。それからふと思い当たったとでもいうように、こう言った。

「わたしの目に適った娘であれば、そなたは納得されようか？」

信繁の心を見透かすように、いたずらっぽく微笑んだ。

「はい、それは……」

もはや逃れようはなかった。信繁の気持ちを、なにもかも承知の上で、この母が勧めるような娘であれば、もはや信繁にも異存はなかった。

「一人、わたしが気になっていた娘がいるのですよ」

「大井の家系に繋がる娘ですか？」

「いいえ、椿の城（上野城）の近くに住む農家の娘です。その娘の母が、お祖父《じい》さま（信達《のぶさと》）の身の回りを世話するために城に出入りしておりました。その際、母親が時折り連れてきていた娘で、ふみといいます。今はもう、十七、八になっているはずです」

「お亡くなりになられたお祖父さまも、その娘を見ているのですか？」

「すっかりお気に入りで、わたしの幼い頃を見ているようだと、孫娘のように目をかけておいででした」

「わかりました。その娘を正室に迎えることといたします」

信繁の心は決まった。

同時にその目は、すでに諏訪湖の向こうに境を接している信濃守護職小笠原長時の動きへと向かっていた。

五

「諏訪湖の西方衆《にしかた》が、このところ長時の働きかけに応じて、大半が反武田に転じ始めているようです」

上原城と躑躅ヶ崎館の間を行き来している駒井高白斎が、信繁の部屋を訪れてそう語った。西方衆とは、諏訪湖の西岸、小笠原長時の領地と境を接する小豪族たちを総称した呼び名である。

　彼らはもともと武田よりも、信濃守護職小笠原家に心を寄せる者が多く、頼重を騙し討ちにした晴信のやり方を、快く思っていなかった。それでも諏訪家の重臣である守矢氏、千野氏などが、高遠頼継が諏訪家を継ぐことに反対で、頼重の遺児寅王丸《とらおうまる》を晴信が擁立《ようりつ》したことから武田の側に与《くみ》することになった。

　さらにその後になって、頼重の娘と晴信との間に生まれた勝頼が、諏訪神家を引き継ぐことが約束された。そんなことから今に至っているのだが、晴信の強引なやり方に反感を抱いている者たちは、決して少なくはなかった。

　晴信はこのところ、祐筆を勤める側近の高白斎にすら、めったに会おうとはしない様子である。その高白斎が、以前のように自分の目で晴信の様子をうかがい知れないのが、歯がゆくてならないと言いたげにこう言った。

「板垣さま、甘利さまを失ったのは、他ならぬご自分の気持ちの内にその原因があったと、思い悩まれておられるのではないでしょうか」

「うむ……」

　信繁はうなずいた。そしてこうつぶやいた。

「しかしながら、お屋形さまはいつまでもそこに止まってはおられまい」

義清や長時の動きは、晴信もすべて承知のはずである。だがそれでも頑なに沈黙し続ける姿に、重臣たちの間からは不満を口にする者が出始めていた。

「穴山さまや小山田信有さまは、このままでは小県や諏訪地方のみならず、せっかく手に入れた高遠城すらも失うことになると、しきりに危惧しておられるようです」

重臣たちの間には、外に向かって動き始めた武田の勢いが、かえってその裏で敵に付け入られる結果となれば、甲斐国そのものの存立すら危うい、と見ている者がいるのだ。

「どなたもはっきり口にこそ出されませんが、晴信さまが動かないのであれば、信繁さまかあるいは穴山さまがお屋形さまに代わって兵を動かし、断固敵を粉砕すべきであるとお考えになっておられるようです」

それは信繁自身も、ひしひしと感じていることだった。

晴信は、板垣・甘利の両職を恃《たの》んで義清に果敢に戦いを挑んだ。だが、思ってもみなかった結果に茫然自失している。なんら有効な対抗策を考え出せないでいるのではないか。多くの者が嫌悪していた実の父である信虎を、少しの混乱もなく駿河に追放した。続いて諏訪、高遠および小県郡の大半を掌中にした。だがそのことごとくが、戦死した板垣・甘利の陰の働きがあってこそのものだったのではないのか。

いつまでもその痛手から抜け出せないでいるとなれば、互いに手を結び合った敵を、勢いづかせるばかりである。晴信に代わるべき人間が、当面、敵の動きに対処すべきではないのか。判断が遅れ、敵の後手に回ることにでもなれば、取り返しがつかない。

そんなふうに考える者たちが、次第に増えているのも確かなのだ。

ここでもし甲斐国の危機を救うためと、信繁が自ら動きだしたとしたらどうなるか。諏訪領や小県の動揺は沈静化し、信濃連合軍をこれ以上勢いづかせないことには成功するかもしれない。

だがその後に、板垣・甘利の両職に代わって、信繁を擁立しあるいは混乱に乗じて自らが守護職の地位に躍り出ようと、企て始める者が出る。たとえ当面の危機は回避できたにしても、統一された甲斐国の混迷はまた深まるばかりとなる。

「お屋形さまは、敵味方一人ひとりの心の動きを、じっと見据えておられるのだ」

信繁は代弁するように言った。

(高白斎に対しては、隠し事をする必要はない)

信繁はそう見ていた。いやむしろ、高白斎を通して、自分の心の内をこそ伝えるべきなのだ。高白斎を疑っているわけではない。誰よりも晴信に接近できるのは、なんといっても高白斎を措いていない。

高白斎の口から、誰がなにを語っているかが伝わるというより、晴信自身が必要とあれば高白斎の様子を見るだけで、容易にそれらを察するに違いないのだ。いつまでも高白斎を、自分の側から遠ざけているはずはないのである。

(たとえ今は、誰よりも信頼をおいていると見えるこの信繁に対してであろうと、同様に違いない……)

信繁はそう心の内で思っていた。

そんな晴信が、自ら出陣の命を下したのは、七月十一日になってだった。

その日の前日、諏訪西方衆と共に、神家の一員である矢島氏、花岡氏といった者たちが、長時に同調して諏訪に乱入した。諏訪神家の重臣で、武田の側に付いている守矢氏、千野氏らは家屋敷を打ち捨てて上原城に緊急避難した。諏訪領は大混乱に陥っているとの報告が入った。

さすがに晴信も、この事態を耳にしては自ら動かざるを得ないと見たのだろう。十二日午後に兵を整え、甲府を出陣した。しかしながらその後の武田軍の動きは、いつもとはまったく違っていた。まるで逡巡《しゅんじゅん》するかのように、緩慢だった。

「追い込まれて全軍に出陣をお命じにはなったものの、どうしたものかと未だにお迷いになっておられるのだろうか？」

「なんでも、ご重臣方のどなたに対しても、いっさいご相談されることはないらしい。なにやら考えに耽ってばかりと聞くのだが……」

「弟の信繁さまにも、一言のお声も掛けられないとか」

従軍している将兵のほとんどが、そんな不安を口にするばかりだった。

いつもの武田軍の行軍速度であれば、二日もすれば上原城に到着する。だがどうしたことか、一週間もの日数を掛けて甲斐国と信濃国との国境に近い大井の森（北巨摩郡長坂町）に、ようやく到着する始末だった。

そこから上原城は四里（およそ十六キロ）の距離である。

その日（十八日）の夜になって、ようやく上原城に入った。全軍がこの地に止まり、敵方の動きに備えるかと思えた。味方ばかりではない。晴信の出陣の報に接した小笠原長時も、自ら全軍を率いて諏訪領と小笠原領の境を成す、塩尻峠の嶺上に陣を張った。

小笠原軍の兵士たちは、誰もが晴信の行軍振りを嘲笑《あざわら》うかのように、今や遅しと待ち構えていた。塩尻峠からは、上原城は眼下に一望できた。武田軍の動きは丸見えである。それまでの緩慢な武田軍の動きからすれば、しばらくの間上原城に兵を止め、小笠原軍の出方をうかがうものと誰もが予想した。

「義清に手痛い敗北を喫したことで、必要以上に慎重になっている」

長時の方も、晴信の心の内をそう見ていた。この長時の気持ちは、小笠原軍の兵士の一人ひとりに至るまで、おのずから伝わっていった。

上原城に入った武田軍は、軍装を解かないまま、その夜のうちに全軍が峠上で深い眠りに入っている敵の軍勢に襲いかかるべく、秘かに上原城を抜け出した。

金の質、人の心

一

心の内で、信繁《のぶしげ》はうすうす感じていた。

だが出陣命令を発した晴信《はるのぶ》が、いっこうに兵を急がせようとはしない様子を見て、重臣をはじめ多くの兵たちは不安に駆られていた。

「なにを迷っておられるのか?」

「こんなにぐずぐずしていたのでは、敵に侮《あなど》られるばかりではないか」

「上田原での痛手を未だに引き摺って、弱腰になっておられるのか?」

信繁の耳には、秘かに囁《ささや》かれているそうした声が聞こえてきていた。中には信繁に聞こえよがしに口に出す者すらいた。そんな声を聞けば聞くほど、信繁はある思いを抱くようになった。

（お屋形さまは、意を決しておられる……）

この数か月の間自分を冷静に見つめ続けていた闇から、ようやく新たにすすむべき道の光を見出したのだ。自分が陥った慢心を徹底的に見据えることで、四面楚歌《そか》ともいえる状況を逆手に取る方策に思い至った。

敵も味方も、晴信が板垣・甘利《あまり》の両職を失った衝撃から立ち直れずにいると見た。ある時点までは、晴信自身そうだったに違いない。

自分がそうであるのなら、まわりの人間の心にそうした見方が芽生えていても不思議はない。それを強調して見せれば、誰もが納得する。逡巡《しゅんじゅん》を繰り返しながら、ようやくの思いで上原城に入った武田軍に、その夜の内にふたたび出陣命令が下るとは、敵味方の誰もが思いもよらないことだった。

（お屋形さまは、いつの間にか自分の心の内に巣食ってしまっていた慢心を、今度は敵の心を増長させることに用いようと、ことさらに演出されたのだ）

信繁はそう確信した。

小笠原軍の将兵は、ことごとく油断していた。あれほどぐずぐずと行軍していた武田軍が一転して、一睡もしないうちに入ったばかりの上原城から夜の内に抜け出し、後に〝朝駆け〟と称されるようになる奇襲攻撃に討って出るとは、思いもよらなかったのだ。

塩尻峠の頂に陣取っていた小笠原軍の将兵は、侍大将から一兵卒に至るまで、そのことごとくが暑苦しい鎧兜《よろいかぶと》を脱ぎ捨てて、すっかり寝入っていた。初秋の声を聞くとはいえ、残暑はまだまだ厳しかった。

戦国大名家の「軍法」はほとんどが、夜、寝入る際にも、半数の兵は万一に備えて鎧を着したままで敵の夜襲に備えるべし、と厳しく定められている。

この夜の小笠原軍将兵のことごとくが、武田軍の〝暁《あかつき》の奇襲作戦〟に裸同然で応戦した。手当たり次第に将兵の首が武田軍の手で斬り落とされた。生命《いのち》からがら逃げ延びるのが精一杯の有様となった。

陽が高く昇り、戦いは一方的なものとなった。小笠原軍将兵三百余が生命を落とし、その他大半が手傷を負った。勇将として知られた長時も辛《から》くも、その居城である林城に逃げ帰るのがやっとだった。

武田軍の将兵の中に広がり始めていた晴信に対する不信感は、こうして一掃された。晴信への評価は盤石なものとなった。一方で、小笠原・村上・仁科《にしな》・藤沢らによる信濃連合軍の企図は、たちまちのうちに瓦解《がかい》した。

信濃の名門小笠原氏は、武田氏と同じ甲斐源氏から枝分かれした家筋である。武田の始祖信義《のぶよし》の弟に当たる加賀美遠光《かがみとおみつ》の次男長清が、小笠原氏を名乗るようになり、その七代後に信濃守護職に任じられた。また武田の家からは何度か正室を迎えるなどしており、両家の結びつきは緊密だった。

諏訪氏を間に挟んでいることから、信虎《のぶとら》の代になるまでは対立関係にはなかった。だが諏訪氏は頼重《よりしげ》の祖父に当たる頼満《よりみつ》の代に、諏訪の領内において内訌《ないこう》を引き起こし、これに乗じようとした信虎としばしば干戈《かんか》を交えるようになった。

その後頼満の嫡男頼隆が若死にし、頼満の後を頼重が継ぐこととなった。その際信虎は頼重に自分の娘禰々《ねね》を嫁がせ、頼重を抱きこむことで秘かに信濃への進出を企てようと、方針を転換した。

一方の頼重には、祖父の頼満ほどの戦《いくさ》の才覚はなく、頼満が死んでからはもっぱら舅《しゅうと》の信虎と結ぶことで、領地を接する小笠原長時と対峙する格好になった。だが頼重の思惑は、晴信が登場することでたちまち潰《つい》えてしまった。

これに代わって晴信と長時の対立が、表面化していくことになる。塩尻峠において小笠原軍を一瞬の内に壊滅させた晴信は、いったん上原城に兵を収め、勝鬨《かちどき》を上げた。続いて八月には諏訪上社に太刀一振りを奉納した。

その後も長時への攻撃の手は緩められなかった。十月には林城の南二里（約八キロ）の地に村井城を築き、武田軍の前線基地とした。

長時と組んで晴信に対抗しようとした安曇野《あずみの》の仁科道外《どうがい》もやがて晴信に屈し、長時も二年後の天文《てんぶん》十九年（一五五〇）七月、ついに村上義清を頼って小笠原方の居城林城、深志《ふかし》城（後の松本城）その他の属城のことごとくを放棄し、落ちて行った。

「いよいよ義清と雌雄《しゆう》を決する時がきたようです」

信繁が晴信と二人きりの部屋で、そんな言葉を口にした。晴信に、並々ならない思いがあることは承知していた。ことさらに義清の名を話題に上らせることを、信繁は避けてきた。だがもはや晴信の目が、義清一人に向けられていることは明白だった。

「うむ……」

大きくうなずいたきり、じっと何事かに思いをめぐらせている様子である。

「彼《か》の地に攻め入る前に、まずは調略が必要だ……」

しばらく沈黙が続いた後、晴信がポツリとつぶやくように言った。それはまるで、自分自身にでも言い聞かせるかのようだった。

調略とは、はかりごとを用いて敵を内側から切り崩し、戦う前から相手方の結束を弱めてしまう策だ。村上義清を取り巻く中小の豪族たちの不平不満を探り出し、有利な条件を提示して、あらかじめ内応を働きかけるのである。

それにはなにより、敵方の人間にも信頼される、誠実かつ互いに熟知し合っている人間が必要となる。

「前山城や内山城など佐久の諸城は、ふたたび武田の手に取り戻せました。しかしながら義清周辺の小県《ちいさがた》郡一帯の豪族たちは、未だにどちらに付いた方が有利かと、去就が定まらないようです」

「彼の地の内情に通じた人間を、存分に働かせるしかあるまい」

「それにふさわしい人間がおりましょうか?」

「……」

無言のままに小さくうなずいて、晴信は信繁を改めて凝視した。それからおもむろにこう切り出した。

「九年前に、父上と義清が組んで小県の海野《うんの》一族の大半を降伏させた。だが上田平の北に位置する真田《さなだ》郷から、幸隆《ゆきたか》という男が上州安中《あんなか》に逃れ出た……」

「箕輪《みのわ》城の長野業政《なりまさ》を頼って、食客になったと聞き及びましたが？」

「四年程前、山本勘助を遣わし、内々のうちにわが味方に引き入れることに成功した」

「その男がなにか？」

「そなたにも自分の目で、幸隆という男を見定めてもらいたいのだ」

「なにか気がかりでも？」

「小県郡はもとより、葛尾《かつらお》城周辺の事情に精通している男だ。彼の地の豪族たちとは、互いに旧知の間柄と聞いている」

「これまでお屋形さまや勘助の他に、この男と会っている者はいないのですか？」

「板垣や甘利には引き合わせた。わしに目通りする際にはいつも山伏姿のままで出入りさせてきた。武田と通じていることを、彼の地の者たちには知られぬよう、十分注意を払ってきているのだ」

「それではなにゆえに、今わたしに？」

「うむ……」

と、ふたたび思案顔になった。なにやら思いをめぐらせている様子だった。

「幸隆という男、そなたの目にどう映るかだ」

「……？」

信繁の沈黙したままの目をじっと見返しながら、晴信は大きくうなずいた。

「念には念を入れておきたい。わし一人の思い込みではなく、今度はその方の意見も聞いておきたいのだ」

晴信の率直な申し出に、信繁は瞠目《どうもく》した。初めて自分の迷いを、わずかにしろ、吐露《とろ》して見せたかのように思えたからである。

「幸隆は義清に対してと同様、武田に恨みを抱いていても不思議はない。味方になっているとはいえ、風向きが自分に有利になれば、どんな動きに出るか。われらの命運がこの男にかかってくるとなれば……」

晴信の懸念はそこにあると思われた。事が事だけに、誰にでも明かせるものではない。だが、信繁一人に対してなら、と思い至った様子である。

「『禅林句集』という書物の中に、こんな一節があります」

「うむ？」

信繁は以前、晴信や高白斎《こうはくさい》らと話し合った「家訓」について、あれからもずっと、一人考え続けていた。改めて岐《ぎ》秀《しゅう》元伯《げんぱく》から与えられた書籍や書写した書物などを、丹念に読みすすめ、心を惹かれる文言《もんごん》などを拾い集めてもいた。そこでたまたま目に留めた一節を思い出したのである。

「金の質を見分けるには火を用い、人の心を察するにはその言葉を以《も》ってする、と……」

「うむ……」

「幸隆という男の心の内を、わたしも聞き分けてみたいと存じます」

二

「その方の働きかけは、その後うまく行っておるのか？」

躑躅《つつじ》ヶ崎《がさき》館の奥の一室に、秘かに招き入れられた山伏姿の幸隆を前にして、晴信は単刀直入にこう尋ねた。自分の隣に座っている信繁が何者か、あえて紹介しようとはしなかった。三人だけの部屋にいる以上、察しは付くと見做《みな》しているのであろう。

信繁の目には、すっかり日に焼けて眼光だけが異様に鋭い、三十代半ばと思える男の姿が映っていた。

「矢沢、根津などわが海野の一族は、すでにわたくしの意に従い、武田に同心するとの確約を得ております」

「うむ」

それは承知の上とでも言うように、晴信は無表情にその先を促した。

「葛尾城に隣接する小県の望月源三郎も、早晩間違いなく義清の手を離れ、われらに加担するものと……」

「それが確実となれば、上田原の戦い以後の村上方の足元を、大きく崩す足がかりが得られることになる」

「われらが追われた真田の庄に今残っている者たちは、義清との一戦となれば即座に武田の兵として、わたくしの下に馳せ参じます」

「義清との戦いで、二度と苦杯を舐めるわけにはいかぬ」

淡々とした晴信の物言いだった。信繁にはかえってそこに、深い思いがうかがえるのだった。晴信にしてみればいったんは武田の側に降《くだ》った佐久の諸城や小県の豪族たちが、上田原の戦い以後ふたたび村上方に心を寄せたことに、強い懸念を抱いていた。

志賀城を包囲した際の城兵に対する晴信の残虐なやり方は、激しい反感を招いた。未だに武田に対する根強い不信が払拭《ふっしょく》しきれないでいるはずである。そんな中での幸隆の工作が、さほど順調に進展するものなのか。

目の前の幸隆は、そのあたりの本音はおくびにも出していなかった。一見する限り、信繁にはそれがかえって不気味に思えた。

「佐久や小県の一帯には、反武田の気運が高まっていたと聞いているが？」

ここで信繁はあえて口を挟んだ。幸隆がこれにどう答えるか。その反応ぶりを見たいがためであった。

「志賀城攻めの後は、武田の名を口にするのも憚《はばか》られました。それでも根気よく旧知の人間を訪ねて回り、互いの近況を口にし合いました。わたくしが足を向けた先々で耳にした情報は、どんな些細《ささい》なことでも包み隠さず、特に相手にとって役に立つと思われるものは、正直に伝えるようにしてまいりました」

「それで？」

「相手から求められれば、お屋形さまのことでわたくしが耳にしたことを、ありのままに語って聞かせました。そんなこともあって、次第にわたくしの話に耳を傾けるようになっていったのです」

「武田のために働いていると、正直に申したのか？」

ここで信繁は、さらに付け加えた。

「決定的な一言が必要になるまでは明らかにせず、各地を渡り歩く中で得た情報を交換し合いました。必ずや真田の庄に復帰する、ということだけは繰り返し口にし続けてまいりました。当初は信虎殿に奪われたとはいえ、今は彼の地は村上方の手に渡っています。それだけにふたたびこの地を、いいえ海野平一帯を、もともとの滋野《しげの》一族の手に取り戻すためにはなにをしたらよいか。そればかりを熱心に説いて回りました」

幸隆の言う滋野一族とは、海野、根津、望月、矢沢ら遙か昔にこの地方一帯に入って枝分かれしていった一族の総称である。長い年月の間に互いに独立していったとはいえ、もともとの血の繋がりは暗黙のうちに大切にされてきていた。

「うむ……」

ここで信繁も晴信も、幸隆の顔を穴の開くほど見つめた。作為めいたものの少しも感じられない、率直な真情の吐露と思えた。

「真田の庄への帰還はどうしたら果たせると、そなたは考えているのだ？」

晴信が鋭い口調で迫った。

「信濃守護職の小笠原長時を松本平から追いやった以上、お屋形さまの次の相手は村上義清を措《お》いてありません」

「それで、これから以後の方策は？」

「葛尾城を落とすには、まず戸石城を奪わなければなりません。この城は山頂に戸石城の他に米山城など連郭《れんかく》式の砦を複数備えております。すぐ下を東に鳥居峠を経て上州へ向かう街道と、西は千曲《ちくま》川沿いに村上方の本拠である坂城、善光寺平を経て越後へ向かう街道が通じ、交通の要衝です。前山城や長窪《ながくぼ》城などが武田の手に移った以上、村上方にとって今や武田に対峙する橋頭堡となっております」

「あの山城を包囲すれば、いつでもわれらの側背《そくはい》を、葛尾城から出撃してくる義清の兵に襲われよう」

「葛尾城の北西にいる奥信濃の豪族たちと村上方の間で、少し前から小競り合いが起きています。義清の目がそちらに向いている間に戸石城を落とすのです」

「そんなに都合よく、事を運べると申すのか？」

思わず信繁が声を挙げた。

「その手立ては、すでに整っております」

「なんだと？」

今度は晴信が驚く番だった。

（どういうことか）

思わず信繁も、心の内で尋ねずにはいられなかった。二人はすでに、すっかり幸隆の話に引き込まれてしまっていた。

幸隆の言う奥信濃の豪族たちとは、越後《えちご》国との国境に近い高井郡の高梨政頼《たかなしまさより》、高井郡東部の須田新左衛門、埴科《はにしな》郡松代の清野氏、同じく寺尾城の寺尾氏らである。

これらの豪族たちは土着の地侍には違いないが、遠い昔を辿れば村上義清と同族同士の関係に行き着く者たちだった。

だが、清野、寺尾の両氏は、このところ義清がなにかと自分たちを配下であるがごとく振る舞うやり方に、反感を募らせていた。幸隆はここに目を付けたのである。

幸隆はたびたび二人の元を訪ね、信虎追放後の武田の動き、特に上田原における義清との戦いの後、塩尻峠での晴信の戦いぶりなどを語って聞かせ、義清がさかんに吹聴《ふいちょう》して回っているほどには、村上方は武田に対して優位に立ってはいないことを明らかにして見せた。

それに加えて晴信が虎視眈々《こしたんたん》と義清の動きをうかがい続けていること、その一方で高梨政頼が義清と長く勢力争いを演じていることから、幸隆が高梨政頼配下の須田新左衛門に働きかけ、清野、寺尾の両氏が高梨側に同心するよう働きかけている、というのである。

「須田新左衛門の話によれば、政頼も両名の動きを歓迎しております。早晩、高梨と村上の対立は決定的なものとなりましょう」

自信に満ちた口調で、幸隆は晴信に言上した。

「その時期は？」

晴信は、あくまで冷静な目で幸隆をじっと見据えていた。

「清野、寺尾の動きは、この旬日《じゅんじつ》（十日間）の内に必ず義清の耳に入ります」

幸隆の目は、強い暗示の色を含んでいた。それを自分が必ずや実現して見せると言わぬばかりであった。

「そなたはなかなかの話し上手と見えるが、これまでもそんなふうに、相手の気持ちを引き寄せることに心を砕いてまいったのか？」

信繁は、思わずそう口に出していた。

「信繁さまがおっしゃいますように、率直に、ありのままを口にすることほど、相手の心をしっかりと捉えられる手立てはありません」

「なぜわたしを、信繁と？」

「お屋形さまが、このような秘事を内々にお聞かせしてもよいとされましたお方は、信頼される弟君の信繁さまを措いてはございますまい」

幸隆の返答を聞いて、信繁は心の内で合点した。

（この男の最大の武器は、この率直さにあるのかも知れない）

この時信繁は、ふとそう思った。幸隆の言うように、真実を語る以上に相手の心を摑めるものはないに違いないのだ。

ひたと相手から視線を逸らさず、少しの翳《かげ》りもない、まるで童子の目を見るような幸隆を前にしていると、

（この男の言葉に嘘はない）

と、認めざるを得ない気持ちになってしまうのだった。ここで信繁は晴信の横顔に目をやった。晴信もまた、なんの疑いも抱いてはいない様子だった。

「幸隆殿はかつて、長野業政殿の元に一時身を寄せておられたと聞いている。業

政殿の元を辞する際、業政殿にとっては敵方と言えるわれらの所へ赴くことを、どのように伝えられたのか？」

信繁はここで、最後の矢を放った。どんな答えが返ってくるか。じっと幸隆の目の奥を見据えた。

「なにもかもありのままに、わたくしの念願とするところ、それを叶えることができると思われる手立てのすべてを、正直に口にいたしました」

「それで業政殿はなんと？」

「考え抜かれた上でのことであれば、その通りになされよと……。なんの咎《とが》め立てもなされませんでした」

幸隆の言葉に、信繁も晴信も、ただ無言で小さくうなずいた。

幸隆が部屋を辞去した後、二人はしばらくの間、互いに自分の考えの中に沈んでいた。やがて晴信の口から、こんな言葉が洩れ出た。

「戸石城への出陣の準備に、さっそく取り掛からねばなるまい」

三

天文十九年七月、晴信は小笠原長時が去った深志城に入った。ただちに城割を行い、旧主の支配した城を形の上でいったん儀式に則して破壊した。続いてこの城の大改修に着手した。武田による信濃国支配の、一大拠点にしようとの企図からである。

それに続いて八月十九日に改めて甲府から晴信自らが出陣し、大門《だいもん》峠を越えていったん長窪城に入った。二十七日朝になって長窪城を後にし、千曲川と依田《よだ》川の合流地点まで兵をすすめた。ここからは戸石城は一里半（約六キロ）の距離である。

翌日武田軍は、さらにすすんで戸石城の麓に布陣した。晴信自らが城の近くまで出向き、自分の足で検分して回った。

その日の夕刻、西の空が一面暗い赤黄色に染まった。めったに目にすることのない、見る者をたちまち不安に陥《おとしい》れる色だった。兵士たちの間には、ひそかに胸騒ぎを覚える者たちが続出した。

　だがそんな不安を吹き飛ばすかのように、松代の清野氏が晴信の本陣を訪れた。正式に同心を申し出たのである。続いて九月十九日には、高井郡の須田新左衛門が幸隆に伴われて晴信の前に姿を見せ、武田と誼《よしみ》を通じた。

　戸石城を囲んだ後は、武田の側から一方的に矢入れを行なったのみで、城方からはなんの反応も見せなかった。不気味に静まり返ったまま時が過ぎた。晴信は城に向けてしきりに投降を呼びかけた。

　攻め口の少ない山城だけに、いたずらに兵を損じることを恐れたのである。奥信濃の豪族たちや小県郡のほとんどの豪族たちが、今や武田に意を通じていることを知れば、戸石城の守備兵に動揺が広がると晴信は見ていた。

　そんなことから、あえて力攻めは試みなかった。だが志賀城での仕打ちを知っている城兵たちにしてみれば、もとより死を覚悟の籠城だった。結局それから一《ひと》月余りを、武田軍は無為に過ごす結果となった。

　九月二十三日の夜になって、突然松代の清野方から急使が到着した。

「寺尾城が村上軍に包囲され、激しい攻撃に曝《さら》されている」

との切迫した知らせだった。

「高梨軍が義清と対峙しているのではないのか？」

晴信の問いに、

「高梨と村上との間で急に和談が成立し、高梨軍は本拠の中野城へ向けて兵を返し始めているのです」

「なんだと！」

信じられない報告だった。これを聞いた幸隆は、ただちに寺尾城救援を申し出た。晴信は武田の兵一千余りを幸隆に預け、即刻寺尾城の後詰《ごづめ》に向かわせた。この処置に、飯富兵部《おぶひょうぶ》や横田高松《たかとし》ら重臣の一部に懸念を口にする者が出た。

「幸隆なんぞに一千もの兵を預けて、そのまま敵方に寝返りでもされたら、いったいどうされますのか？」

兵部らの危惧はもっともだった。

混乱に乗じて、局面が一気に流動化する恐れは多分にあった。幸隆の思惑が破れたとなれば、最後まで武田に殉じる謂《い》われはないのである。兵部や高松らの目から見れば、調略に長《た》けた人間は機を見るに敏で、それゆえにいつ裏切るか知れたものではない、という認識があった。

もともとこの二人は、幸隆という人間を胡散臭《うさんくさ》く思っていた。敵の懐に平気で足を踏み入れているとなれば、どんな都合のよい話を持ちかけているか。疑えばいくらでも疑えるのだ。

「あの男に限って、断じてそのようなことはない」

晴信に代わって、信繁がきっぱりと言い切った。不測の事態が起これば、自分が矢面に立つ覚悟だった。

「その根拠は?」

兵部が威丈高《いたけだか》に迫った。

「わたしがそう見抜いたのだ」

ふだん寡黙《かもく》な信繁である。きっぱりと言い切り、一歩も引かない姿勢を見せた。その勢いに押されたのか、二人ともそれ以上異を唱えることはなかった。

それから六日経った二十九日夜、幸隆が武田の陣営に戻ってきた。

「包囲していた村上軍は、われらが後詰に入ったことで兵を退《ひ》き始めました」

「それで高梨勢はいったいどうしたというのだ?」

「恐らく義清は、高梨側に有利な条件を出し、高梨の兵を退却させたものと思われます」

「義清の狙いは？」

「なにをおいても、ご当家を討つことを最優先したのではないかと……」

「……」

　晴信は無言のまま幸隆を凝視した。

「義清は全軍を挙げて、この戸石城救援に向かっているものと思われます」

　幸隆はそれを知らせるために、地蔵峠の険しい山道を駆け戻ってきたに違いなかった。一方の村上軍の退却は、千曲川沿いのなだらかな道である。ただちに戸石城の後詰に入ることは明らかだった。

　幸隆にしてみれば、なにもかもが自分の言い出したことである。まさか政頼と義清の間で和談が成立するなど、思いもよらないことなのだ。それでも武田の陣営の誰もが、幸隆の見通しの甘さを難詰するに違いない。だが現実がそうである以上、早く晴信に知らせなければならない。

　信繁は、幸隆の苦しい胸中を察した。重臣たちの非難の目を覚悟の上で、幸隆はあえて一刻を争い戻ってきたのであろう。

「ここで退却すれば、村上方の餌食になるのは必定」

――歴戦の猛将で知られる飯富兵部や原美濃守虎胤《みののかみとらたね》は、あくまでこのまま村上軍を迎え撃ち、決戦に及ぼうと主張した。

地形を知り尽くしている村上軍の猛追は必至である。どの道を通って兵を返すにしても、諏訪や甲府に辿り着くには、険しい山道や峠越えを経なければならない。多くの犠牲が出るのは目に見えていた。

そうであるのなら、この際義清と雌雄を決する覚悟で反撃に出れば活路を見出せないでもない、というのが兵部らの言い分だった。これに対して、

「戸石城を落とせないまま一月あまりを無為に過ごした上に、義清の全軍あげての追撃を迎え撃つことになる。戦いが長引けば兵糧もさることながら、武田に降伏した佐久や小県の豪族たちの去就が危ぶまれる。ここはいったん兵を引き上げさせなければ、全軍を危険に曝すことになる」

親族衆筆頭の穴山信友に続いて、信繁もただちに退却を主張した。

軍議は翌日にも及び、激しく紛糾した。緊迫した空気の中で、晴信の退陣命令

が下った。

十月一日の早朝、武田軍はつぎつぎに戸石城を後にした。たちまち村上軍による追撃戦が始まった。武田軍の殿軍《しんがり》を命じられたのは、この時すでに六十四歳を迎えていた横田備中守《びっちゅうのかみ》高松だった。無類の合戦上手、智謀の将として名が知られていた。

このところの晴信による志賀城攻めや塩尻峠の戦いなど、信濃侵攻作戦において多くの手柄を立てていた。だが折から降り続いた雨中の退却行軍は、困難を極めた。何度も戦陣を整え、執拗に背後から襲いかかる村上軍の攻撃を、撥《は》ね返しつつ退却を続けた。

この退却戦において、横田備中守高松は命を落とし、武田軍の戦死者は一千余にも達した。それでも翌二日には、武田軍は大門峠を越えて上原城に入り、その後甲府に帰還することができた。

幸隆は武田軍の退却を見送った後、わずかの兵を率いて真田郷に向かい、かつての一族の詰城だった角間《かくま》山中の城に立て籠った。

別れ際に信繁は、幸隆と二、三言葉を交わした。

「お屋形さまには、必ずお目通りできる日がやってまいります、とお伝えください。それまで信繁さまにおかれましては、何卒よしなにお取り計らいをお願いいたします」

じっと信繁を見つめる目に、嘘はなかった。率直な、心底から発せられた言葉と、信繁には思われた。

武田の家中の者からは、以後の幸隆の行動は、間違いなく白い目で見られるに違いなかった。それを撥ね返すには、いったんは武田から離れ、ふたたび義清を倒す秘策を考え出さなければならない。

そして今度こそ、誰をも納得させることのできる手段を講じて、晴信の前に姿を見せなければならないのだ。

「待っているぞ」

信繁はただ一言、力強く言った。信繁にしてみれば、晴信に代わって心のままの気持ちを素直に発したつもりであった。

以後、幸隆の姿は武田軍の前から消えた。

その後はいったいなにをしているのか、果たして無事に生き延びているかすらもが、いっさい伝わってこなくなった。

それでも信繁は、幸隆という男を、ただの一度として疑いの念を持って考えたことはなかった。

四

重臣たちの間では、幸隆の評判は散々なものとなった。

「はじめから義清と組んで、われらを陥れようと謀《はか》ったのではないのか」

「たとえ仕組んだことではなかったにしても、途中からうまく行かなくなって、なにもかもを放り出して逃げ出したに違いない」

「しょせんは、あっちに付いたりこっちに付いたり、自分にとって有利な側を渡り歩くしか生きる術《すべ》のない男よ」

吐き捨てるように、口汚く罵《ののし》る者たちばかりとなった。

これに対して晴信は、口を閉ざしたままだった。信繁の目には、義清に二度にわたって煮え湯を飲まされたことが、晴信にとってなににもまして我慢のならないことのように思えた。幸隆に対する見方も、むしろ自分自身をこそいまいましく思っているのかと思えるほどの、苛立《いらだ》ちを垣間見せることがあった。

一人の男への過大な期待が招いた結果だと、自身を責めているかとも見えた。退却戦に際しての横田備中を始め、一千余の将兵を失ったことへの痛恨を、どうにも忘れられないようでもあった。

義清を滅ぼすことで、一気に信濃国の大半を掌中にする勢いに見えた晴信の目論見は、たちまち頓挫《とんざ》した。いつか領内の人々の口の端《は》に、

「戸石崩れ」

という言葉が囁かれるようになった。城攻めに失敗し、大きく崩れ立ったことを指してのことである。

武田軍の敗北は、行く手に立ちこめる暗雲を、兵士たちの眼前に大きく見せつける結果となった。反武田の動きが、ふたたび活発化した。

義清の元に身を寄せていた小笠原長時が、義清の支援もあって、深志城の北北西一里半（およそ六キロ）の地にある平瀬城に入り反撃の構えを見せた。平瀬城は松本平が武田の手に落ちて以来、唯一、反武田の城として土地の豪族平瀬氏が

踏み止まっていた山城である。

この頃村上義清自身も、武田方に付いた佐久方面の諸城に目を向け、さかんに中小の豪族たちを村上方に引き戻す工作を策し始めた。

そうした混沌とした動きが強まる中でのことである。翌年の天文二十年（一五五一）五月二十六日、幸隆からの信じられない一報が、晴信の元に飛び込んできた。

「われら一族の手により、戸石城の乗っ取りに成功いたしました」

というものだった。

躑躅ヶ崎館はこの、にわかには信じ難い報告に色めき立った。

「われらを謀《たばか》る、幸隆の詐術ではないのか」

重臣の多くが疑念を抱いた。

「そんなにうまく事が運ぶはずはない」

「あれだけ城攻めに手こずったのに、ほんのわずかな数の者たちだけで、あの城が落とせるはずはない！」

誰が考えてもそう思えた。

「ただちに、三千の兵を率いて戸石城に向かえ！」

晴信の命が信繁に下った。信繁は、近頃晴信によって抜擢されていた若手の侍大将らと共に勇躍、戸石城に向けて出発した。晴信も信繁と同様、幸隆からの一報を即座に信じたのである。

村上方に奪い返される前に、なんとしても後詰の兵を派遣する必要があった。どんな策で幸隆が城を奪うことに成功したのか。あれこれ詮索するまでもなかった。

（あの男であれば、必ず成し遂げられる）

との思いが、信繁の胸の内にずっとあった。

あの、別れ際に言った幸隆の言葉が、鮮明に耳の底に残っていた。

「お屋形さまには、必ずお目通りできる日がやってまいります、とお伝えください」

この幸隆の言葉を晴信もまた、今日の日まで忘れずにいたのであろう。

「義清の重臣たちの間に、お互い同士疑心暗鬼を植えつけ、戸石城の守備を任せられた重臣額岩寺《がくがんじ》雅方《まさかた》、布下《ぬのした》仁兵衛の両名が互いに競い合い、敵愾心《てきがいしん》を抱き合っていたのに乗じ、秘かに対立を煽ってまいりした。その上で、葛尾城の背後の城が武田方へ内通しているとの噂を流しました。重臣たちの目がそちらに向いている隙に、戸石城の守備についていた額岩寺配下の将にわれらを手引きさせたのです」

「うむ」

迎えに出た幸隆の案内で戸石城に入った信繁は、これまでの乗っ取りに至る経緯の概略を聞かされた。

額岩寺雅方はこれまで、華々しい戦場働きを見せてきた勇将である。その一方で、時として義清を軽んずるところがあった。一方の布下仁兵衛は戦場での手柄こそなかったものの、義清の意向を第一とする忠臣だった。この二人の確執が義清を挟んで繰り返され、次第に義清と雅方の仲が危うくなっていった。これに危機感を抱いた雅方の配下の者に、幸隆が伝手《つて》を辿って接近したのである。

「村上方の諸将は、誰一人として互い同士、信を置いている者はおりません。自分だけが取り残されるのではないかと戦々恐々《きょうきょう》とし、義清自身もいまでは日毎に新たな疑いの目を味方に向けずにいられなくなっているのです」

幸隆の言葉に、信繁は大きくうなずいた。

戸石城の守備に、率いてきた兵の多くを駐留させることにして、いったん幸隆を伴い信繁は甲府の晴信の元へ戻った。

幸隆を迎えた晴信の喜びは大きかった。自らが手を取らぬばかりに幸隆を祝いの席に導き、豪勢な祝宴を張った。その席で幸隆に、戸石城周辺と幸隆の旧領である真田郷のすべてを与えると明言した。

「近いうちに朱印状を授与するが、その際、そなたの子源五郎(後の昌幸《まさゆき》)をわしの小姓《こしょう》として出仕させよ。将来の武田を支える、柱の一人に育て上げたい」

幸隆には三人の男子がいた。かつて躑躅ヶ崎館にこの三人の子供たちを連れ、晴信に一度目通りさせた。その折、晴信はこの三人のいずれもが、優れた資質を有していることに目を付けていたのである。

長男の源太、次男の源治郎はすでに十六歳と十三歳を迎えており、父と共にしばしば戦場にも赴いていた。三男の源五郎はまだ六歳だったが、晴信は一目見てその怜悧《れいり》さを見抜いた。

晴信にしてみれば、自分のめがねに適《かな》う人間を一人でも多く見出しておきたかった。いずれ自分の手足として、活用していきたいという考えからである。同時にそれは幸隆を縛る人質の役割をも、担わせようとしていた。

躑躅ヶ崎館には、そうした特に晴信のめがねに適った子供らをいっしょに寝起きさせる部屋が設けられていた。ふだんはそれら六歳から十二、三歳ぐらいまでの六、七名前後の者たちが、共に行動し、武芸の鍛練に励み、また晴信の身の回りの世話や使い走りを命じられたりしていた。

そうした毎日を過ごさせることで互いに切磋琢磨《せっさたくま》し、あるいは必要な書物にも早くから触れさせ、また晴信の身近に接することから晴信がなにを欲し、なにを考えているかを推測させ、いちいち口に出さずとも晴信の手足となって働けるような人間に、ひいては将来の武田の中枢を担える人材に育てていこうとしていたのである。

晴信の狙いとするところはわかっていた。信繁はあえて自分が子供らの間に割って入ることはしなかった。だが幸隆や、源五郎を一人自分の手元から送り出している源五郎の母の気持ちは、自分とふみとの間に嫡男の六郎次郎が生まれ、いま三歳になっていることもあって、容易に察することはできた。

そんなことから信繁は、躑躅ヶ崎館に出入りする際には、ことさらに源五郎の様子に気を配った。晴信の用事が命じられることはないとわかっている日には、厩《うまや》から馬を引き出し、自分の鞍の前に源五郎を乗せて、躑躅ヶ崎館から遙かに離れた地にまで馬を飛ばすことがあった。

館内のことにばかり目を向けがちになる源五郎の気持ちを、大きく発散させてやりたいとの思いからだった。

馬の背に揺られ、釜無《かまなし》川の土手をすすみながら、信繁は自分が子供の頃、大井の庄で祖父といっしょに馬の背に揺られていた日々のことを、思い起こしていた。

この源五郎にも、いつの日か自分と同様、こうして心地よい川風に吹かれた日のあったことを、思い起こす日がくるのだろうかと思ったりした。

「この釜無川も今はこの通り穏やかだが、これまで豪雨のたびに何度も暴れ川と化して、沢山の家や田畑を水没させ、領民たちの血と汗の結晶のことごとくを一瞬にして押し流してきた……」

信繁の言葉に、源五郎は信繁の指差す方に目を向けた。

「今お屋形さまは、あの対岸に流れ込んでくる御勅使《みだい》川の水量と勢いをなんとか手なずける方策はないものかと、皆に知恵を出させ、堤を築かせたりなどして、さまざまな工夫を試みさせている」

「はい……」

後ろを振り返るようにして、源五郎は信繁の顔を仰ぎ見た。源五郎には、信繁がなにを言いたいのかわからないようだった。だがそれにはお構いなく、信繁はこう続けた。

「この甲斐の領民たちの生活を守るのも、戦に負けないようにそなたたちが武芸に励み、書に親しみ、人の話に注意深く耳を傾けるのも、今は目に見えていないものに対して注意を向けることとまったく同じことなのだ。だから時にはこうして広く物事を見回し、自分の心を大きく開放することが必要となる」

「……」

信繁の言葉を一生懸命理解しようとしているのか、源五郎はじっと目の前の風景に視線を向けている様子だった。

「これからもそなたには、お屋形さまがさまざまな用事をお言い付けになるだろう。だが、そうした用事の一つひとつにも、今は自分の目には見えていないながらも、いつか形を成し実を結ぶなにかがある、と思うように心がけることだ。そうすれば、そなたの父上のように、そなたも思慮深い、さまざまな人の心の内を見通せる人間になっていけるに違いないのだぞ……」

怜悧な子とはいえ、まだ六歳の幼児であれば、どこまで信繁の言っていることを理解できるであろうか。だが、それでも信繁には、この子にはなにか感じ取るものがあるに違いない、と思えていた。

それが源五郎に対する、またその父幸隆に対する敬意であると、信繁には思えていたのである。

戸石城乗っ取りによって、幸隆の名はたちまち広く武田の家中に知れ渡った。いやそれ以上に、武田の信濃進出は大きく前進することとなった。

「葛尾城周辺の豪族たちは、誰もが疑心暗鬼に陥っております」

しばらくして晴信は、幸隆を自分の部屋に招いた。信繁も一緒だった。その際、真っ先に幸隆の口から洩れ出た言葉がそれだった。

「……？」

晴信は幸隆の顔を凝視した。いっさいの先入観を交えず、その言葉の意味を正確に聞き出そうとしているかに見えた。

「そなたの働きかけによって、ということか？」

信繁が口を挟んだ。

「いいえ、その逆です」

「逆とは？」

「義清をはじめとして、誰もが互いに信を置けなくなっているのです」

「そんな状況を生み出したのは、他ならぬその方ではないのか？」

今度は晴信が尋ねた。

「たしかに望月源三郎をはじめ、昔からのわたくしの伝手《つて》を辿って、義清の周辺に接近いたしました……」

幸隆の話は、葛尾城を取り巻くいくつもの支城と、その城主たちの一人ひとりにまで及んだ。

「それらの城が、本来の目的を果たしているのであれば、これを打ち破るのは容易ではありません。しかしながら義清を支えるはずのそれらの城主たちは、皆自分とその家の子、郎等のことを第一に考えております」

「うむ……」

「義清を守り抜いてこそというよりも、今は誰に付いたら家を守れるかということに、目が向いてしまっているのです」

「それは戸石城が落ちる以前から、ということか？」

信繁は、幸隆の言わんとしていることに心を動かされた。それが幸隆一人の工作によって生まれたとは、とうてい思えなかったからである。その背景にあることをこそ知りたいと思った。

「松代の寺尾氏、清野氏、須坂の須田新左衛門殿などにしても、わたくしが彼らの懐に入り得たのには、それぞれに義清に対する不満がくすぶり続けていたからです」

「それで？」

「今現在も、埴科郡屋代《やしろ》城の屋代氏、更級《さらしな》郡塩崎城の塩崎氏、さらには葛尾城のある坂城の大須賀氏などにさまざまな工作を仕掛けておりますが、これら義清の膝元の重臣たちにさえ、その傾向がうかがえるのです」

「どういうことだ？」

信繁はさらに幸隆の胸の内に、一気に踏み込むような気持ちで問いかけた。

「他ならぬ義清に、その原因があるということです」

幸隆はきっぱりとそう言い切った。

五

「義清の胸の内には、長い間奥信濃の豪族たちの中心だった村上源氏の本流としての矜持《きょうじ》が、根強く流れています。そこから枝分かれした者たちは、あくまで本流を支えるための存在と見做している節があります」

「うむ……？」

幸隆がなにを言い出すのかと、信繁はさらに耳をそばだてた。信繁とて、義清の考えは当然のことではないのかと思えた。

「寺尾、清野、須田の諸氏をはじめ、葛尾城周辺の城主たちにしても、もともとは源氏の血筋を誇る気持ちは根強く持っているはずです。しかしながらそれらの誰一人として、義清その人を、葛尾城を、なにを措《お》いても守り抜くという気概を持っているとは、とうてい思えないのです」

「それが義清一人のせいだと申すのか？」

思わず信繁は難詰《なんきつ》するような目で、幸隆を見据えた。信繁の心の内にも、結束の中心となる城を支えてこその重臣たちではないか、という気持ちがあった。

「義清一人のせいとは申せませんが、まわりの者たちの心は敏感です。本城を守ってこそ自分たちも守られるという意識が持てるのであれば、誰もがおのずからそれに従います。しかしながら彼ら一人ひとりの心に、それを疑わせるような事態が引き起こされているとしたら、それは本城の主《あるじ》にこそ原因があるということになります」

「なにゆえに、その方はそう思うのだ？」

今度は晴信が口を挟んだ。幸隆の応答によっては、ただでは済まされないという空気が走った。

「人の心を動かすには、なによりおのれを第一とする考えを、捨てなければなりません。義清の心の内には村上の本流を、葛尾城のみを、ひたすら大事とする心ばかりが大きくなってしまっていたのではないかと思えます。重臣たちや領民は義清あっての存在であり、すべて犠牲になって当然と……」

「その覚悟あってこそではないか！」

信繁は思わず叫んでいた。

「その通りです」

幸隆は、信繁の言葉に少しも動じなかった。そして、ここからが肝心と言わぬばかりに、きっぱりとこう付け加えた。

「しかしながら、それを誰もが当然と受け止め、結果的にそこに自分の拠って立つところがあるのだと思わせる器量こそが、義清に欠けていたのではないかと思えてなりません」

幸隆の言葉に、晴信も信繁も、今は黙って耳を傾けるばかりとなった。

「どうしたら一人ひとりの胸の内側に、その気持ちを植えつけていけるのか。誰もがすすんでその身を投げ出し、守り抜きたいと思わせられるのか。屋代、塩崎、大須賀ら、義清のまわりを取り巻く重臣たちへの働きかけを続けるなかで、こうしたことがなぜかしきりに脳裏に浮かんでくるのです……」

幸隆が晴信と信繁の前を辞した後も、信繁の耳の底には幸隆が語った言葉が、いつまでも消えなかった。はじめは激しく反発して見せたものの、信繁自身、どこかで首肯《しゅこう》する気持ちがあった。

いやむしろ、かつて晴信と高白斎と信繁の三人で「法度《はっと》」とは異なる、「家訓」といった類《たぐい》のものが考えられるのではないかと語り合って以来、信繁の脳裏にはずっとそのことが引っかかっていた。

（どうしたら武田の家臣・領民が心をひとつにしていけるのか）

幸隆の語った言葉は、まさにそのことを問うているように思えた。

晴信もまた、信繁と同じ思いでいるのだ。幸隆にあえて一言も言葉を発しなかったことに、むしろ晴信の深い思いが秘められている。信繁にはそう感じられた。

戸石城の乗っ取りによって、信濃国における武田の優位は、俄然明らかになった。小笠原長時が反撃の姿勢を見せた平瀬城は、この年の十月二十四日に武田軍によって攻め落とされた。この戦いで平瀬氏は討ち死にした。

長時自身は武田軍の攻撃が始まる前に退去し、これ以後、小笠原勢の反撃はまったく途絶えてしまう。

だが晴信の行動は、あくまで慎重だった。

それというのも、ちょうどその頃、躑躅ヶ崎館の北曲輪《きたのくるわ》に住み、お北さまの名で親しまれてきた母が、自分の生まれ育った大井の地に帰って余生を過ごしたい、と言い出していた。

晴信も遂にこの願いを受け入れざるを得なくなった。年が明けて五十五歳を迎えた母の身体《からだ》が、急に衰えを見せ始めていたからである。

「父をはじめ、亡くなった兄たちの墓がある本重寺近くに居を定め、菩提を弔《とむら》いたい」

それが母の、たっての願いであった。本重寺とは、椿城に隣接した大井氏代々の菩提寺である。

何度も口に出されては、晴信とて止め切れなかったのであろう。自分が躑躅ヶ崎館を離れられない以上、なんとか母を側に止《とど》めておきたかった。母の願いとの板ばさみになる格好になった。

「わたしの妻が大井の庄に赴き、共に寝起きして、お北さまのお世話をさせていただきたいと……」

信繁が遠慮がちに、そう晴信に申し出た。

「うむ……」

母はいっさい口には出していなかった。だが、もともと信繁の嫁にと大井の庄に住まう娘を気に入って、仲介したのが母である。そんな経緯からすれば、そうなるであろうことも晴信は承知していたのだ。

ふみを信繁の正室として迎えるに際しては、ふみと母との間にこんなやりとりがあったということを、ずっと後になって信繁はふみの口から聞かされた。はじめに母の口から切り出されたとき、ふみは母の前に平伏し、顔も挙げられなかったという。

「わたくしなどが、お屋形さまのすぐ下の弟君に当たられます信繁さまの嫁など、とうてい勤まるものではありませんと、幾度もご辞退申し上げたのです。それでもお北さまは辛抱強く、ただ笑っておられるだけで、どうしてもわたくしの言葉を肯《うべな》ってはいただけなかったのです。そしてこうもおっしゃられました。〝信繁殿は誰の気持ちも素直に受け入れてくれるお方だ〟と、そして、だからこそ、そなたを信繁殿の側におきたいのだと……」

ふみからその時の母の様子を聞かされて、信繁は母が自分にふみのことを言い出すずっと前から、ふみを信繁の嫁にと心の内に決めていたに違いないと、確信するに至った。

母とふみのやりとりでは、続いてこんな会話も交わされていたとのことだった。

「元伯さまが信繁殿のことをこうもおっしゃっておられたのです」

ふみが、お北さまがなにを言い出すのかと訝《いぶか》しんでいると、

「信繁殿はなにもかもを、まず受け入れようとなされるお方だと……」

その時ふみも、思わずこっくりと肯《うなず》いてしまっていたということなのだった。

その様子をじっと見つめていた母は、

「そんな信繁殿の側近くに、そなたが黙って寄り添ってくれていると思うだけで、わたしはなにより安心なのですよ」

すっかり信頼しきった、和らいだ笑顔で言われて、

「とうとうそれ以上ご辞退できないままに、なにもかもをおまかせするしかなく

なってしまったのです」

そう言って恥らいながらもふみは、正面から信繁を初めてしっかりと、見つめたのだった。

信繁にしても、機を見て大井の庄に出向くことで、母の様子を晴信に伝えることはできると考えていた。結局母の願いは叶うことになり、椿城に近い大井氏の屋敷で、余生を送ることになった。

信繁は母と、その世話をすることになった妻のもとに、事情の許す限り足を運んだ。かつて兄と共に学んだ長禅寺にもそのつど立ち寄った。今は師のいなくなった本堂で、「家訓」のことに思いを馳せた。

「義信《よしのぶ》殿と今川家の姫との間に、なにやら婚儀の話が上っていると聞くが?」

信繁が母のもとを訪れた際に、二人の間でそんな話が交わされた。

晴信、信繁の姉に当たる定恵院《じょうけいいん》(今川義元室《しつ》)が、二年前に三十二歳の若さで亡くなっていた。晴信は今川家との結びつきが弱まるのを恐れた。姉の生んだ義元の長女を、晴信の嫡男義信の正室に迎えたいとの話が、秘かにすすめられていた。

信繁自身は、ついこの間耳にしたばかりだった。母がどこからそれを耳にしたのかと、不思議に思わないではなかった。だがあえて詮索するつもりもなかった。

「義信殿も今年十五歳になられた。今川家との関係は、なにを措いても大切にせねばならぬ……」

「はい」

「六郎次郎殿は、その後元気にしておられるか？」

六郎次郎とは、今年四歳になった信繁の嫡男で、後の信豊《のぶとよ》である。躑躅ヶ崎館において、義信の部屋付きとして育てられていた。

「母の元から離されて、さぞや心細い思いをしておいでであろう」

それがなにより不憫《ふびん》と思っている様子だった。

「将来、武田家を担われるお方をお支えする人間であれば、当然忍ばなければならない義務と心得ておりましょう」

「そなたも、そなたの嫁に対しても、不自由を掛けるばかりになった」

「なんの、それがわたしに課せられた役割です。この世に生まれ落ちた時から、そう思い定めております」

「お屋形さまは、そなたと異なる重荷を、これからもずっと背負い続けていかなければならない。そのことを理解できるのは、そなた一人を措いてない。それはお屋形さまもわかっておられるはずじゃ」

「なにもかも承知いたしております」

「お祖父《じい》さま（信達）が生きておられた頃、いつもそなたのことを褒《ほ》めておいででした」

思いがけず、母の口から祖父が自分のことを語った言葉があると聞いて、信繁は心ときめく思いで耳をそばだてた。

「晴信殿は天道の教えそのものを、身を以《も》って追い求めておられる。一方の信繁殿は、常に一歩下がって、そんな兄の晴信殿を支えようとしておられる。決してわが身を第一とは思わず、物事全体をいつも冷静な目で眺めることのできるお人のようだ。武田家はこのお二人によって、家臣・領民がひとつにまとまっていけるに違いない、とわたしに語っておられました」

「……」

信繁は絶句する思いだった。

いつも自分を大きく包み込んでくれていた祖父が、自分をそんなふうに思ってくれていたのかと、なにより心を打たれたのである。

そしてそれ以上に、自分が今追い求めようとしていることを、祖父もまた早くから見定めていたことに驚きを覚えた。

「この母も、信繁殿にはこの甲斐国と、そしてなによりお屋形さまのことを、ずっとずっと見守っていって欲しいのじゃ」

真剣な表情で、母はそう信繁に語った。

なにか予感めいたものが、母の心を衝き動かしていたのかと、後になって信繁はこの時のことを、ふと思い起こすことがあった。

「これからもお屋形さまのお耳には、お屋形さまを取り巻く人間たちのさまざまな思惑が、否応なしに入ってくることになる。それを無視し続ければ恨みを買い、応じれば応じたで他の者の不満を募らせるばかりとなる……」

「はい……」

信繁は躑躅ヶ崎館とはまったく異なる、穏やかな空気が流れる母の部屋で、母の声を心地よく聞きながら、この瞬間、至福の時間を過ごしているような思いがしていたのを、はっきりと覚えている。

(兄の晴信が、この情景を垣間見たら、どんなに羨むであろうか)

ふと、そんな申し訳のないような思いも頭に浮かんだ。

「そなたがお屋形さまをお助けするという役目は、お祖父さまがおっしゃっておられたように、なによりお屋形さまが天道とはなにかを追い求め、天の摂理を見極めようとされていることを信じ、同時にそれが周囲のもろもろから曇らされてはいないかを、厳格に見定めることです」

部屋の障子を開いて、遠い、春めき始めた山々の稜線をぼんやりと眺めながら、母はつぶやくように言った。母の口にした「天の摂理」とは、

「この世の道理、物事の筋道を誤ることなく見定めること、とかく人間はおのれの欲を先にし、すすむべき方途《ほうと》を見失ってしまいがちになる」

と、信繁が幼い頃、師の元伯から噛んで含めるように、何度となく教え諭《さと》されてきた言葉である。

「そのためには、そなた自身の心を常に澄み渡らせ、おのれの欲心を捨て、純粋

な心でお屋形さまに仕え続ける必要があります。その気持ちを失わなければ、お屋形さまは誰よりもそなたを頼りにし、そなたの心を通して、ご自分の心を見透かそうとされるに違いありません……」

結局それが、信繁が耳にした母の最後の言葉になった。

天文二十一年（一五五二）五月七日、大井夫人・お北さまの名で家臣・領民から広く慕われ、敬われた晴信・信繁兄弟の母は、その生涯を閉じることとなった。

病の床に臥した後、信繁の妻に書き取らせた歌がいくつか残された。

その一つが、

　春は花　秋はもみじの色いろも
　日かずつもりてちらばそのまま

という辞世の歌となった。

晴信・信繁兄弟の悲嘆は、限りなく深かった。

竜虎の戦い

一

天文《てんぶん》二十二年（一五五三）になると晴信《はるのぶ》の元に、幸隆《ゆきたか》から村上方の屋代《やしろ》、塩崎、大須賀など、葛尾《かつらお》城の村上義清《よしきよ》を支えるはずの周辺の城主たちが、ひそかに武田方に寝返る手筈が整ったとの報告がもたらされた。

「幸隆の申していた通りに、事はすすんでいるようだ」

満足げに晴信がつぶやいた。

「いよいよ葛尾城に向けて兵を発しますか？」

信繁《のぶしげ》が、晴信の胸中を推し量るように言った。母の死を悼む気持ちは、ようやく薄れてきたかに見えた。

「うむ……」

しきりに思いを巡らせていることがあると見えて、晴信は信繁の問いに対し、生返事を返すばかりだった。

(すでに何事か思い定めておられる)

信繁には、それがわかった。

「すぐにも戸石城の修復に多くの兵を差し向けると、佐久口の将兵に宛てて命令を発することとしよう」

「葛尾城の攻撃は佐久口から?」

「小山田備中守《びっちゅうのかみ》にもその旨《むね》の書状を送り、来月閏《うるう》一月早々にも義信《よしのぶ》ともども信濃に出兵すると申し添える」

小山田備中守昌辰《まさたつ》は内山城の城代である。今度の出陣はあくまで戸石城の修復が目的、とすることで敵の警戒心を緩めさせようとの狙いなのだ。そのことは、信繁にもすぐ理解できた。

敵の目を戸石城に向けさせ、敵の意表を衝く作戦を考えているのだ。晴信がことさらに佐久口の将兵に向けて出兵の準備を要請するとなれば、その動きは敵の知るところとなる。いわば陽動作戦である。

その頃深志《ふかし》城には馬場信春《のぶはる》が城代として入り、平瀬城をはじめ周辺の小笠原・村上方に心を寄せる豪族たちをことごとく平定していた。村上義清の目を東の戸石城に向けさせている間に、西から主力部隊を更級《さらしな》郡に侵入させようとの狙いなのだ。

事実、それから三か月余が過ぎた三月二十九日に、晴信自らが率いる武田軍主力部隊が深志城を進発した。そのまま東筑摩郡の苅屋原《かりやばら》城に攻めかかり、四月二日になってこれを落とした。続いて塔ノ原城を戦わずして開城させ、坂城の葛尾城に迫った。

武田軍の勢いに恐れをなした村上義清は、屋代、塩崎、大須賀らの寝返りを知って一戦も交えることなく葛尾城から退去した。いったん奥信濃の高井郡中野城を本拠とする、高梨政頼《たかなしまさより》を頼った。

「われらを苦しめた義清も、葛尾城を囲む支城が武田に通じたと知って、やむなく城を捨てたものと見えますな」

飯富《おぶ》兵部《ひょうぶ》虎昌《とらまさ》が、晴信と共に城内を検分して回りながら言った。

「わしが考えていたほどのしぶとい相手ではなかったか」

戦場において義清は常に先頭に立つ猛将と噂されていただけに、虎昌には拍子抜けのようだった。

「奥信濃の豪族たちが、この先どう出てくるかです」

深志城の城代を勤める馬場信春が、思案顔に言葉を添えた。このところ信春は葛尾城周辺の動きを探っていただけに、葛尾城から善光寺平へかけて割拠する豪族たちの動きを、用心深く見据えているようだった。

「屋代、塩崎、大須賀らの出仕を待って、そのあたりを詳しく問い質してみてはと思いますが？」

「うむ……」

信春の提案に、晴信は軽くうなずいた。

「高梨、村上を除けば、恐れるほどの相手はおるまい」

飯富虎昌が、なんでもないと言わぬばかりに、信春を一瞥した。

このところ虎昌は、晴信が積極的に登用している侍大将筆頭株の信春や、他にも足軽大将の三枝《さえぐさ》虎吉、虎昌の実弟で侍大将の飯富三郎兵衛《さぶろうびょうえ》昌景《まさかげ》、内藤昌豊《まさとよ》、高坂昌信《こうさかまさのぶ》といった晴信より五歳前後年長ないし年下の中堅・若手の将に対し、小馬鹿にするような態度を露わにすることがあった。

今回の葛尾城攻撃に当たっても、虎昌や穴山、小山田らの重臣と共にこの者たちが中心となって、各隊を率いる形を取っていた。

板垣・甘利《あまり》の両職を失った後、虎昌は老臣筆頭の地位にいた。晴信の父信虎《のぶとら》の代から、自分の意に沿わぬことにはたとえお屋形であろうと異を唱え、しばしば反抗を企てることがあった。

そもそも晴信を今の地位に就けたのは自分であるとの、強烈な自負を心の内に抱いていた。晴信にしてもその点は重々承知しており、嫡男義信の傅役《もりやく》として絶対の信頼を置いてもいた。

義信は、いずれ晴信の後を継ぐべき人間である。晴信がその教育係を虎昌に勤めさせているということは、武田家における虎昌の存在の大きさを、晴信自らが内外にわたって広言しているに等しかった。

虎昌のこの一言で、武田軍は葛尾城の城代として於曾《おそ》源八郎を置き、晴信はじめ主力部隊はいったん戸石城や塩田城、塔ノ原城などに分営して兵を休息させた。

　だがそれから二週間ほどが過ぎ、四月二十二日になって晴信のもとに武田の先鋒部隊が奥信濃の連合軍と遭遇し、姥捨山《おばすて》の麓の八幡《はちまん》で戦闘を交えたとの一報が入った。武田軍の各部隊はいきり立ち、ただちに出撃しようとした。

「敵の戦い振りはどんな様子だったのだ？」

　信繁が騒ぎ立つその場を鎮め、一報をもたらした伝令の兵に尋ねた。

「義清の兵や高梨勢に混じって、これまでとは戦い振りの異なる一団が、盛んな動きを見せておりました」

「戦い振りの異なる一団だと？」

　信繁はその言葉に注目した。

「整然と隊伍を組んで進退するこの一隊は、これまでの戦いにおいて、一度として目にしてきてはおりません」

「うむ……」

　なにを思ってか、晴信はじっと遠くを見るような目になった。これまでに目にしてこなかった相手と聞いて、信繁は幸隆が一度口にした言葉を思い起こしていた。晴信もまた、それに思い至ったのであろう。

「高梨政頼の背後には、越後《えちご》国主春日山《かすがやま》城の長尾《ながお》景虎《かげとら》という男がおります」

戸石城攻撃に際して、義清の背後の豪族たちの動向を幸隆に尋ねた折、幸隆が口にした言葉だった。続いてこうも言った。

「この両家の間は互いに祖父の代から深い親戚関係にあり、おまけに景虎が越後国主の座に就けたのも、政頼の娘婿である下越《かえつ》地方の豪族中条《なかじょう》藤資《ふじすけ》らの支持があったからと聞いております」

義清が高梨政頼を頼って落ちた後、わずか二週間しか経っていないのだ。越後勢が奥信濃の豪族たちと共に兵を動かしたとなると、容易ならざる事態が予想された。

「われらが葛尾城を攻める動きは、越後の長尾景虎の元にも早くから伝わっていたと考えられます。景虎はこれに介入する腹づもりでいたということでは？」

信繁のこの言葉を聞いた晴信は、伝令の兵に向かって叫んだ。

「ただちに戦場に戻り、むやみにこちらからは仕掛けず、あくまで敵の動きを見極めるよう伝えよ！」

晴信の指令は全軍に伝わった。

あくまで正面衝突を避け、冷静にその動きを観察することに主眼が置かれた。武田軍は、干戈《かんか》を交えつつもあえて後退を厭《いと》わなかった。連合軍を構成する豪族たちの動きを見極めることに終始した。

義清を葛尾城から追ったことで意気軒昂《けんこう》だった武田軍の兵士たちは、内心不満のようだった。重臣の中にも、信繁の口にした慎重策に異を唱える者が出た。だが晴信自身は、ただちに主力の兵を塔ノ原城に転じさせ、やがて深志城に撤収させた。

これによって村上軍はふたたび葛尾城を奪回した。武田の城代於曾源八郎は、連合軍の激しい攻勢に曝《さら》されて戦死した。

村上軍はそれに止《とど》まらず、小県《ちいさがた》の和田城、塩田城など一時武田側に奪われた村上方の城を回復した。

こうして武田軍が一度は掌中にしたかに見えた葛尾城は、奥信濃の豪族たちの逆襲と、越後の長尾景虎という未知の敵を招き寄せるだけの結果に終った。予測していなかった新たな局面の出現であった。

「この際はいったん甲府に帰り、長尾景虎をはじめ周辺の豪族たちの内情を調べ上げるのが先決かと……」

信繁の提案に、今度は異を唱える者は出なかった。晴信は深志城その他、村上方の反撃に備えるため各城に兵を残し、躑躅《つつじ》ヶ崎《がさき》館に帰還した。

そのまま戸石城の幸隆ならびに村上の旧臣だった屋代、塩崎、大須賀らを館に招き寄せた。幸隆はすでにこの頃、海野《うんの》の姓から地名である真田《さなだ》を名乗るようになっていた。加えて善光寺平周辺の動向を引き続き探らせていた山本勘助も交え、景虎という男について知る限りの情報を集めることになった。

二

「景虎という男は、油断のならない相手のようです」

幸隆がまず口を切った。

「おのれを毘沙門天《びしゃもんてん》に擬《ぎ》し、地上の悪をことごとく打ち払うと豪語して憚《はばか》らないと聞き及びます。幼少の頃より禅僧の天室光育《てんしつこういく》の薫陶《くんとう》を受け、なにより義を重んじると……」

義清の背後にいる北信濃の豪族たちの間に深く入り込んで工作していただけに、幸隆はすでに越後国の内情を摑んでいる様子だった。

幸隆に続いて屋代、塩崎、大須賀ら善光寺平に近い豪族たちが、つぎつぎに自分の耳にしていることを語った。

「十四歳の折に僧籍に在ったのを還俗《げんぞく》し、栃尾《とちお》城の城主に就いて後、反抗を繰り返していた周辺の豪族を、たちどころに屈服させたと噂されています」

「兄の晴景《はるかげ》が、父為景《ためかげ》の急死で後を継いだものの領内が収まらず、これに代わって諸将に推戴《すいたい》された景虎が、十九歳の折に春日山城に入って家督を継いだと聞き及びます」

「二年後に、名ばかりの存在だった守護上杉定実《さだざね》が死んで男子がいなかったことから、景虎が実質的にも越後の国主の座に就きました」

黙って諸将の発言に耳を傾けていた山本勘助も、おもむろに口を切った。

「昨年四月に関東管領《かんれい》上杉憲政《のりまさ》が北条氏康《うじやす》に上野《こうずけ》国平井城を追われ、景虎を頼って身を寄せました。景虎の名は今や関八州《かんはっしゅう》に広まりつつあります。噂によれば近頃憲政は上杉の姓と関東管領職を、そっくり景虎に譲り渡すと申し入れているとか……」

「うむ」

勘助の言葉に、晴信は大きくうなずいた。信繁もその件は耳にしていた。景虎の年齢は晴信より九歳年下、信繁の四つ下の二十四歳である。

「景虎の戦い振りは苛烈そのものです。常に自ら先陣に立つことを好み、時に白《はく》刃《じん》を振りかざして敵陣深く駆け入ることも厭わないと……」

勘助は長い間今川家の食客だったが、板垣信方の引きで晴信に引き合わされ、見込まれて晴信直属の遣《つか》い番の役割を担っていた。すでに五十代の半ばで、隻《せき》眼《がん》、異相の男だった。

もっとも飯富虎昌をはじめ、老臣や中堅・若手侍大将などからは、胡散《うさん》臭い他《よ》所《そ》者に過ぎないという目で見られていた。

晴信にしてみれば、甲斐《かい》国周辺に止まらず、広い視野を持つ人間を必要としていたのであろう。自分の土地に縛られない発想を持った存在を、あえて必要としているといってもよかった。少なくとも信繁は、そう推測していた。

もともと勘助は諸国の内情に詳しく、善光寺平や川中島周辺の地理には、晴信の遣いで足繁く通っていただけに、幸隆に劣らず精通していた。独特の一匹狼の勘で、この付近が近い将来戦略的に重要な意味を持ってくるということを、読んでいるようでもあった。

「軍律は厳しく、兵に対しては上下の差別なく峻烈だとも聞き及びます。また二年ほど前に、晴景を推して景虎が守護代の地位に就くことに反対していた姉婿の長尾政景《まさかげ》を屈服させ、越後統一を果たしました。近頃では上洛の機をうかがっているとも聞き及びます」

「上洛だと？」

晴信の目が光った。

「景虎は世が乱れている原因は、なにより天下を治めるべき足利将軍が力を失って、幕府の要職にいる者たちが私欲の赴くに任せ、勝手気ままに振る舞っているからだと考えているようです」

「…………」

晴信が、わずかにうなずくかに見えた。

「自分が上洛して将軍を助け、この世の秩序を回復させる必要があると……」

「たわごとを申す男よ」

同席していた飯富兵部虎昌が、吐き捨てるように口を挿《はさ》んだ。

「かつて信虎さまも、しきりに上洛を口にしておられたが、しょせん周囲の者たちを黙らせるための、おのれ自身の箔付けに過ぎまい」

家臣・領民の困窮を省みず、中央の政争にまで介入しようとしていた信虎の一時の行動を思い起こしてか、虎昌は勘助の言葉を一蹴《いっしゅう》した。

「景虎は胴欲《どうよく》に衝き動かされる今の世の人間の有様を、潔癖なまでに断罪しようとしているとも耳にいたします」

幸隆が、勘助の言葉を引き取るかのように言った。

「胴欲に衝き動かされる人間だと?」

幸隆の言葉に、晴信は鋭く反応した。

「はい……」

「景虎自身は、なにによって動くと考えているのだ?」

皮肉めいた口調で、虎昌がふたたび言った。

「すべて義のためであると」

「そう広言しているのか？」

晴信が虎昌を手で制しながら言った。冷静さの中にも、聞き流せぬ言葉を耳にした、と言わぬばかりの声音《こわね》が感じられた。

「戦いに赴く際は、春日山城に隣接した毘沙門堂に一人籠り、私欲のための戦いにあらず、あくまで正義の戦いである旨を厳しくおのれ自身に戒《いまし》めて後に、出陣を決断すると噂されています」

「越後統一の戦いに際してもそうだったのか？」

「景虎の父為景は、当時越後の守護だった上杉房能《ふさよし》が、兄の関東管領顕定《あきさだ》の要請を受け入れて越後の困窮を省みずにしばしば兵を催して関東に出撃し、相模《さがみ》の伊勢宗瑞《そうずい》（早雲）との戦いに明け暮れていたことに断固反対だったのです……」

その間の事情に通じている勘助が、ふたたび幸隆に代わって語った。

「為景は京の足利将軍が関東管領と対立していたことから、同じ上杉家の定実を擁立することを幕府に認めさせ、房能を殺して守護を交代させました」

「……」

晴信は無言のままだった。

自ら「義」を旗印に掲げる景虎だが、父親の代にはたとえ守護の側に非があるとはいえ、下克上とも言える所業を演じているのである。それでも、晴信は小さくうなずいただけで、その先を促すようにした。

「頸定は為景を討つため越後に出撃してきましたが、逆に討ち取られてしまいました。その後為景は定実に代わって越後の実権を掌握しようとし、今度は各地の豪族たちの反発を受けます。そんな経緯や景虎の潔癖な気性もあって、ことさらに〝義〟を標榜《ひょうぼう》しているのではないかと……」

信繁は勘助の言葉を聞きながら、晴信が今なにを思っているかを考えていた。

子供の頃に、共に教えを受けた岐《ぎ》秀元伯《しゅうげんぱく》の言葉を、改めて思い起こしていたのである。

景虎のいう「義」と、晴信が心の内に抱いている「天道」とは、互いに重なり合うところもあれば、大いに異なるところもある。一方は人間の行動を律する根源的な在《あ》り様をなにより大事とし、他方は宇宙の森羅万象から導き出される絶対的な理《ことわり》を第一とする。天道とは、万物を導く天からの教示であり、それに則《のっと》った、民衆を導くべき道理といってもよい。

少なくとも信繁はそう理解していた。

だがこれに対する二人の解釈は、当然異なってもくるであろう。それだけに両者の間には、相対立する要素が内包されてくる。

景虎という若者は、恐らく潔癖なまでにこの世の悪を、欲望の赴くままに行動する人間の所業を、排斥《はいせき》しようとしているのかも知れない。その点晴信は、信繁の目から見てもより現実主義的であり、なにより現状を一つひとつ打破・改善していくことを、おのれの宿願としているのである。

（この二人の対決は、互いに相容れることなく、やがては激しくぶつかり合わずにはいられないことになる）

信繁はそう直感した。

（景虎は、現世を覆いつくしている我欲の赴くままの戦いや、義を失った者同士の支配を終らせようとしているのだろう）

それは、景虎が自分自身へ課した使命なのだ。自分一個の欲得でも、守護代長尾家のためでもない。また越後一国の、家臣・領民のためでもない。正義と秩序を地上に現出させるという、絶対的な大義を掲げ、そのための戦いに身を投じようとしているに違いないのだ。

信繁にはそう思えた。それは信繁自身、心のどこかで共感できるところでもあった。

一方の晴信はどうか。共に学び幼い頃より母の想いを身近に感じつつ、同時に父信虎の抱いていた危機感を肌に感じてきてもいた。甲斐国の置かれている状況、家臣・領民の困窮と願望を、どう受け止めていったらよいか。

晴信に託された、重い使命でもあった。

それはまた、信繁自身が担わなければならないことだったかもしれないのである。

「しょせん景虎の申すことは、今失われている現世の権威を、そっくり取り戻そうとしているだけに過ぎないではないか。秩序は、天の理に沿ってこそのものだ。天の道は、民の願望、民の困窮を救うことにこそある」

一人つぶやくように言ったこの言葉に、晴信のまだ見ぬ相手である長尾景虎に対する激しい敵愾《てきがい》心が感じ取れた。

信繁は、

（これまでの戦いとは異なったものになる）

そう自分に言い聞かせた。

（それは他でもない、両者の掲げる大義が互いに現実の人と領土を介して、激しくぶつかり合おうとしているからだ）

信繁の脳裏を、そんな想念が閃光《せんこう》のように走り抜けた。

三

甲越両軍による戦端は、この年、天文二十二年八月に開かれた。

一度は葛尾城を義清から奪ったものの、越後軍の介入を知って晴信は、いったん甲府に引き上げた。陣容を立て直し、七月下旬になって佐久口から再度信濃国に侵攻した。奪われた和田城を奪回し、八月五日には義清の籠っていた塩田城を激しく攻め立てた。

塩田城を追われた義清は善光寺平付近にまで逃れ、ふたたび越後軍の救援を仰いだ。晴信は塩田城に主力の兵を置いたまま、一部の兵を犀《さい》川と千曲《ちくま》川に挟まれた川中島周辺、篠ノ井《しののい》の布施《ふせ》付近にまで進出させた。

義清の救援要請を受けた越後軍はこの布施の地で甲州軍を迎え撃ち、これを圧倒した。この知らせを受けた晴信は、自らは塩田城を動かず、ここでも終始越後軍の攻勢を巧妙に回避するだけに止めた。

越後軍も深追いはしなかった。その代わり布施の東方、筑摩郡の青柳や、南に踏み込んだ更級郡の南条（坂城町）にまで兵を進出させた。明らかに甲州軍の再度の進出を予想し、優位な足場を築いておこうとの戦略と思えた。

こうして甲越両軍の直接対決は、善光寺平の南、川中島周辺一帯を挿んで睨み合いのような形が続くことになった。

もっともこの時の対決は、九月二十日になって越後軍が兵を退《ひ》いたことによって、いったん終息を迎えた。

「景虎は自らの上洛を、優先せざるを得なかった模様です」

後になって、この間の事情を探っていた勘助が、躑躅ヶ崎館にやってきて語った。

「先年、景虎は朝廷より弾正少弼《だんじょうしょうひつ》・従五位下の位を賜っており、その御礼に参《さん》内《だい》したものと思われます」

「ふむ」

つまらぬことをと言わぬばかりの、晴信の反応だった。だが続いて、

「なんでも後奈良天皇より天盃と御剣を下賜《かし》され、越後国ならびに近隣諸国の平安を乱す朝敵を治罰したとの、忠勇を愛でる綸旨《りんじ》を賜ったと天下に吹聴《ふいちょう》して回っているとも聞き及びます」

という勘助の言葉に、

「朝敵を治罰だと？」

これにはさすがの晴信も、一瞬気色《けしき》ばんだ表情を見せた。だが、それをあえて押し殺すかのように沈黙した。

晴信にしてみれば、もはや信濃国を統治すべき人間は、自分を措《お》いて適任者はいないと思っている。信濃守護職の地位に在った同じ甲斐源氏の流れを汲む小笠原氏が、その力量を欠いていたことから、北信濃は村上氏、南信濃は木曾氏による分割統治を許し、今日に至ってきた。

軍神を祀る諏訪《すわ》一族の内紛を鎮め、諏訪上社・下社の祭礼を執り行うにふさわしい人間を晴信の手で配した。続いて南信に兵をすすめ下伊那地方にあって反武田の旗幟《きし》を鮮明にしている知久頼元《ちくよりもと》、木曾谷の豪族木曾義康《よしやす》らを屈服させれば、信濃国は完全に晴信の支配下に置かれることになる。

「これによって、甲斐・信濃は真の平安に向かう」

というのが、晴信が思い描いている確固たる信念なのだ。

「景虎の信濃への介入こそ、平安を乱す元凶に他ならない」

信繁は、晴信の心境をそう見ていた。

（天道をうかがうこともせず、おのれの恣意《しい》や力のみで民衆を統率しようとする者、民衆の心に応えられない既存の権威、秩序のみを言上げする者たちには、この天《あめ》が下に君臨する資格はない）

口には出さないながら、岐秀元伯の教えに従おうとする晴信には、そんな自負心がある。共に学んできた信繁には、それがわかるのだ。

それと同時に、まだ晴信自身の目では直接見てはいないものの、耳にしたさまざまな情報によって、自分がこれから対峙していかなければならない長尾景虎という男が容易ならざる敵であることを、すでに察知している様子がうかがえた。

事実、この後晴信が取った対景虎作戦は、そのことごとくが直接対決を避け、周囲を大きく見回し、迂遠《うえん》とも見える手を打っていくことから始められた。

その第一は、背後の不安を払拭《ふっしょく》し、当面の敵である景虎一人に全精力を傾注できるような態勢を作り上げることだった。それは他でもない、甲斐の南に当たる駿河《するが》の今川氏と、東の相模・武蔵《むさし》を領する北条氏との、これまで以上の万全の同盟関係を築いておくことだった。

すでに今川家との間には、晴信の嫡男義信の正室として義元の長女を迎えている。またもともと今川家と北条家との間は、氏康の祖父に当たる早雲の時代には早雲と今川氏親《うじちか》とが、伯父・甥の関係だったこともあって親密だった。

それが氏康の父氏綱《うじつな》の代になって両家の対立が領土をめぐって表面化し、干戈を交えるまでになっていた。そうした中で、上杉朝興《ともおき》の居城だった武蔵河越城が北条氏の手に落ち、古河公方《こがくぼう》足利晴氏《はるうじ》・関東管領上杉憲政・朝興ら関東の諸勢力を糾合した反北条連合がこの城を奪回しようと、七万の兵で包囲した。これが七年前である。

圧倒的な兵力を誇る連合軍の前に、北条家の家督を継いだばかりの氏康は窮地に陥った。このとき背後にいる今川家との仲を修復すべく、両者の仲を取り持ってくれるよう氏康は晴信に斡旋《あっせん》を依頼したのである。

晴信は氏康の力量を認め、両家の間を取り持つことで北条氏の苦境を救った。これによって氏康は河越城を包囲している連合軍を、たった七千の兵を率い、夜陰にまぎれた奇襲作戦で破り、その後上杉憲政を上野平井城から越後に追い払っていた。

晴信はこの機会に、北条、今川、武田の結びつきを強固なものにするため、義元の嫡男氏真《うじざね》の正室として氏康の長女を、氏康の嫡男氏政《うじまさ》の正室として晴信の長女をそれぞれ迎えさせ、互いに姻戚関係を結び、この方面の安定を確実なものとした。

こうして三国間の同盟を成立させた晴信は、天文二十三年（一五五四）七月になって、南伊那地方にあって反武田の動きを活発化させていた知久頼元・頼龍親子を、下伊那の峻険な山城である神之峰《かんのみね》城に攻めてこれを降《くだ》した。

続いて善光寺平周辺の豪族たちの内情をつぶさに調べさせ、秘かに誘いの手を伸ばしていった。最初に目を付けたのは、民衆の圧倒的な信仰心の拠り所となっている善光寺そのものに対してだった。

この頃善光寺の別当職には、大御堂《おおみどう》主である里栗田《さとくりた》と、小御堂主の山栗田の両家があった。里栗田家は景虎側に付いていたことから、晴信の誘いの手はこの山栗田家に伸びた。やがてこれを味方に付けることに成功した。

善光寺の西南十町（約一キロ）の距離に位置する旭山城は、山栗田家の支配下にあり、晴信は秘かにこの城に弓八百張《はり》と、当時まだめずらしかった鉄砲を三百挺運び込み、いつでも援軍を送り込めるようにしていた。

またこれと並行して、景虎に不満を抱いていた越後国刈羽《かりは》郡の北条高広《きたじょうたかひろ》にしきりに誘いの手を伸ばし、景虎に叛旗を翻させようとした。高広は挙兵したものの景虎に攻められて屈服した。

こうした越後国の内部にまで手を伸ばし始めた晴信の動きに、景虎は激怒した。天文二十四年（一五五五）四月に越後の兵を率い、自ら善光寺脇の横山城に入った。そのまま景虎は旭山城と対峙し、両軍の睨み合いとなった。

この時の戦いでは、越後軍の前衛に陣取っていた村上義清などが、しゃにむに犀川を渡って武田の陣営に攻めかかった。一時は優勢に戦いを推し進めたものの、晴信があくまで持久戦に持ち込み、味方の損害を少なくしようと図ったことから、その後二百日にもわたって対陣することとなった。

これによって敵味方共に兵糧の補給に窮し、両軍兵士たちの間に厭戦《えんせん》気分が蔓延した。双方とも容易に手が出せないことを見越した晴信は、秘かに両面作戦に打って出た。北信濃から一部の兵を残して秘かに返転し、南信濃で唯一武田の軍門に服していない、木曾義康の攻略に向かったのである。

一方の義康は川中島で晴信が、まったく動きの取れない状態と見てすっかり油断していた。ふいを衝かれ、結局武田の側から申し出のあった、義康側に有利な条件で講和を結ぶこととなった。義康の嫡男義昌《よしまさ》に晴信の三女を嫁入らせ、木曾谷の領有をそのまま認めるというものだった。

木曾義仲の末裔《まつえい》と称し、長く木曾谷に君臨してきた豪族木曾氏を、武田の親族の一員に加えさせたのである。こうして遂に川中島以北を除く信濃全域を、晴信の手によって平定するに至った。

広範囲な対景虎作戦の結果、晴信の狙いは次第に一点に絞られていった。晴信としては、なにより北の長尾景虎一人を当面の敵とすることで、これとどう戦い、いかに勝利するか。この点にすべてが集約される必要があったのである。

晴信はここで敵方の苦衷《くちゅう》を見透かすような、奇妙とも思える手を打った。それは他でもない、武田の同盟相手である今川義元の手を借りて、景虎との間に和議を結ぶという策に出たのである。

これは両軍のいたずらな損耗を見兼ねた義元の、あくまで申し出によるとの形を取ってなされた提案だった。

四

越後軍の間に厭戦気分が広まっていることを、晴信は乱波《らっぱ》（忍び）を放つことで確実に摑んでいた。

景虎の戦略・戦術眼に対する畏怖の念は強かったものの、越後軍の内情はまだ諸豪族の寄り集まりの域を脱してはいなかった。勝手に戦場を離れて国に帰ろうとする者もいれば、陣営内の兵士同士の喧嘩口論、景虎の掲げる方針に、公然と不満を口にする者たちさえもいた。

豪族たちにしてみれば、本音のところでは自分の所領を増やすために、自分の家臣団を率いて国許から出てきているのである。景虎の標榜する正義や、この世の悪を打ち払うために戦おうとしているわけではない。

もちろん信越国境近くの安定を脅威に陥《おとしい》れつつある武田軍の所業は、断じて許し難い行為ではあった。なにしろ越後国の本拠たる春日山城は、この善光寺平から直線距離にしてわずかに十五里（約六十キロ）前後しか離れていないのだ。

旭山城に籠っている武田軍をこのまま放置しておいたのでは、やがて晴信が越後の国境付近にまで兵をすすめてくるのは目に見えていた。むろんそうした事情は承知しているものの、越後の兵の間には、奥信濃の豪族たちの所領を回復してやるためだけに、長々と国許を留守にしているわけにはいかない、という不平・不満があった。

武田軍兵士の側からしても、それは同様だった。こうした空気を十分忖度した上で、義元から提示された斡旋案は、

「旭山城の破却、両軍の善光寺平からの撤兵、ならびに北信濃の諸豪族を元の領

地に還住させること」

　というものだった。

　景虎の側からすれば、この案は一見、ほとんどが晴信の側が大きく譲歩する形を取っているかに見える。景虎はこの案に満足し、互いに誓紙を取り交わし、自軍の勝利を各方面に喧伝《けんでん》しつつ、兵を撤収させた。

　だが後になって、旭山城の破却撤兵は履行《りこう》されたものの、葛尾城一帯を始めとする旧村上領のほとんどは、武田軍の支配下に入ったままの形になった。義清の還住は実現しないままに終った。

　また川中島以北の豪族たちが、景虎か晴信のどちらに付くか、それぞれの諸士の意思に委ねられるという結果に終った。

「景虎との戦いがこれで終ったわけではない」

　躑躅ヶ崎館に帰った後、信繁や重臣たちの前で、晴信は平然と言い放った。

「どういうことですか？」

　いぶかしげに晴信を見返す者もいれば、したり顔にただ肯いてみせる者もいた。

「無益な睨み合いに、無駄な精力を費やさないだけのことだ」

晴信はこともなげに、そうつぶやいた。

信繁はなにもかも、腹の内では承知していた。孫子の兵法を熟読し、早くから親しんできている晴信のことである。実際の戦争がいかに民の疲弊《ひへい》を招き、国力を弱め、国の存亡に関わるかを知悉《ちしつ》している。

にもかかわらず、今が戦国の世であれば、戦いは必然と見てもいた。

「それゆえにこそ無駄な費《つい》えを省き、必ず勝利しなければならない」

それが子供の頃の信繁に向かって、晴信がしきりに口にしていた言葉である。

単に、現実に干戈を交えて勝利するだけが戦いなのではない。敵情に応じ、相手のあらゆる弱点につけ込む。敵側の結束を分裂に導き、戦時においてはもちろん、平時においても敵の意表を突く。戦わずして味方を有利な立場に持ち込んでいく。

それが孫子の説く教えの「核心」と心得ているのである。

晴信がつぎに打った手は、景虎が本陣を置いた横山城の後方一帯に勢力を有する落合一族に対してだった。この一族は葛山《かつらやま》衆とも呼ばれ、葛山城を中心にしてこの地に長く蟠居《ばんきょ》してきた。

この頃、落合一族の惣領は景虎の側に付いた二郎左衛門尉《じろうざえもんのじょう》だったが、落合遠《とお》江守《とうみのかみ》と三郎左衛門尉の二人は、必ずしもこの二郎左衛門尉に同心してはいなかった。

晴信は山栗田の当主から、この落合一族の内情を詳細に聞き出していた。この両者の間の対立を利用する手立てはないものかと、しきりに思案を重ねた。

「落合遠江守と三郎左衛門尉の二人に、直接このわしから秘かに渡りをつける方法はないものか？」

晴信は山栗田の当主の顔を、鋭い目でじっと見つめた。当主は思案顔になにやら首をひねっていたが、

「それでしたら、葛山城に通じる山の中腹にある静松寺の住職に書状を託し、二人に手渡してもらうのがよいのではないかと……」

山栗田の当主の言う静松寺とは落合一族の菩提寺で、以前から住職とこの当主とは昵懇《じっこん》の間柄であり、住職も遠江守や三郎左衛門尉に近い関係にあるとのことだった。

「それは妙案だ」

晴信は思わず膝を打った。

「早速その方の手で、直接住職に届けてもらうこととしよう」

この工作が功を奏し、やがて二人から住職を通じて、

「後になって惣領の二郎左衛門尉も武田に誼《よしみ》を通じると言い出してきた場合、われらの立場はどうなるのか」

と、微妙な質問を寄せてきた。

晴信は二人の心境に、確かな手応えを感じた。早速、直筆の書状をしたため、

「どんな状況になろうとも、必ず二人の方を重く用いる」

との確約を与え、花押《かおう》まで捺《お》した。

入念な裏工作を施した上で、突如として葛山城を馬場信春の率いる兵が包囲した。遠江守や三郎左衛門尉の手引きによるものだったが、不意を衝かれた二郎左衛門尉は少数の兵で徹底抗戦の末、玉砕した。

この報に驚いた島津、高梨ら景虎に心を寄せる周辺の豪族たちは、しきりに景虎の救援を仰いだ。だがこの頃越後の内情は揺れ動いており、おまけに信越国境

は雪に閉ざされていたことから、援軍を送り込めなかった。

義元の仲介が成立し春日山城に帰った後しばらくして、景虎は突然隠退を宣言していた。僧となり一人高野山に籠る、と言い出したのである。勝手気ままな諸将の振舞いに腹を立て、自分の考えを少しも理解しようとしない兵士たちに、すっかり嫌気がさしてしまったのだ。

だが重臣たちの間には武田軍との対決をはじめ、問題が山積している今、戦《いくさ》上手の景虎に代わり得る人間がいなかった。姉婿の長尾政景が高野山に出向き、ようやく景虎を説得し帰国させた。

これらのごたごたを晴信は承知の上だった。この機に乗じて、景虎を嫌っている中頸城《なかくびき》郡箕冠《みかぶり》城の大熊備前守朝秀《びぜんのかみともひで》にしきりに誘いをかけた。これを助けるよう会津の芦名《あしな》氏の重臣などにも働きかけ、あちこちから騒動を引き起こさせたりした。

またこうした裏工作に止まらず、真田幸隆に命じて戸石城の北、地蔵峠を経て川中島の東方に抜ける松代の地を確保するため、この地の北東にそびえる山の頂で睨みを利かせる雨飾《あまかざり》城を攻略するよう命じた。

この地の清野、寺尾氏らは早くから武田に通じていたが、雨飾城には景虎側に加担する東条氏が籠っていた。東条氏は一貫して晴信を嫌っており、幸隆は得意の調略が通じないと見ると、果敢に力攻めに転じてこれを奪った。松代を手に入れた晴信は、この地に海津城《かいず》を築き越後軍に備える前衛基地とした。

着々と奥信濃への進出を企てる晴信の動きに、隠退を取りやめて帰国した景虎は、和議を一方的に踏みにじった晴信への不信と怒りを露わにした。軍勢を催して弘治《こうじ》三年（一五五七）四月二十一日に善光寺平に着陣した。

景虎は留守中武田に奪われていたあちこちの要害や、いったん破却された旭山城を修復し、ここに入って本営とした。晴信が出陣してくるのを待って、今度こそ一戦を遂げようと意気込んでいたのだが、晴信の方はこれを徹底的に回避した。

景虎はなんとしてでも一戦を遂げ、武田軍をことごとく奥信濃から追い出そうと躍起になった。

「景虎にしてみれば、両軍が直接刃《やいば》を交える事態に追い込めれば、目に物見せられると思っているのでしょうか？」

信繁が晴信と二人だけの折に、ふと口にしてみた。晴信はそれには答えず、

「こちらが応じなければ、それまでのこと……」

なにかに思いを馳せるかのように、遠い目をしてつぶやいただけだった。

この後、晴信の言葉通り、景虎が長駆して武田の領内深く侵入してきても、あえて戦わずに退却するばかりだった。それでいて景虎を翻弄するかのように、そこから遠く離れた飯山など越後に通じる要地で兵を動かし、放火したりした。

逃げ回るばかりでいっこうに戦おうとしない晴信の卑怯な振舞いに、景虎はいきり立ち、

「一戦に及べばわしに対してまったく勝ち目はないと恐れて、泥棒猫のような振舞いに及んでばかりだ！」

と悔し紛れに、周囲に向かって吐き捨てるように罵《ののし》っていると、しきりに風の便りに聞こえてきた。

信繁は心の内で、秘かに危惧を抱き始めていた。直情一本槍だけの景虎ではない。本気で怒らせてしまっては、後々どんな挙に出てくるか。純真さを併せ持っている若者であるらしいだけに、気がかりに思えた。

（自分が景虎の立場だったら……）

と、ふと思わずにはいられなかったのである。

五

年が変わった二月、元号が弘治から永禄《えいろく》に変わった。五月になって、京の都から将軍義輝《よしてる》の使者が躑躅ヶ崎館に到着した。

「景虎との間で続いている争いを直ちに取り止め、和睦をするように」

との御内書が晴信の元に届けられた。将軍直々《じきじき》の命令書である。

この頃将軍義輝は、家臣である三好長慶《みよしながよし》や松永久秀《ひさひで》らに京の都を追われ、近江《おうみ》の朽木《くつき》で反撃の機会をうかがっていた。義輝にしてみれば、これまで何度か上洛し忠誠を誓っている景虎に、三好らを討ってもらいたかったのだ。

だが景虎は今、晴信への対処で身動きが取れずにいる。二人を和睦させ、共に自分を助けるようにもっていきたい。

「将軍の使者になんとお答えを？」

信繁の問いかけに、奥の間に集まった重臣たちを前にして晴信は言った。

「これは、わしにとって吉報かもしれぬ……」

不敵な笑みさえ浮かべていた。

「吉報ですと?」

とたんに飯富兵部が、不審げな声を挙げた。兵部にしてみれば将軍の命令に、おとなしく従う必要などないと思っている。今や将軍の権威は地に落ちてしまっている。直臣たちにさえ見限られる体《てい》たらくなのだ。

「なんの力もないわけではない」

「どういうことで?」

畳み掛けるような兵部の問いに、晴信はおもむろに答えた。

「この際空席になっている信濃守護職にわしが任じられるのであれば、それを条件に受けてみてもよい」

「信濃守護職ですと!」

まったく意味のない、有名無実の存在に過ぎない、と言わぬばかりの兵部の口ぶりだった。

「信濃国には今、守護職が存在しない。この空名を生かすも殺すも、才覚次第なのだ」

「才覚次第?」

思わず信繁も、声に出して繰り返した。兵部の言う通り、信濃国の中でさえ、その名を重んじる者は皆無である。だが、

「力のある者がこれを用いれば、事情は大いに異なってくるのだ。国内のことはすべて守護に一任されている。他国者を黙らせる、これ以上の大義名分はない」

晴信の狙いはここにあった。信繁はふと以前、景虎が後奈良天皇に拝謁した折、近隣の朝敵を治罰したとのお褒《ほ》めの言葉を賜ったと聞いて、晴信が不快げな表情を浮かべていたのを思い起こしていた。

民衆の心を摑むには、なにより大義を必要とする。その思いは、晴信に限らず父の信虎も同様であった。強権のみを専一にしたと思われている信虎だが、信繁の見る限り民衆の信仰心に訴えるなど、神社仏閣への配慮は怠ってはいなかった。

力を有してこその大義、なのである。

大義だけを振りかざしても、誰一人これに従おうとはしない。だがひとたび大義を自分の側に引き寄せれば、たとえどんなに強引と見えても、大義はあくまで大義として生きてくるのだ。

この言葉には、明らかに景虎を意識する晴信の心の内が、強く滲《にじ》み出ていた。

この後、晴信の申し出は義輝によって受け入れられることになった。正式に信濃国守護職に補任《ぶにん》されることになったのである。

義輝にしてみれば、景虎であろうと晴信であろうと、守護大名はことごとく将軍の命に従う存在との認識があった。いわば将軍を支える配下同士だ。配下の内輪揉めはいつでも停止させることができるとの思いは、たとえ空《から》威張りだけにしても持ってはいた。

この頃景虎からは、上杉憲政から関東管領職と上杉の名跡を譲り受けるに当たって、将軍の許可を貰うべく願いが出されていた。関東管領職といい信濃守護職といい、共に室町幕府の官職名である。

関東管領は信濃を含む東国の、いわば広域にわたる統括者である。形式上、守護職の上位に君臨する存在でもある。ゆえに晴信を信濃国守護に任じても、なんら支障はないと見たのである。

こうして後顧《こうこ》の憂いをなくした景虎は、永禄二年（一五五九）四月に越後の兵二千余りを率いて上洛した。以後、およそ半年の余にわたって京に滞在した。これに先立って義輝と三好・松永らの間に和睦が成り、義輝は京に戻っていた。景虎は京に滞在中、正式に関東管領職に任命された。その後、上杉の名跡を受け継ぎ、憲政から一字を貰って上杉政虎《まさとら》を名乗るようになる。

こうして京に滞在している半年余りの間、いわば景虎の得意の絶頂期に、奥信濃においては武田軍による軍事行動が活発に行われていた。各地で景虎に同心する豪族たちを追い払い、越後との国境近くまで占拠する勢いを示した。

「将軍の戦闘停止命令に、背《そむ》くことになるのでは？」

信繁は晴信に、そう尋ねずにはいられなくなった。

「将軍の命令には、いっさい背いてはおらぬ」

憮然《ぶぜん》としてそう答えただけだった。

信繁が気にかけていた通り、将軍からの使者がふたたび甲府を訪れ、武田軍による軍事行動に対し、

「上意を軽んじる行為ではないか」

との厳しい問責が加えられた。これに対し晴信は、

「信濃国の守護職を拝命した以上、信濃一国に関する紛争を鎮めるのは、この晴信にこそ責任があり、役目でもある。国内の不逞の輩《やから》を煽動し、守護の命に従わず、また後ろで騒動を引き起こさせようと糸を引く者がいるとしたら、これに対し治罰を加えるのは当然の行為ではないか」

と、暗に景虎に対し注意を促すよう、申し添えた。

この晴信の返答に対し、義輝は形だけとはいえ、景虎に奥信濃の諸将に戦闘行動に出ないよう注意を加えるべく命じた。将軍としては、あくまで身内同士の問題であり、どちらが悪いとも断定し得ない立場にあった。

要するにどちらの顔も潰さぬように気を配り、実質的な解決策はあくまで当人同士に委ねられ、軍事行動を表向き停止させる口利きをしたに過ぎなかったのである。

晴信はこれらを重々承知の上で、あくまで守護職補任を最大限に活用しようとしているのだった。

だが信繁には、こうした晴信の一連の思惑《おもわく》に対し、あの景虎がいつまでも黙って見過ごしにするはずはない、という思いが強くなるばかりだった。正義感の人一倍強い景虎のことである。いや関東管領上杉氏の名跡を正式に継いだ後、どんな行動に出てくるか。

新たな大義名分を手にした景虎なのだ。晴信に劣らない力、軍事的能力と才腕を有する景虎が、これまでの度重なる晴信の勝手極まる行動を、黙って見過ごしにするはずはないのである。

そのことは、景虎の敵である信繁自身にも、痛いほどに伝わってくるのだった。

(ここで今、自分にできることはどんなことなのか……)

信繁はこのところずっと頭を悩ませていた問題に対し、改めて深く思いを馳せた。

(もはや二人の対決は、抜き差しならないところまできている)

信繁の心はそれを考えると、激しく戦慄せずにはいられなかった。

「景虎という男の戦いぶりは、噂によると相手の意表に出ることがしばしばとのことですが……」

躑躅ヶ崎館近くに設《しつら》えられた的場《まとば》（弓の稽古場）に立って五十射ほど矢を射込んだ後で、額の汗をぬぐいながら、内藤昌豊《まさとよ》が自分から信繁の側《そば》に寄ってきて言った。昌豊は信繁がどんなことであれ、景虎の評判を知りたがっているのを承知していた。

初夏の微風が、諸肌《もろはだ》脱ぎになって一息入れている信繁の胸元に、心地好く吹き寄せていた。信繁は昌豊より先にきて、朝からずっと弓の稽古に励んでいた。百射ほども射込んだ後だったから、そろそろ終りにしようと思っていたところであった。

「なにより大義を重んじる男のようだから、誰もが尻込みするようなことでも、平気でやってのけるということなのであろう」

そんな信繁の言葉が耳に入ったのか、昌豊と共に弓を引いていた三郎兵衛昌景《さぶろうびようえまさかげ》が、的の星（中心部分）に中《あた》る派手な音を立てた後で下がってきた。

昌豊と昌景は、よく気が合う同士と見えて、乗馬や太刀打ちの稽古などにも、いっしょに励んでいる姿を見かけることが多かった。昌豊は晴信と同年輩で、昌景はそれより三つ四つ年長のようだった。それでも二人とも心なし信繁に対しては、常に敬意を払う様子がうかがえた。

「景虎は自分の戦いぶりを、源九郎義経になぞらえようとしているとも聞き及びます」

昌景自身、自分もそれに近いと言わぬばかりの口調で、ことさらに声を張り上げるようにした。

昌景は、身体つきは小柄ながら兄の飯富兵部にも劣らぬ、恐れを知らない猛将として知られていた。その点内藤昌豊は反対に何事にも思慮深く、一見したところでは慎重すぎるくらいの、おっとりとした大人《たいじん》風の男と言ってよかった。

「嵐の夜に小船で屋島に渡海した時といい、鵯《ひよどりごえ》越の逆落《さかお》しといい、敵の意表に出る義経の戦ぶりは、勝利のためにはおのれの生命をも捨てて懸かるやり方で、景虎の信条とするところに通ずるのでしょう」

昌豊が、昌景の言葉を補足するように言った。

「お屋形さまの戦いぶりとは、なにもかも対照的といってもよいかも知れない」

信繁がそうつぶやくと、

「景虎の若さゆえでもありましょう」

昌景がそう応じた。

「それもあろうが、景虎には領土的な野心はなく、家臣・領民がなにを望んでいるかを問うよりも、まずはこの世の正義を乱す者を誅罰しようと意気込むところがあるようにも見える」

「それだけに、おのれの損得を度外視した、思いもよらない行動に打って出ることにも通じるのかと……」

「兄の兵部は、景虎ごときなにを恐れることがあろうと、配下の者に息巻いてもおります。この昌景も、直に刃を交えてみたい相手と見ているのですが……」

頑強に武田軍に反抗していた知久頼元を信濃南部の山城、神之峰城に攻め、一番乗りを果たして降《くだ》した三郎兵衛の、激しい闘志を秘めた気性とは裏腹の、穏やかな口ぶりだった。

信繁はそんな昌景の言葉を、的場を吹き抜ける微風の中に聞きながら、いよいよ景虎との一戦が避けがたいところにきていることを感じ取っていた。

信繁家訓

一

「なにか気がかりなことでも、おありなのでしょうか？」

朝餉《あさげ》の膳のそばで、妻のふみが給仕の手を休めながら、遠慮がちに信繁《のぶしげ》に問うた。

「うむ……」

と、なかば上の空で答えたものの、信繁の箸の手は何度も宙に浮いたままになった。

このところ信繁の脳裏から離れなくなっているのは、長い間考え続けてきた「家訓」についてである。

今まで、折に触れ思いついたこと、心を動かされた書物の一節や、師の元伯《げんぱく》から貸し与えられ、あるいは元伯が京に帰った後もわざわざ目を通すようにと送り届けてくれた仏典、禅問答集、中国の古典や史書・兵法書などから学んだ要点やその一節を抜き出し、簡潔にまとめてきた。

それがいつの間にか相当な量となった。こうした中から、家臣・領民にこれだけは伝えておきたいと思うものを、丹念に選び抜いてきた。それでも信繁の手元に残った項目は、九十九にも上っていた。

問題はこれらを、信繁が自分の言葉でわかりやすく説いて聞かせるものとするか、それともまず信繁の意図する趣意を掲げ、それに関連した原文を忠実に伝えて意味を補うものとするか、ということだった。

そしてもう一つ。こちらこそが信繁を、しきりに悩ませている問題である。それは他でもない、

「こうした九十九項目にも上る一節一節を、自分がどんなにわかりやすい言葉に置き換えてみたところで、それがどれほどの者に受け入れられていくか」

ということである。自分がいかに熱意を込めて広めようとしたところで、受け

取る側にそれを受け入れようとする意欲、あるいはその意図を正しく理解しようとする気がなければ、なんの意味もないことになる。

信繁の見る限り、長尾景虎《かげとら》との避けて通れない戦いが、刻一刻と近づいている。甲斐《かい》・信濃《しなの》国に住む者たちすべてが、これにどう立ち向かうか。どうしたら心をひとつにしていけるのか。

先の「甲州法度《はっと》」のように、甲斐国内の領主を始めとする家臣・領民のすべてが、例外なく守らなければならない約束事、これを破れば罰せられる強制的な決まりごと、といったものでは決してない。

いわば一人ひとりがすすんでこれを受け入れ、絶えず心がけようとしなければ、無意味なものと化す。たしかに「法度」と同様、「容易ならざる敵」にどう立ち向かうかの心構えとして、徹底させる方策は他にも考えられる。

その場合は「家訓」ではなく、あくまで戦いに臨む際の戦場での心得であり、厳しい罰則付きの「軍律」に他ならなくなる。そしてそれはすでに存在する。

信繁が今考えているのは、あくまでも一人ひとりが自分の問題として心に抱き、これを受け入れることによって得られるもの。戦国の世を生き抜く家臣・領

民のための、

「知恵と教訓」

をめざしたものだ。

晴信《はるのぶ》は晴信なりに、これからどう戦いを推し進めるか、いままさに苦慮しているに違いない。これを補佐する役目の信繁としては、晴信とは違う視点から日夜考え続けてきた。そうして辿り着いた信繁なりの答えが、

「信繁家訓」

というものに他ならなかった。

たしかに個々の家単位の「家訓」であれば、九十九もの条文を並べる必要はない。むしろぎりぎりにまで絞り込んだ、これだけは決して閑却《かんきゃく》してはならない事項のみに絞り込むやり方もある。この方が、これだけはという重要なことが、ぼやけないで済む。

そうした意味からすれば、いま信繁が「家訓」の第一に掲げようと考えている条文、

「一、奉対屋形様、尽未来不可有逆意事。論語曰、（中略）事君能致其身。（お屋

形さまに対し奉っては、未来永劫に至るまで逆意を抱かざること。『論語』に言う、君に仕えるには誠の心を以ってすると・以下訳文のみ)」

その他、十項目前後をもってすればよいとも言える。例えば、

「一、戦場においてはいささかも未練な行為に及ばないこと。『呉子《ごし》』も生に執着する者は死に、死を恐れぬ者は生きる、と教えている」

「一、常に油断なく、行儀をたしなみ、怠らないこと。『史記』にもその身正しければ命令せずとも実行され、正しくなければ命令されても実行されない、と説いている」

「一、武勇のことは専一にたしなむこと。『三略』にも、強将の下に弱兵士なし、と記されている」

「一、父母に対しては、いささかの不孝もあってはならない。『論語』にも、父母に仕えてよく力を尽くす、とある」

「一、誰に対しても十分な心配りの気持ちを失ってはならない。『礼記』に、人は礼(相手を敬う心)に適《かな》えば安泰で、礼を失すればその身は危うい、とある」

「一、家中の者に対し、慈悲の心を忘れないこと。『三略』に、民に慈悲が深け

ればおのれの手足のように従う、とある」

「一、多くの者からの意見には逆らわず、よくよく反省の念を深くすること。『尚書』にも、君主も諫《いさ》めに従えば聖主となる、とある」

「一、人の生命《いのち》を取ること、決してあってはならない。『三略』に、国を安泰に治めるには人を得ることであり、国を滅ぼすのは人を失うことによる、とある」

「一、百姓に対しては、定められた義務以外はむやみに取り立てぬこと。『軍《ぐん》讖《しん》』に、上が下の者を虐《しいた》げれば民は窮迫し、租税が重なり、刑罰が極まれば民は残らず滅びる、とある」

「一、党類（仲間同士）の者だからと特別扱いしてはならない。『論語』にも、君子はすべてに偏りがなく、小人《しょうじん》はしばしば公平さを失う、と言っている」

などを抜き出すだけでよいかもしれない。

だがそれでは、最初の第一条が有する深い意味、なにゆえこの言葉が大事なのかということが、少しも理解されないままに終ってしまうに違いない。信繁としてはこのことをこそ、家臣・領民が自分たち一人ひとりの問題として、それぞれの側から深く理解する必要がある、と考えていた。

上に立つ側が考えがちな、自分に都合のよいだけのものでは決してない。上下万民にとって、自分自身はもちろんのこと、互いのために心得ておくべき、人間としての叡知《えいち》、といってよいものなのだ。

九十九条の中には、この他に、「礼節」「堪忍《かんにん》」「消費や欲望」「武人としての心得」「武略」「勇気」「学問」「家族愛」「兄弟愛」「信頼」などなど、相手の身を常に考え、誠心誠意の交際に心がけ、また参禅し、生死に対するおのれの心の在《あ》り様を定めるなどの条文が、それぞれ出典を明示しながら掲げられている。

信繁が物思いに耽っている様子なのを、ふみは穏やかな表情を浮かべ、静かに見つめていた。それに気づいた信繁は、取り繕《つくろ》うように言った。

「然《さ》したることではない」

そう口にしたところで、ふと信繁はふみの表情に、一瞬、母の面影を垣間見たような気がした。単なる思い過ごしなのか。なにかの暗合なのか。

母の晩年に近く仕えてきたふみには、どこか母のしぐさが、時折り断片的に乗り移ったかのような錯覚を覚えさせることがあった。もともと大井の祖父のみならず、母自身もふみの幼時からの怜悧《れいり》な気質を愛して止まなかった。

純朴な農家の娘に生まれながらふみは大井の祖父や母に接してきたその影響から、幼い頃から読み書きを学び、書物にも親しんできた。信繁にしてみれば、ふみをないがしろにしてきたつもりはなかった。

だが今はふと気づいて、なにか母に意見を求めるような気持ちで、率直にふみに問いかけてみたくなった。

「そなたならどうする？」

思い悩んでいたことを率直に語った後、信繁はいきなりそう問うてみた。

二

ふみはしばらく黙したまま、じっと考えている様子だった。それから真っ直ぐに信繁の顔を見つめ、こう言った。

「いかがでございましょう。これらの家訓はあくまでわが家に向けたものとして、纏《まと》め上げられたものとなされましては……？」

「なにを申す！　わしがこれほどまでに苦労してまいったのは、この国と、この国に住まう者たちのためを思ってのことではないか！」
めったなことでは、自分の感情を露わにしたことのない信繁である。だが今ののふみの言葉には、さすがに顔色が変わるのを覚えた。取りようによっては、信繁ふみの意図するところの全面否定と言ってもよかった。
「いいえ。わたくしの申し上げました意味は、その家訓があなたさまのおっしゃ
いました通りのものでありましたなら、おのずからこれを耳にした人たちが、す
すんでこれをご自分のものとされていくような形になされるのが、もっともふさ
わしいのではないかと……」
真っ直ぐ信繁を見据えたまま、少しも動じることなく、どこか毅然とした色さ
え漂わせながら、ふみは言葉を続けた。
「うむ……」
なにか目を開かされるものを感じて、信繁は思わずうなずいていた。
その瞬間、目の前に居るのが母であればという思いが、チラと信繁の脳裏を掠《かす》
めた。気を取り直した信繁は、改めてふみにこう尋ねた。
「そなたの言うように、わが家に向けたものとなれば、まずはそなた一人にこれ

を授けよと申すのか？」

いささか落胆する思いを露わにしながら、信繁は続けた。

「いえ、わが家の嫡男は六郎次郎（後の信豊《のぶとよ》）です」

「六郎次郎は十二歳になったばかりではないか」

「早過ぎるとは思いませぬ。わたくしもいっしょに、これから毎日その一条一条を何度も暗誦し、身につけてまいりたいと存じます」

「うーむ」

思わず信繁は、小さく唸《うな》り声を上げた。まさかこんな言葉がふみの口から発せられようとは、予想もしていなかったのだ。

「あなたさまが考え抜いたものでしたら、わが家の嫡男たる者、一言一句、どんなことをいたしましても意味するところを理解し、自分のものとしていかなければなりません。そしてこれがいつか、六郎次郎や他の子供たちの口から、あるいはわたくしやあなたさまの日頃の振舞いの中に、おのずから洩れ出でるようになりましたなら、周りの者もこれに倣《なら》い、受け入れるものとなっていくに違いありません……」

「……」

信繁はしばらくの間、ただ黙したままだった。

ふみの口から出た言葉は、信繁にはふと母が、自分に向かって語りかけているかのように思えたのである。

我に返って、信繁はふみの言うことに、いつか小さく肯《うなず》いている自分を見出していた。たとえすべてを理解できないにしても、六郎次郎とて毎日一か条ずつを繰り返し口に出し、その意味を自分なりに問い続けていけば、一月《ひと》、半年と歳月を重ねる内には、おのずからすべてにわたって、意は通じてくるであろうと思われた。

その一方で、景虎との戦いはいつ始まるかわからない。

(気の遠くなるようなやり方では、いつになったら家臣・領民の間に浸透させていけるのか)

そんな焦燥感にも苛《さいな》まれた。

だがよくよく考えてみれば、たとえ迂遠なやり方と思えても、自分の足元から積み上げていくのでなければ、一人ひとりの心の奥深くにまでは届かないのかも知れない、という気もしていた。

それは信繁の心の片隅に、絶えず潜んでいた思いでもあった。自分の都合や視点のみを優先しがちになるのを、信繁は繰り返し戒《いまし》めてきた。

いつか真田幸隆《ゆきたか》が、晴信と自分に向かって語ったあの言葉が、思い起こされてもいたからである。

「人の心を動かすには、なによりおのれを第一とする考えを捨て去らなければなりません。義清《よしきよ》の心の内には村上の本流を、葛尾《かつらお》城のみを、ひたすら大事とする心ばかりが大きくなってしまっていたのではないかと思えます」

戸石城を一滴の血も流さずに、陥落させた後、他ならない幸隆の口から洩れ出た言葉であった。信繁にはその日以来、ずっと頭の片隅から離れなくなっていた文言《もんごん》でもあった。

「どうしたら一人ひとりの胸の内に、その気持ち（国や城を守る気概）を植えつけていけるのか。誰もがすすんでその身を投げ出し、守り抜きたいと思わせられるのか……」

あの時幸隆の口から洩れ出た言葉は、そのままどの国にも、誰に対しても、当てはまるに違いないと、信繁には思えていた。

九十九条の条文の一つひとつを、それぞれの者がよくよく考え抜いた上で身につけていく。それによって自分のことのみではない、他を思いやる心、家族や朋《ほう》輩《ばい》、上役、主君を理解し、同時にその中心をなす存在としてのお屋形さまを理解し、心をひとつにしていけるのではないか。

もちろんその逆、主君の側からも家臣・領民に対し同じ思いがあってこそのものである。それは晴信も信繁も、師の岐《ぎ》秀《しゅう》元伯によって、あるいはまた母の願いとするところによって、心に深く染み込んでいた。

信繁の脳裏には、こうした想念が絶えず行き交っていたがゆえに、この十年近くにも及ぶ長い歳月の間、家訓のことを一時《いっとき》も忘れ去ることがなかったと言えるのである。

そしてもう一つ、信繁が常に細心の注意を払ってきたことがあった。それは必ずしも表面に現われたものだけに対してではない。たとえ信繁一人の杞《き》憂《ゆう》の域を出ないものに対してであろうと、同様であった。

それは他でもない。父や母の口から何度となく聞かされた、甲斐国の守護の座をめぐる親兄弟、親族同士の骨肉の争いに発展しかねない種子《たね》に対してである。そこには当事者のみに止《とど》まらない、国を二分する不毛な争い、離合集散を生み出す萌芽《ほうが》が潜んでいるからだ。

このことは遠い過去のことではない。いやむしろ、父の信虎《のぶとら》を追放したまさにその時まで、絶えることなく連綿と続いてきたことなのだ。当の信繁にしても、ひとつ間違えれば晴信との関係が、どうなっていたかわからなかった。

万が一にもそんな事態になっていたら、甲斐国の混乱と紛糾《ふんきゅう》は計り知れないものとなっていたであろう。だからこそ、家訓の第一に信繁が掲げた条文の、絶対的な意味があった。

信繁としては、そんな争いの芽はなんとしても早期に摘み取り回避しなければ、との思いが強かった。同時にこのことは、他ならぬ信繁自身の手によってこそ、果たされなければならないとも考えていた。

この問題は、このことに直面する当人同士のみならず、家臣・領民にとっても大きな負担と不幸を招き寄せるものに他ならないことを、誰よりも身近に感じ取っていたからである。

だがそんな信繁にも近頃、気がかりと思える動きが見えてこないではなかった。武田家の嫡男義信《よしのぶ》の周辺をめぐってである。もっとも晴信と義信との間に、いま確執《かくしつ》が生じているというわけではない。

武田家の嫡男は正室である三条夫人と晴信との間に生まれた義信である。このことは誰の目にも揺るぎがない。晴信の後継者は義信と、家中の皆から暗黙の内に了解されていることだ。

六年前に、今川家との結びつきを強固にする狙いもあって、義元《よしもと》の長女であり、今は亡き実の姉、定恵院《じょうけいいん》が産んだいとこ同士の間柄にある娘を、義信の正室に迎えてもいた。

この若い夫婦の仲は睦まじく、義信もまた傅役《もりやく》飯富《おぶ》兵部《ひょうぶ》の薫陶《くんとう》を受けて育ち、十七歳の折の初陣《ういじん》には父の晴信と共に信濃に出陣した。その折の活躍ぶりを目にした晴信は、傍目《はため》にも満足げだった。

晴信が将軍義輝《よしてる》により信濃守護職に補任された際、義信もまた三管領《かんれい》（管領に補せられる家柄）に任じられた。だが、こうした誰の目にも次代の武田家を担う者と目されることで、まさにこのことからくる家中の微妙な風向きの変化が、新たな火種を生じさせつつあったのである。

それは他でもない。家臣団の中に新たに生じつつあるかに見える、小さな二つの流れであった。一つは晴信によって積極的に見出され登用されつつある、若く有能な侍大将たちの一群の動きであり、もう一つは、代々武田の名門と目される家の、義信を取り巻く者たちから醸し出される、目に見えない動きだった。

前者はもちろん、いわば、次代を担う武田家の新しい潮流、といってよいものである。それ自体は、なんら憂うべき事態ではない。むしろ望ましいことなのだ。

今はまだ、小さな波紋といえるほどのものに過ぎないが、いずれは大きなうねりとなって、武田の家臣団を、いや領国全体を衝き動かす力となっていくに違いなかった。

だが、それはあくまで二つの流れそのものが、互いに一つの方向へ向かって流れていく限りにおいて意味があるのである。万が一にもこの二つの流れが逆流し、あるいは少しでもぶつかるようであれば、信繁のもっとも危惧する事態を招きかねなかった。

信繁の杞憂に過ぎないのかも知れない。だが、だからこそ家訓に掲げられている第一条が、なにより大事なのである。

信繁にしてみれば、たとえどんなに小さな争いごとの芽であろうとも、おのれが真っ先に掲げたことの意味に照らして、誰もが考えていくようになれば、なにもかもが自ずから解消されていくに違いないと思えていた。

ここには信繁のすべての思いが込められていた。それがどれほどの数の者たちに伝わるか。まったくの未知数ではあったが、景虎との戦いが刻一刻と迫っている最中にあって、なにより第一歩を踏み出す必要があった。

この日より以後、信繁は六郎次郎に向けて、この家訓の一条一条を、心に刻み付けるように説いて聞かせていった。

三

この年も半ばを過ぎた永禄《えいろく》三年（一五六〇）五月二十日、躑躅《つつじ》ケ《が》崎《さき》館に激震が走った。

「尾張《おわり》国知多郡桶狭間《おけはざま》において、今川義元殿が織田信長により首を討たれたとの知らせが、駿河《するが》国よりたった今届きましてございます！」

「なんと！」

晴信と共にこの報に接した信繁は、にわかには信じられなかった。

だが、武田家中においてなにより今川家の内情に精通している飯富兵部の言上である。根拠のない風聞とは思えなかった。

義元が今川軍二万五千を率いて、隣国尾張に向けて出陣したとの報は、すでに晴信の耳にも入っていた。

五月十日に先発隊が、続いて十二日には義元の率いる本隊が三河《みかわ》国に入り、十九日にはいよいよ尾張国に侵攻を開始する模様、との情報は兵部の口から伝えられていた。

「このたびの出陣は、五月八日に義元殿が三河守に任官されたことを機に、三河と尾張の境界付近の砦をことごとく支配下に収めるためとも、かつては今川の城だった尾張那古屋《なごや》城をこの機に織田の手から奪い返すため、とも唱えられておりました」

「しかしながら織田方では、義元殿が上洛の兵を発し、尾張領内に侵入してきたところを三千の兵をもって迎え撃ち、首を取ったとさかんに喧伝《けんでん》している模様なのです」

「……」

晴信は兵部の報告に、黙ってうなずいただけだった。

三河国はかつてこの国の土豪、松平清康《きよやす》が制圧する勢いにあったのだが、尾張領に進出しようとした際、内訌《ないこう》によって家臣の一人に殺されてしまった。清康の子広忠《ひろただ》は織田方に領国が蹂躙《じゅうりん》されるのを恐れ、義元の庇護下に入った。

後にこの広忠がふたたび家臣の一人に斬り殺され、広忠の嫡男でまだ幼かった竹千代《たけちよ》(後の徳川家康)は織田家に人質になっていたのを、人質交換で今度は駿《すん》府《ぷ》に送られた。義元の下で人質生活を送り、やがて成人したものの、義元の家臣同然の扱いを受けていた。

義元にしてみれば三河守の任官により、事実上三河国は今川の統治下に入ったとの認識があった。その事実を、内外に向かって宣揚する意味合いを持たせた出陣と、躑躅ヶ崎館では見ていた。

このたびの出陣には、竹千代改め松平元信《もとのぶ》も先陣を命じられ、あくまで今川軍の一部将として尾張領の大高城に兵糧入れを果たしていた。今川方の兵士の間では、尾張侵攻の目的は、難なく果たされるものと考えていたのであろう。

「なにしろ十倍に近い兵力差がありましたから、若輩者の信長を一蹴《いっしゅう》するなど、手もないことと油断していたのではないかと……」

兵部もまさかこんな事態が出来《しゅったい》するとは、思ってもいなかった様子だった。

実際に上洛の噂が、どこまで流されていたのか。

少なくとも同盟相手の晴信のもとには、義元の上洛の動きやそれに関する情報は、なんら入ってはいなかった。

「越後の景虎が、先年上洛を果たしたことに義元殿が刺激されてとは、とうてい考えられませぬが……」

信繁が率直な疑問を口にすると、

「近頃では駿河国の守護職を氏真《うじざね》殿に委ね、自らは三河国を治め、尾張にも進出を企てていたものと思われます」

信繁の疑問に答えるかのように、兵部が述懐した。

晴信は聴いているのかいないのか、しきりになにかに思いを馳せている様子だった。

やがてポツリと独り言のように、

「氏真がどう出るか……」

と一言つぶやいたきり、ふたたび沈黙した。

晴信が、亡き姉の忘れ形見である甥の氏真をあまり買っていないことは、信繁にもわかっていた。

義元も都風の公家《くげ》趣味に染まっていたものの、武将としての器量に欠けるところはなかった。だが氏真には、戦国武将としての資質はまったく備わっていないと、晴信は見ていた。

日頃氏真が、蹴鞠《けまり》などに打ち興じているとの噂を耳にするたびに、晴信はあからさまに眉をしかめてきた。義元殿が健在なうちはよいが……と、いつか信繁の前ではっきり、そう口にしたことさえあった。

問題は、そんな氏真が、ただちに織田方に対し反撃に出るかどうかということであり、晴信の思わず口から出た言葉に、兵部は一瞬怪訝《けげん》な色を見せた。

武田の家中随一の猛将として知られる兵部のことである。氏真に対する歯がゆさは人一倍強いに違いなかった。

「義信にはこのことを伝えたのか？」

晴信の口から、続いて兵部に向けて発せられた言葉だった。

「はっ。お方さまのご心中をお察し申し上げ、まずは義信さまにもわたくしの口からお伝えせねばと……」

「うむ……」

仲睦まじい、いとこ同士の若夫婦である。その評判は誰知らぬ者のないほどなのだ。それだけに父親を討たれた妻の嘆きを、義信がどう受け止めるのか。これまで今川の家中とは、武田家の中で誰よりも深く通じてきた兵部である。

だが、あくまで他家の内情に口出しできるはずもなく、しきりに頭を抱えるばかりだった。

兵部が二人の側《そば》を去った後、信繁に向かって晴信が口を切った。どうやら兵部の耳には入れたくなかったのであろう。

「氏真がただちに尾張に向けて兵を発するとは、とても思えぬな」

晴信の、断定するような言い方だった。

「そうなりますと、背後に不安を抱えることになります」

越後の景虎との戦いを前にして、ということである。

「うむ。いずれは義信、氏真、信君《のぶきみ》の三人のいとこ同士で、この方面の安泰を担っていけると目論んでいたのだが……」

晴信の構想では、晴信の二番目の姉南松院《なんしょういん》が穴山信友に嫁いで産んだ信君を加え、この同年輩の三人の結束によって、武田の背後を脅かす不安要素を、払拭できると踏んでいたのだ。

だがその目論見は、早くもほころびを見せ始めたかに見えた。

同時に、信繁には晴信のもう一つの危惧が、仄《ほの》見えていた。信繁はかつて晴信の口から、こんな言葉がつぶやかれたのを覚えている。

「義信には、木を見て森を見ないきらいがある……」

義信の、自分の身近にいる者たちにしか関心を向けようとしない、視野の狭さを指摘してのことと思われた。

自分が慣れ親しんだ、いわば身内の者たちにばかり目がいく傾向は、若い内は誰にでもある。それが人としての情愛の深さ、やさしさにも通じ、新しい結束を生んでいくことに通じてもいる。

信繁にはそう思えていた。

だが晴信の目はあくまで厳しかった。義信はいずれ武田家の、いや甲斐・信濃国の頂点に立つ人間なのである。その資質においては一点も欠けるところがあってはならない、と見ているのであろう。

一方で晴信は、名だたる家臣の子弟に限らず、領内の若者たちに絶えず目を向けてきた。馬場民部《みんぶ》少輔《しょうゆう》信房《のぶふさ》、飯富兵部の実弟で兵部とは親子ほども年齢が離れている三郎兵衛《さぶろうびょうえ》昌景《まさかげ》（後の山県《やまがた》昌景）、内藤昌豊《まさとよ》（初め工藤、川中島の戦いの後、内藤姓を名乗る、本書では内藤で統一）、高坂昌信《こうさかまさのぶ》、真田幸隆の長男信綱《のぶつな》、次男源治郎昌輝《まさてる》、三男源五郎（後の昌幸《まさゆき》）といった、武田の次代を担う人材を着実に育てていこうとしていた。

「わしが目をかけ、手塩に掛けて育てようとしている者たちが、いったいどんな人間なのか。それを今から自分の目でしっかりと見定めていかなければ、家臣・領民を見極める目など、とうてい鍛えられはすまい」

と言いたいのだ。

事実、信繁の目には義信の側近である長坂源五郎をはじめとする、いわば代々続いてきた武田の名門と目される子弟たちを中心とした者たちと、晴信が目を掛けている者たちとの間に、目には見えない溝《みぞ》が生まれつつあるかに思えていた。

四

晴信が予想した通り、結局氏真は父を討った織田信長に対し、なんらの反撃も試みることはなかった。

それどころか、今川の一部将に過ぎなかった松平元信（竹千代、後の徳川家康）が、その後三河に帰って今川家から独立し、あろうことか、義元を討った信長と同盟を結んだことが判明した。

兵部を通じて、晴信は氏真の意向を何度か打診した。援兵の要請があるようであれば、応じる腹でいたのである。恐らく相模の北条氏康《うじやす》も、同様の気持ちだったであろう。

だが氏真の返答は、曖昧なままに終始した。そんな最中にあって、関八州《かんはっしゅう》を巻き込む騒乱の嵐が、いよいよ激しく吹き荒れようとしていた。

それは他でもない、関東管領職と上杉の名跡を憲政《のりまさ》から正式に譲り受けた長尾景虎が以後上杉政虎《まさとら》を名乗り、関東の諸豪族の要請を受け、北条氏討伐のため三国峠を越え、関東に出陣しようとしていたからである。

もっとも武田や北条は、景虎の関東管領就任を認めず、上杉政虎の名乗りも認めようとはしなかった。

義元が信長に討たれた同じ五月に、古河公方《こがくぼう》足利晴氏《はるうじ》が先妻の父である簗田《やなだ》晴助の居城、下総関宿城《しもうさせきやど》で死んだ。晴氏は先妻の死後、氏康の妹を正妻に迎えていたのだが、その後氏康と敵対するようになり、関東の諸豪族と共に北条の手に落ちていた河越城を、二十倍余の圧倒的な兵力で包囲した。

しかしながら氏康の果敢な夜襲に敗れ、北条方に捕らえられて一時幽閉された。その後に、簗田晴助のもとに保護されていたのである。晴氏の死後、古河公方の座をめぐって、北条側と関東の諸豪族が激しく対立した。

晴氏の遺児は先妻との間に藤氏《ふじうじ》、藤政、家国《いえくに》の三人がおり、この他に氏康の妹の子である義氏《よしうじ》がいた。氏康はこの義氏を強引に晴氏の後継者とし、名実共に関八州を北条氏の支配下に置こうとした。

これに対し関東の諸豪族、忍《おし》城の成田長泰、岩槻城の太田資正《すけまさ》、結城城の小山秀綱、常陸《ひたち》の佐竹義昭、房総の里見義尭《よしたか》などが藤氏を擁立《ようりつ》し、関東管領上杉政虎（本書では景虎で話を進める）の手で、正式に公方の座に就任させることを願った。

景虎の側としても、関東管領就任を豪族たちに周知させる、絶好の機会になると見た。関東管領の職務こそ、まさに関東公方を補佐し、東国全域の治安維持を委ねられた役目に他ならないからである。

「景虎にしてみれば、おのれの力を誇示するにふさわしい舞台が設《しつら》えられたと見ているのであろう」

晴信が躑躅ヶ崎館の一室で、信繁をはじめ飯富三郎兵衛昌景、高坂昌信、真田幸隆らを前にして語った。三郎兵衛や昌信は近頃では特に晴信が信頼し、目をかけている中堅どころの侍大将である。

なかでも昌信と幸隆は、越後勢との戦いを控えて松代の海津《かいず》城周辺の守備を担っており、景虎の目が今は関東に注がれていると見て、松代の地を離れて晴信のもとにやってきていたのである。

昌信の父は甲州石和《いさわ》の豪農だったが、源助と名乗っていた十六歳の折、晴信の奥近習として出仕し、晴信の寵愛を受けた。その頃は美童としても知られており、その後お遣い番を経て、騎馬百騎を預かる侍大将に出世していた。

「景虎はすぐにも三国峠を越えて、この八月には上州厩橋《うまやばし》城に兵を入れるであろうとの、もっぱらの噂です」

景虎の動きについて精通している幸隆が、最初に口を切った。

「景虎は北条を関八州の凶賊と見做《みな》しているのだ」

晴信が幸隆の言葉に応じた。

「信濃には当分の間、景虎勢の進出はないものと？」

海津城を預かる昌信が続けた。

「まずは北条のこれまでの動きをことごとく封じるために、景虎がどんな手を打ってくるか、見極める必要があろう」

「恐らくこの際、関八州を席巻する心づもりで、勇んで出陣してくるのではないかと思われますが……」

信繁が応じると、

「氏康はしきりに援軍を要請してきている」

信繁は、つい最近まで、北条が上州や下総《しもうさ》の各地に派兵し、その後、房総里見氏の居城である久留里《くるり》城攻撃に、多くの兵を送っていると耳にしてきた。景虎が関東に進出してくる前に、湾を隔てた背後にいる敵を一気に叩いておこうとの狙いだったであろうが、今はもう久留里城から撤退してきていた。

もはや景虎の動き一つに、焦点を絞っていると見てよかった。

「氏康にしてみれば、景虎が関東に出陣してくれば、間違いなく関東の諸豪族をすべて糾合し、小田原城に攻めかかってくると読んでいるのだ」

「お屋形さまは、北条方の要請に応えて、兵を小田原に送り込まれるおつもりなのですか?」

幸隆の問いに晴信は、

「うむ」

と小さくうなずき、それからこう言った。

「景虎が小田原を包囲した後は、ただちに信濃に兵を出し、景虎の背後を衝いてくれるようにと要請されている」

「なるほど。景虎の留守を騒がす作戦ということで……」

幸隆の声に、

「そうなりますと、小田原の後は、いよいよ信濃に目を向けてくるということになりましょう」

高坂昌信の表情が、遠く松代の地を思いやるような目になった。


景虎が上州厩橋城に入ったのは、この年、永禄三年九月だった。藤氏を古河城に入れて正式に公方として迎え、その後越年して永禄四年（一五六一）春、各地の豪族たちに向けて招集令を発した。小田原城に籠城した北条氏を、断固撃破するためである。

この新しく就任した関東管領上杉政虎の号令に応じ、総勢十二万余にも及ぶ兵が小田原城に向けて進撃を開始した。

「さすがの北条軍も、これだけの大人数に包囲されましたら、果たしてどこまで持ち堪《こた》えられますか？」

小山田信有《のぶあり》が、不安げな表情でポツリと言った。甲斐の東方、郡内《ぐんない》地方一帯を領有する小山田氏にしてみれば、相模の北条領とは境を接しているだけに、景虎の動きが気になる様子だった。

「十二万とはいっても、寄り合い所帯に過ぎぬ。小田原城本丸にまで攻め込めるか、怪しいものだ」

晴信が平然と応じた。

たしかに小田原城は、関八州はおろか日本中を探しても、これに比肩しうる規模壮大な城はないと評されていた。

本丸や二の丸、三の丸などを取り巻く内堀のみならず、そこからさらに十町（約一キロ）四方にも及ぶ外堀に囲まれており、その中に城下町がすっぽりと収まってしまうとのことだった。

おまけに南は海、東は酒匂《さかわ》川、北と西は石垣山から箱根の天険に連なっており、いかに大軍といえども、攻め口は容易に見つからないとの、晴信の見通しだった。

「なまじ大所帯であるだけに、いずれ兵糧に窮することになる」

こう晴信が予想した通り、包囲軍の士気は上がらなかった。

氏康は城を固く守って動かず、長期戦の構えを見せた。こうなると景虎の号令に従って出兵に応じ、はるばる出撃してはきたものの、関東の諸豪族は十分な兵糧を携えてはいなかった。

城の包囲が一月《ひと》近くにも及ぶと、たちまち食料に事欠く有様となった。足並みが乱れ、勝手に国に帰ろうとする者すら出る始末となった。

ここに至って景虎は、当初予定していたことと見え、兵を鎌倉八幡宮の前に集結させた。閏《うるう》三月十六日のことである。

鎌倉鶴岡《つるがおか》八幡宮の神前で、景虎は関東管領就任のための儀式を行い、「上杉政虎」と正式に名乗ることを報告した。この頃信濃においては、氏康からの催促もあって、晴信は信濃の諸将を松代の海津城に集めた。

さらに善光寺平の北方並びに信越国境付近にまで、これ見よがしにたびたび兵を展開させた。

鎌倉に居る景虎を、牽制するためである。この報に接した景虎は、六月末になってついに越後に引き上げた。その後ろ姿には微塵《みじん》も口惜しさはなく、むしろ何事か期するところがあるかに見えた。

五

「よいか信豊。このたびの出陣は、父は生きて帰らぬ覚悟でおる。そのためこれだけはそなたに、ぜひとも伝えておかねばならぬ」

元服して六郎次郎から信豊と改めた嫡男を前にして、信繁はことさらに威儀を正し、改まった口調で言った。

「はっ」

と緊張した面持ちで、信豊は父の顔を見上げた。まだ幼顔の残る十三歳だった。急きょ元服の儀は済ませたものの、初陣には早過ぎると見た。

景虎との大事の一戦である。信繁の見る限り、今度の越後軍の出陣には、なにやら胸騒ぎを覚えてならなかった。

信繁自身、決して臆してのことではない。むしろ身内から突き上げてくる、武者震いとでも言いたい、高揚感すら感じられていた。

永禄四年八月十五日に、海津城を守備する高坂昌信から、

「越後軍一万三千が、信濃善光寺平に侵入」

との、狼煙《のろし》を用いた第一報が入った。躑躅ヶ崎館に緊張が走った。越後に帰った景虎が、信濃に出陣してくるであろうとの予測は、早くから誰の胸にも宿っていた。

景虎が小田原城を囲んでいる間、武田軍は景虎の神経を逆撫でするかのように、春日山城に通じる信越国境付近に出没し、越後側に属するいくつかの砦に攻撃を繰り返してきた。景虎を牽制するための陽動作戦なのだ。

春日山城に帰った景虎が、そのまま黙っているはずはない。関東管領職に就いた以上、信濃を含む東国全域の治安に対する統制は、景虎に託された義に適《かな》う役目なのだ。

北条によって平井城を追われた憲政にその力がなかったがゆえに、現在関八州および信濃全域における氏康・晴信の跳梁《ちょうりょう》を許している。だが新しく就任した景虎には、これを見過ごしにするなんらの理由もないのである。

関八州の、自分に期待を寄せる各地の豪族たちに対する面目のためにも、まず

は善光寺平を、晴信の手から奪い返して見せる必要があった。そんな景虎の胸の内は、誰もがおのれの掌《たなごころ》を見るように明らかだった。

「これまでの三度に及ぶ川中島への出陣とは、まったく異なる腹積もりで景虎は出陣してまいったようだ」

信繁に向かって、晴信はきっぱりと断言した。晴信はすでに二年ほど前に、剃髪して「信玄《しんげん》」と名乗るようになっていた。これは特に師の岐秀元伯を導師と仰ぎ、その号も元伯によって贈られたものである。

晴信にしてみれば、少しでも師の教えに近づくため、また世俗を離れおのれの目標とするところに到達するための覚悟を、自身に厳しく問い続けたい意味合いがあってのことである。

「恐らく景虎は、なんとしても一戦を遂げる覚悟かと思われます」

信繁がそう口にしたのは、景虎の気持ちを自分に照らし合わせてのことに他ならなかった。自分が景虎の立場だったらこうするより他はない、と考えた上の結論なのだ。

海津城からの第一報の後、追いかけるように昌信から書面による報告がもたらされた。

「景虎は善光寺平に春日山城との連絡のため一部の兵を残しただけで、一万三千の兵のほとんどを、妻女山《さいじょさん》に布陣させました」

との内容だった。

妻女山は、海津城の西二十町余（約二キロ）、ちょうど城を見下ろす位置にあった。まさに武田側の庭先である。

「他人の家の敷地内に、いきなり踏み込んできたようなものだ」

晴信はそう表現した。

表向き平然とはしているものの、すでに景虎の腹の内を読んでいる様子がうかがえた。これ以上ない、晴信へのあからさまな挑発なのだ。いわば越後軍一万三千を、自分から武田の側の俎板《まないた》の上に、これ見よがしに載せて見せているようなものなのだ。

これで今までと同様、晴信が戦いを仕掛けてこないとなれば臆病者以外の何者でもない、と言いたいのであろう。

「そなたがこの一年余の間、毎日わが家訓を口ずさんでいると母の口から聞かされている……」

「はい」

信豊はいくらか得意げな表情で、信繁を見上げた。

「それをこれからも、ずっと続けていくことだ。そして以後これの一条一条を、わが身に照らして考えて行くようにせよ」

「………」

もうほとんど全文を空《そら》で唱えることのできるまでになっている信豊にしてみれば、いささか拍子抜けの様子だった。いつにない父の、何かを期するような気配を感じ取っていただけに、軽い失望感が信豊の表情を過《よ》ぎった。

信繁は目ざとくそれに気づき、さらに言った。

「言葉をただ覚えるだけではなんの意味もない。一つひとつ、わが身に起きたことと、身の回りで起きていることに照らして考えを深めていくことだ。それでこそ初めて自分のものとなる。これがあのことかと思い当たった時こそ、理解できたといえる」

まだ人生経験の浅い信豊には、理解し難いに違いない。だが信繁には、今自分が口にしている言葉を、この先信豊がなにかの問題に直面した際に、ふと思い出すに違いないと思っているのである。

　このたびの景虎との一戦は、相当の覚悟をもって臨むしかない。信繁はそう見ていた。それだけに自分がこれまで身をもって経験したことの一端なりとも、わが子に伝えておきたかった。

「よいか信豊。この家訓にある、〝戦場においてはいささかも未練な行為に及ばないこと〟とあるのは、おのれのみを第一とする考えを捨て、共に生きる者たちをなにより大事とする、ということを意味しているのだぞ。自分一個の生に執着する者は、目の前の一事のみに心を奪われ、自分を生かそうと未練な行為に及び、かえって大局を忘れて死を迎える結果に終る。共に生きる者たちのために戦う者は、最後まで自分を失うことなく大義に生きる、ということだ」

「はいっ」

　父のいつにない厳しい表情を目の当たりにして、信豊は思わずそう声に出していた。まだ初陣を経験したことのない信豊には、自分が口ずさんでいた家訓のこの一節は、文字通りの意味にしか理解できていなかった。

だが父に言われてみれば、なるほどそんな意味合いも含まれていたのかと、目から鱗が落ちた気持ちになった。

「これからは家訓の中の同じ言葉の一つひとつをも、さまざまに考え合わせ、また他人の言葉にもよく耳を傾けることだ」

信豊は父の言葉に、大きくうなずいた。その表情には、なにもかもを素直に受け入れようとする真剣さが感じられた。それをじっと見届けるようにして、信繁はさらにこう付け加えた。

「ここでもう一つ、わしがもっとも大事と思っていることについて、あえて触れておく」

「………」

信豊の表情がみるみる緊張した。そんなわが子の表情を見据えるようにして、信繁は続けた。

「〝お屋形さまに対し奉っては、未来永劫に至るまで逆意を抱かざること〟という この言葉の意味を、ぜひともそなたに伝えておきたいからだ……」

わが子に向かってこう語りかけながら、信繁はまた、他ならぬ自分自身に向き合っているのだと思えていた。

「これは今わしが口にした、共に生きる者たちのために戦う、という言葉の意味に通じてもいるからなのだ」

「……………?」

信繁の語った言葉が、信豊にはなにやら呑み込めない様子だった。そんな信豊の不審げな表情をしばらく見据えた後、信繁は続けた。

「このわしとて、自分がその地位に在ったなら、と何度か思ったことがある。自分ならこうしたであろう、いやこんなやり方はしなかったと、数え上げればきりがない。だが、もし誰であろうと自分がその地位に在ったならと思い始めたら、そこから果てしない争いが生まれてしまうだろう。皆が心をひとつにすることなど、とうていできなくなってしまうのだ」

信豊のキラキラした瞳が、信繁に注がれるのを確かめるようにして、信繁はさらに言葉を継いだ。

「このことこそが戦場における独りよがりの未練な行為に、結果的につながって行くことなのだ。そうならないためには、誰もが自分独りの思惑を捨て、お屋形の地位に在る人の、裏も表も、日頃の言動も、なにもかもを見つめ、その人がなにをやろうとしているのかを見極める。その上でなにを措《お》いても、まずはこれを共に達成することを第一とし、自分にできる限りの力を注ぐのだ。そうしてもし万が一にも、迷いが生じるようであれば、自分の周りの、共に生きる者たちや庇護されるべき者たちにとって、今なそうとしていることがあくまでその者たちにとってどんなものとなるか、じっくり考え抜いてみることだ……」

「……………」

信豊には今、父が自分になにを伝えようとしているのかが理解できないようだった。

それでも信繁は言葉を続けた。

今はわからなくともよい。いつかは今日の日のことを、記憶の底から思い出すに違いない。そう思うからだった。

「このことをこれからもずっと考え続けていけば、そなたもいつかは、この家訓の第一条に近づいていけるに違いない」

それは信繁の、祈りにも似た言葉なのだった。

「このたびのご出陣は、これまでとご様子が異なるように思えますが……」

ふみが信繁と二人きりの時に、さりげない口調で言った。

「信豊がなにかを申していたのか?」

「いいえ、わたくしにはなにも申してはくれません」

「うむ」

信繁はふみには、あえて口に出さずにいた。

なにかを感じ取るであろうことは、わかっていた。それでもはっきりと自分の口から伝えることが、不憫《ふびん》に思えてもいたからである。

武士の家に生まれた娘ではない、という理由からではなかった。むしろこれまでずっと側近くに寄り添ってくれていたことを思うと、自分の心に哀憐《あいれん》の情が、ふつふつと湧いてくるからだった。

「武人の家に生まれた以上、何事も心の内に受け止めていかなければならぬ。わしにはまだまだ修行が足りないようだ」

ことさらに冗談めかして、明るく笑って見せた。

「わたくしには、戦のことはなにもわかりません。しかしながら今度ばかりは余程のお覚悟を持って臨まれようとされているのではないかと……」

「戦場に赴く際は、いつもこれが最期と思い定めるものだ。今度ばかりが特別なのではない」

心の内を悟られないようにと、信繁はあえて平静を装った。

これまでめったに見せたことのない哀しい光が、ふみの目の奥に宿っていた。それは信繁が平静を装えば装うほど、いっそうその光が増すようにも思えた。信繁の嘘は、ふみにはすぐにわかるに違いないのだった。

「わしが信豊に与えた家訓の中にも、こんな言葉がある」

唐突な言葉だった。

「……………?」

なにを言い出すのかと、ふみは信繁を凝視した。

「善く戦う者は、決して死ぬことはない、と」

ふみも目にした一節には違いなかった。

「自分の生命《いのち》を取られるかも知れないとなれば、誰でもその場を逃れたくなる。

だが、目の前のことから逃れようとする者はかえって生命を失い、なにものをも恐れず、善く戦う者は決して死ぬことはない、ということを語った古人の言葉だ。もともと死を厭《いと》う者には逃れる場所はなく、死を恐れず力の限りを尽くして一歩前に出て行こうとする者には、おのずから道は開けてくると教えている。この世に生まれてきた以上、いつでもこの覚悟が必要なのだ」

信繁の言葉に、ふみは黙ってうなずいた。信繁の今の言葉には、わずかながら希望があるように思えたのであろう。

それでもそれ以上、信繁にはなにも言わせたくないかのような、いっさいの未練を断ち切るかのような、ふみのうなずき方だった。

善陣は戦わず、善戦は死なず

一

晴信《はるのぶ》の率いる武田軍二万の兵が、川中島周辺の屋代《やしろ》の地に到着したのは永禄《えいろく》四年（一五六一）八月二十四日である。

そのまま海津《かいず》城には向かわず、晴信は景虎《かげとら》が陣を敷いた妻女山《さいじょさん》の北西、およそ二里（約八キロ）の地点にそびえる茶臼《ちゃうす》山に本陣を構えた。

この山頂からは、右手前方、屋代から左に大きく迂回して流れる千曲《ちくま》川が北に向かう辺りで左手後方から流れ下ってきた犀《さい》川と合流し、善光寺平を貫流して越後方面へと流れ下るいわゆる川中島一帯の三角洲を、眼下に大きく一望できた。視野を遮るなにものもない。

遙か前方、千曲川の岸辺近くの海津城と、その城の右手、小高い山並が突き出たところに、景虎の本営とおぼしき幟旗《のぼりばた》の林立している様子が見て取れた。

武田軍がこの位置に陣を敷いたことで、景虎の後方部隊が駐留する善光寺周辺との連絡を遮断した。いきなり景虎の退路を塞ぐ格好になった。晴信はここで、あえて敵を刺激する行動に出たのである。

(この動きを見て、景虎がどう出るか)

晴信の腹の内が、信繁《のぶしげ》には手に取るように見えていた。

今度ばかりは晴信も、敵と干戈《かんか》を交えずにはおかない腹積もりなのだ。敵の退路を断ち、海津城の兵と共に景虎を挟み撃ちにする構えと言っていい。相手の出方次第では、即座に決戦に持ち込まれる公算も大きい。

そのまま両軍が睨み合う形になった。

だが妻女山の越後軍には、なんらの動きも見られなかった。林立した幟が動き出す気配はいっさいない。遙か後方に兵を展開させている晴信を、まるで静かに手招きしているかのようにさえ見えた。

景虎にしてみれば、自ら敵の懐深く侵入して見せているのである。俎板《まないた》の鯉《こい》を晴信がどう料理して見せるのか。

「お手並み拝見」

と開き直り、晴信の出方を嘲笑《あざわら》っているようにも思えた。

五日間が何事もなく過ぎ、二十九日を迎えた。晴信は茶臼山の本陣を引き払い、全軍を海津城に向けて移動させた。千曲川の左岸、川を隔てた妻女山の麓を右に見ながら、敵の目の前をゆっくりと通過する格好である。

周辺をやや迂回しながらとはいえ、隊列が長く伸び、越後軍の各隊に横腹を曝《さら》すことになった。

「最も危険な隊形」

を、見せながらの進軍だ。

「かかってくるなら、かかってこい」

との意気込みである。

晴信にしてみれば、景虎がこの様子を妻女山の山頂から見下ろし、一気に山を下って攻めかかってくるなら、それもよしとしていた。

「ただちに迎え撃つ覚悟の行軍」

ということなのだ。

一触即発の張り詰めた空気が、両軍の兵士の間に漲《みなぎ》り渡った。

だが結局、景虎の攻撃命令は下されることはなかった。

（仕掛けてくるのはあくまで武田軍の方からと、腹を括っているのか）

信繁は、景虎の考えに思いを馳せた。

（それとも、まだ仕掛けるのは早い、と見ているのか）

その日の午後、晴信は海津城に入った。武田軍二万の各隊は、松代の周辺に分散して宿営し、越後軍の出方をうかがう格好になった。

城内に入ると、晴信は主だった武将を集めてさっそく軍議を開いた。

「景虎は善光寺平周辺の豪族たちに宛てて、〝武略をもって敵を引き出し、一戦を遂ぐべき覚悟に候〟と記した親書を送っております。これまでにない、並々ならぬ意気込みで臨んでいる模様です」

今も奥信濃の豪族たちの間を探り歩いていると見えて、山本勘助が真っ先に口を切った。勘助は高坂昌信《こうさかまさのぶ》や真田幸隆《さなだゆきたか》と共に、この海津城の築城にも携わっており、周辺の事情には、誰よりも明るかった。

「それにしてはいっこうに、仕掛けてこないではないか」

飯富兵部《おぶひょうぶ》が勘助の見方に対し、不満げな口ぶりで言った。景虎がそれだけの覚悟で臨んでいるのなら、これまでもう少し敵陣に動きがあって然《しか》るべき、と言いたいのであろう。

「それだけ満を持している、ということではないかと……」

幸隆が勘助の言葉を補足するように、言葉を添えた。

「満を持しているだと！　小田原攻めでもさしたる成果を挙げられなかったのだ。関東管領《かんれい》としての面目上、自分に従う者たちの耳目《じもく》を、派手に引き付けようとしているに過ぎぬのではないのか」

兵部にしてみれば、景虎という男は中央の権威をなにより尊ぶ、形式主義の若造に過ぎない、と見ている節があった。

「それだけの男ではあるまい」

晴信がめずらしく、早くに口を挟んだ。いつもなら誰に限らず、存分にそれぞれの存念を語り尽くさせる。それらに耳を傾け、注意深く吟味し、そうした中から結論を引き出そうとするのが晴信のやり方だった。

今度ばかりは晴信自身、思うところがあるのかと、信繁は思った。

景虎は関東管領就任を、内外に向かって宣揚するためにも、はっきりした戦果を挙げないままでは決して引き下がれない。それと同様、晴信もまた、信濃守護職を旗印に掲げる以上、自国の領内深く侵入してきている相手を無事に帰すわけにはいかないのである。

「信濃のことはすべて信濃守護職の掌中にある」

との晴信の主張が、有名無実になってしまうからだ。大義が失われかねないどころか、景虎と同様、信濃の豪族たちの信望が失われてしまう。断固とした姿勢を見せ付ける必要があるのだ。

これまで晴信は、味方の損害を極力少なくするため、あえて景虎と刃《やいば》を交えることを避けてきた。いわば名を捨てて実《じつ》を取る、という戦い方を用いてきた。景虎と直接対戦することを回避し、謀略を駆使して相手を東に西にと走らせてきたのである。

だが、今度ばかりはその手は通用しない。

いわば土足でいきなり他人の家に上がり込んできて、居座ったままの凶賊を息を潜めて見守るだけでは、無力・無策の謗《そし》りを招く。

いくら相手が手強《てごわ》いからと、なんの手出しもできないまま、向こうから引き上げていくのを待つだけでは信濃国守護職を名乗る資格はない。手強い相手であればなおさらなのだ。

これまで晴信がさんざん景虎のいないところばかりを攻め、調略で敵方を内応させたり、領土を掠《かす》め取ることに意を尽くしてきたのは、もっぱら臆病から用いられた手段、と見做《みな》されかねない。

一方の景虎にしてみれば、晴信の卑劣さ、弱腰を内外に向かってさかんに喧伝《けんでん》する、格好の材料ともなる。

「そんなことならいっそ、こちらから総攻めにすればよい！」

飯富兵部虎昌《とらまさ》が苛立たしげな口調で、晴信に迫った。

家中きっての猛将と、自他共に認める兵部にしてみれば、目と鼻の先に居座る敵を、いつまでも放置していることがいまいましくてならないのだ。

兵部の率いる兵は、甲冑《かっちゅう》から馬具のいっさいを赤一色に統一し、敵陣に攻めかかる際、飯富の赤備え隊として相手の心胆を寒からしめてきた。誰知らぬ者のない猛者《もさ》揃い軍団の将なのだ。

兵部の言葉に逆らえる者は、かつては信虎《のぶとら》を措《お》いて一人もいない、とまで言われてきたほどだった。

「それを景虎はじっと待っているのです」

兵部の言葉に、信繁があえて異を唱えた。

「たとえ敵の思う壺であろうとも、このまま息を潜めているばかりより、いっそ増しではないか」

兵部はさらに言い募った。

「景虎は、味方の兵をあえてわれらの真っ只中に曝すことで、なにより結束を強め、こちらが仕掛けてくるのをじっと待ち構えているのです」

信繁は、かつての越後勢の陣営が一枚岩ではなく、しばしば景虎の命令に従わないで、勝手な行動に出ていたことを耳にしてきた。景虎の隠退騒ぎが、そこからきていることも承知していた。

それだけに景虎は、あえて一万三千の兵を武田の領内深くまで侵入させてきているのだ。晴信の謀略の手が伸びるのを防ぎ、越後軍全将兵をいやが上にもひとつに纏《まと》めようとしている、とも言えるのである。

「あの妻女山にいる敵兵の誰一人として、景虎の命令に服さなければ生きてあそこから脱出できない状態に置かれているのです」

信繁は、ひとつに纏まらざるを得なくされている、危険極まりない大集団が、妻女山に存在していることを、武田の将兵の一人ひとりの胸の底に、はっきりと悟らせたのである。

「相手が動くまで、待つしかないと申すのか」

兵部がいまいましげに、吐き捨てるように言った。

妻女山の敵をどうしたらよいか。誰もが妙案を思いつけないまま、いたずらに日が過ぎていった。

二

両軍まったく動かず、双方の睨み合いは十日余りに及んだ。

晴信がふたたび軍議を開き、その場に集まった諸将の顔を一人ひとり見据えるようにして、重い口を開いた。

「それぞれの存念を申してみよ」

越後軍の動きは相変わらず見られない。近くまで偵察に赴かせている物見の兵の報告でも、景虎の本営近くに動きはないとのことだった。

「時折り鼓《つづみ》の音が、風に乗って山頂から流れてきます」

そんな報告が、もたらされたばかりである。

「景虎が、能でも舞っておるのか？」

穴山信友が、まったく信じられないと言わぬばかりに、隣の晴信の顔を凝視した。

「そちらが仕掛けてこないのであれば、いつまでもここを動かぬとばかりに、こちらの肚《はら》を探っているのでありましょう」

小山田信有《のぶあり》が、景虎の意図するところを忖度《そんたく》して言った。

「善光寺平に残った越軍と妻女山との連絡が途切れてからでも、すでに半月余りが過ぎようとしています」

海津城将高坂昌信が、晴信の言葉に答えるかのように口を挟んだ。

「兵糧の補給が途切れたままとなれば、そろそろ動きが出てもよい頃なのですが……」

幸隆が、気がかりを口にした。

「あれだけ悠然と構えていられるのであれば、まだまだ兵糧が底を突く心配はないということか」

兵部が憮然《ぶぜん》とした表情でつぶやいた。

「それはいかがかと……」

兵部の意見を否定するように、勘助があえて声を挙げた。

「どういうことだ」

兵部が噛みつくように、勘助を睨んだ。

「むしろ兵糧が尽きるのを、じっと待っているのではないか、とも考えられます」

「なんだと！　なぜそんなことを」

ばかばかしいと言わぬばかりの、怒気を含んだ兵部の目が、勘助を睨み据えた。

「日数が経てば、誰にも兵糧が尽きるくらいのことはわかるではないか。それとも、どこかから食料を運び込む目処《めど》が立っている、とでも申すのか？」

「いいえ。越軍の兵糧が尽きようとしていることを将兵には秘しておき、ぎりぎりのところで内なる力を一気に爆発させようとしているのではないか、と推測されます」

「一気に爆発だと？」

奇妙なことを言い始めたと、諸将の目がいっせいに勘助に向けられた。

「遠慮なく存念を申してみよ」

晴信が勘助に向かって、促すようにした。

重臣たちが居並ぶ前で、遣い番風情が口を挟むなど、本来であればまったく有り得ないことである。穴山信友、小山田信有、飯富兵部などの目から見れば、勘助ごときが軍議の場に顔を出すことすらも、許されないことなのだ。

晴信があえて許していることである。黙認してはいるものの、出すぎた発言となれば容赦はしないつもりでいる。

「景虎は越軍将兵の一人ひとりを、極限状態にまで追い込むことで、妻女山から死に物狂いの脱出を試みさせようとしているのではないかと……」

「……」

勘助の言葉に、その場に居並んだ諸将の誰もが、一瞬言葉を失ったように沈黙した。

越軍将兵の誰もが、口にするものがなくなれば、陣を払い、いよいよ退去せざるを得なくなるであろう。

だが、そうなれば武田の兵が、みすみすこれを無事に帰すはずはない。敵が妻女山を下り、北国《ほっこく》街道を北へ向かい始めたとなれば、前に立ちはだかり、あるいは側面から攻撃を仕掛け、執拗に追尾してくるであろう。

そこに自分一人が取り残されれば、死あるのみなのだ。互いに力を合わせ、結束し、襲いくる敵を撃退しつつ、なんとしても国へ帰らねばならない。追い詰められて死兵と化した集団ほど、恐ろしい相手はいない。

それは自分の身に引き比べて、容易に想像がつくのである。

こうした敵の集団と戦う時ほど、手がつけられないことはないのだ。誰もが、そんな敵を相手に戦いたくはない。

「景虎の狙いがそこにあると申すのか？」

晴信が冷静な目で、勘助をじっと見据えた。

「恐らく……」

隻眼《せきがん》をことさらに大きく見開くようにして、勘助が晴信を見返した。

「勘助の申したことに、異論がある者は遠慮なく申せ」

晴信が静かに諸将の顔を、見渡すようにした。

だが誰一人、あえて発言しようとする者はいなかった。

なるほど言われてみれば、考えられないことではない。あの景虎の苛烈な気性から想像してみたなら、思いつかないことでは決してない。いつまでも、何事もないように鼓を打ち鳴らし、能などを舞いながら、いたずらに時を費やしている様子と照らし合わせて見れば、有り得ないことではないと言える。

敵陣深く自ら好んで入り込み、なんとしても決戦に及ぼうと覚悟を決めている以上、景虎が心に期していることと言えば、もはや他には考えられないかも知れない。誰もがそう思えてきた。

この、自らを死兵と化していく敵を相手に、これからどう戦ったらよいのか。

容易に答えの見出せない難問が、突如として諸将の目の前に、突きつけられたかのように思えた。

「その方、なにか策があるか?」

晴信は、勘助から目を離さず言った。

諸将の目が、勘助一人に集中した。もはやぐずぐずしてはいられない。追い詰められた猛獣が牙《きば》を剝《む》き出さないうちに、なんとしてもその凶暴な力を、少しでも削《そ》いでしまわなければならない。

「たった一つ」

「良い手があると申すのか?」

晴信は平然と勘助を見つめたままだった。あくまで冷静に観察するような、好奇の目で先を促した。

人生の後半を迎えるまで、各地を流浪して歩いた、小柄で見るからに異相とも言える顔つきのこの男の、どこにそんな覇気が隠されていたのか。信繁は今、改めて強く興味を引かれる思いだった。

武田の重臣たちの誰からも、晴信のただのお遣い番としてしか見られてこなかった、一人の孤独な、老境に差しかかった人間でしかない。だが、今はまさに、自分が軍師でもあるかのように、晴信に向かって堂々と策を献じようとしているのだ。

「もはや時を移すことなく、味方の兵を二手に割って、一隊は夜陰にまぎれ、敵に気づかれぬよう敵陣営に夜襲をかけます」

「うむ……」

「残る一隊は、お屋形さまを中心に城を出て、敵が勝っても負けてももはや山を下るしかなく、兵を退くところを待ち伏せし、これを叩くのです」

「……」

晴信は腕組みをしたまま、いつまでも無言だった。可とも不可とも、決断し難いかのようだった。

「味方を二手に割るのはいかがかと……」

じっと考えに耽っていた真田幸隆が、思わずそう口走った。信繁もまったく同じ気持ちだった。

「しかしながら、総攻めに山上の敵に討ちかかるとなれば、味方の損害は計り知れません。さりとて、もうこれ以上、敵を妻女山に止め置くのは危険です」

勘助が必死の形相で食い下がった。おのれの生涯を賭けた秘策を天下に示すのはこの時を措いて他にはないと思い定めているかのようにも思えた。

「景虎は油断のならない相手。一万三千の敵に、夜陰にまぎれてとはいえ、味方一万の兵力ではどんなものか」

信繁があえて異を唱えた。

「夜襲部隊には一万二千を配します」

勘助がすかさず言った。

「なんと！　お屋形さまの率いる本隊には八千しか残さぬと申すのか！」

驚いて信繁が、思わず叫んでいた。

「夜襲とは申せ、山上の敵に打ちかかるには、なんとしてもそれだけの兵数は必要になるかと……」

誰もが一瞬、沈黙した。

たしかに、勘助の言い分は筋が通っていた。だが、たとえ待ち伏せするとはいえ、晴信の率いる本隊が越軍よりも少ない八千というのは、いかにも不安に思われた。また同時に一万二千もの大人数による奇襲部隊となれば、どこで敵に気づかれ、あるいは味方の足並が乱れるなど不測の事態を招くかわからない。

しかし今これに代わる、いったいどんな策が考えられるのか。誰もが重い口を、いっそう堅くするばかりだった。

この時、思いがけず声を挙げた者がいた。

「この義信《よしのぶ》を、ぜひとも夜襲部隊に加えていただきたい！」

武田家の嫡男義信の、唐突な申し出であった。

三

義信にしてみれば、自分の傅役《もりやく》だった兵部が主張していた総攻め策を、当初から支持する思いが強かった。

かつて義信は初陣《ういじん》の際、兵部と共に信濃の内山城を攻撃した。その折、兵部の奮迅を目の当たりにした。兵部の攻撃の激しさは、猛虎が羊の群れに襲いかかるがごとくとも、あるいはまた、まるで真っ赤な火の玉がたちまちのうちに敵を炎で焼き尽くしていくばかり、とも評されたほどなのだ。

「なんとしても、妻女山の敵を打ち砕きたい」

その思いが義信を熱くしていた。

このところ義信の心には、わだかまりがあった。妻の兄、今川氏真《うじざね》と父晴信との間が、次第に険悪化していることに心を痛めていた。もちろん義信自身、義兄である氏真に不甲斐《ふがい》ない思いを抱いてはいた。

だが父を失ったばかりの妻の手前、晴信のように一方的に氏真ばかりを責める気持ちにはなれないでいた。突然義元がいなくなって、重臣たちの間にさまざまな対立が続いている、とも聞いていたのである。

これまで今川家と長く親しんできた兵部にしても、その思いは同じだった。なんとしても今川家を支えたい。これまで以上に兵部と義信の間には、互いに通じ合うものがあった。それに反して父の晴信に対しては、義信はいままでとは異なる〝なにか〟を感じ始めてもいたのである。

一言でいえば、父晴信の、義元亡き後の今川家に向けられた、

「冷淡さ」

とでも言いたい点だった。

それに加えて、義信の側近と目される若者たちの、晴信お気に入りの侍大将たちに向けられた不満があった。

このところの信越国境付近の戦いを始め、対景虎作戦のほとんどに目覚しい活躍を見せているのは、高坂昌信、馬場信春《のぶはる》、内藤昌豊《まさとよ》、真田幸隆ら、いわば晴信によって特に目をかけられている武将たちばかりなのだ。

そしてさらに言えば、彼らに混じってこれまで余所者《よそ》として軽視されてきた山本勘助などまでが、次第に重用され始めていた。

兵部の不満は、そうしたことも一因していた。義信に近い者たちには、それに同調する動きがあった。

そもそも義信を取り巻く側近たちの多くは、いずれも代々武田家に所縁のある名門の家の子弟ばかりなのだ。そんなこともあって、義信にしてみれば自分が何事にせよ前面に出ることで、自分を取り巻く若者たちの不満を、なんとしても解消したいという思いを抱くに至っていた。

信繁にはわかっていた。

武田家嫡男としての、義信に対して寄せられる重い期待を、である。

それは信繁の最も恐れている、二代続くことになる父と子の相克《そうこく》へとつながる、内訌《ないこう》の芽ともなり得る危険を含んでいた。甥の義信には信繁の見る限り、兄の晴信にはない、周囲の者たちに向けた繊細な思いやりの心があった。

同時に、岐秀元伯《ぎしゅうげんぱく》によって兄の心に早くから植えつけられた、使命感のようなものが、義信にはやや希薄に思えていた。それゆえに、信繁にはあの「家訓」の最初の一条が、なにを措いても義信とそのまわりの側近たちにこそ、深く理解されることを願う要点なのだった。

「親族衆、一門衆は、まずはお屋形さまの周囲を固めるのが第一」

親族筆頭と目されている穴山信友が、厳然とした口調で、その場を裁断するように言い放った。

結局義信の申し出は退《しりぞ》けられた。

しかしその発言の最中にも、晴信はなお沈黙を守り続けていた。やがて諸将の顔をゆっくりと見渡し、こう宣言した。

「勘助の策を、今夜半より実行する」

その場がどよめき立った。

晴信の断が下された以上、もはや異を唱えることは許されなかった。

義信は晴信の右翼前方の守りを担うよう申し渡され、それに代わって飯富兵部が自らの軍団を率いて夜襲部隊に加わることになった。

兵部は本来であれば、嫡男義信と行動を共にするはずであった。だが兵部が夜襲部隊に参加することで、義信派の若者たちの不満を、いくらかなりと解消させる格好になったのである。

これによって妻女山攻撃隊を率いる将兵は、妻女山周辺の地理に最も精通している高坂昌信、真田幸隆らを先鋒に、飯富兵部虎昌、小山田信有、甘利昌忠《あまりまさただ》らに率いられた一万二千と決まった。

また一方の晴信を中心とする本隊は、晴信の旗本隊を率いる三郎兵衛《さぶろうびょうえ》昌景《まさかげ》を始め、親族衆筆頭の穴山信友・信君父子、武田太郎義信、左馬助《さまのすけ》信繁、信繁のすぐ下の弟信廉《のぶかど》に加えて内藤昌豊ら八千が、夜襲部隊に追われて敵が下山し、退却するところを迎え撃つ態勢が整えられることとなった。

九月九日の夜半、妻女山攻撃隊は一足早く海津城を抜け出した。馬に枚《ばい》（口木）を嚙ませ、馬の蹄《ひづめ》には藁を巻いて足音を消した。一万二千の兵が、敵に覚られないよう行動するには、慎重の上にも慎重を期す必要があった。

続いて晴信率いる本隊の移動となった。

信繁の率いる部隊が海津城を後にしたのは、日付が変わって一刻《いっとき》（二時間）の余も過ぎた頃だった。

幸い空はすっかり薄雲に覆われていたから、月光に照らし出されて遠くから敵に発見される心配はなかった。広瀬の渡しを渡渉《としょう》し、川中島の三角洲を成す河原に出た。

真っ暗な中に、河原の石が白く浮かび上がり、各隊の陣立てを容易にした。

晴信の両脇備えとして穴山信友・信君父子と信繁の弟信廉が、晴信の正面には旗本隊を率いる三郎兵衛昌景が、精鋭部隊を率いて敵襲に備える形を取った。

それに加えて、右前方には太郎義信隊と諸角豊後守《もろずみぶんごのかみ》隊が入り、左前方には信繁隊と内藤昌豊隊が入って最前線に立つ格好になった。

左前方、千曲川の渡河地点である雨宮の渡しから右手後方に向かって、犀川から善光寺平を経て越後へと向かう北国街道が、信繁の立っている地点から十町

(約一キロ)程の距離に通っていることになる。

もっとも今は、目に入るものとてない真っ暗闇だ。

だが、その北国街道を、味方の奇襲部隊に追われた越後勢が、長く伸びた横腹をこちらに向けながら、通過していくはずであった。その側面へ向けて、真っ先に攻撃を加えるのが、他ならない内藤昌豊隊と信繁隊の役割なのだ。

内藤昌豊はもともと工藤姓だったが、昌豊の父が信虎の乱行を諫めて不興を買い、罰せられて家を失った。晴信がその子昌豊を国外から召し戻し、重用したのである。

晴信の信頼は厚く、信繁と並んで共に副将軍の名にふさわしい、とまで讃えられる人物でもあった。

目の前に広がる果てしない闇の中で、信繁は陣営を整えながら、自分が長い年月をかけて纏め上げた「家訓九十九か条」の内の、戦場における心得を記したいくつかを思い浮かべていた。

「一、敵と対戦する時は、敵の未だ備えが整わないところを撃ち破ることが大切である。昔から語り継がれた言葉に、よく敵に勝つ者は、形を成すことで勝利するのではない。機に臨み、変に応じて勝つのである」

「一、戦いに際し、敵との距離をあまり遠くに置いてはならない。『司馬法』にも、軍勢を乱さず、行列の定まるところを失わず、人馬を疲れさせない、とある」

「一、勝ち戦の際には、足を留めず、敵陣へ乗り懸かるべし。ただし敵の軍勢が崩れない時は、直ちに備えを持ち直して攻めよ。『三略』に言う、戦いは風の発するが如くすべし、と」

「一、敵の軍勢が接近してきたら、味方の人数を前面に配し、荒武者を以《も》ってこれに対するべし。兵に怒気が移りたる時は、目覚しい戦いぶりを現わすなり。『司馬法』にも言う。威力の少ない時は水の弱い流れのようであり、人もこれを弄《もてあそ》ぶが、威力が大なる時は、火の熱する時の如く誰もがこれを畏《おそ》れる、と」

これらの一節一節を思い浮かべながら、遠く妻女山の方角から、微《かす》かに物音が聞こえてくるのを、耳をそばだてながら待ち続けた。

四

わずかに東の空が白みかける刻限になった。

それでも、絶えず流れ下る千曲川の瀬音のほかには、なんの物音も聞こえてはこなかった。それに加えて、急速に冷気が辺りを覆い始めていた。

信繁の周囲に霧が立ち込め、みるみる河原一面に広がって行った。

このところ急に朝晩の冷え込みが厳しくなり、川霧が発生しやすくなっていた。霧が一面に立ち込めれば、なにもかも地上の視界を覆ってしまう。敵を待ち伏せするのも、追撃するのも困難になる。

妻女山の奇襲攻撃隊が、山上の敵に攻めかかるにしても、困難な状況になることが考えられた。

「なにか異変が起きたのか？」

いくら打ち消しても、繰り返しその思いは、どこからともなく信繁の脳裏に立ち昇ってきた。

先鋒は、高坂昌信、真田幸隆ら妻女山周辺の地理に、精通しているはずの者たちである。いくら夜の山中に分け入ったとしても、大きく道に迷うことはないであろう。

「慎重に敵の陣営をうかがい、味方の包囲態勢が整うまで待っているのか？」

そうも思ってみた。

覚られないよう、妻女山周辺に宿営している敵の各隊に接近し、これを包囲するとなれば、時間を要するのは当然である。あるいは同士討ちを防ぐため、空の白むまで攻撃を控えているとも考えられた。

信繁には、勘助の策に対し、わずかながらも違和感を覚えていた。どこととはっきり言えないながら、勘助の、自分を武田の家中に有無を言わせず認めさせようとする、野望ないしは強い願望といったものを、感じないではいられなかったのだ。

だが、景虎の狙いとするところを、勘助ほど的確に見抜いた人間はいない。そしてまた、これを少しでも躱《かわ》す方策を、誰もが考え出せずにいた。

それは信繁とて同様なのだ。

気を取り直すようにして、信繁は深い霧に覆われた前方に目をやった。霧はさらに深くなるばかりである。なにか自分の身体《からだ》が、宙をさまようかのような、おぼつかない錯覚をすら覚えるまでになった。

こんな濃霧を、誰が予想したであろう。

このところの朝晩の冷え込みは、たしかに厳しくなるばかりだった。それでも雨がまったく降らなかっただけに、これほどの濃霧に閉ざされる日がないままにきた。あったにしてもほとんどが、日が昇るにつれて消えていた。

あまり気に留めてはこなかったのだ。夜明け前から兵を展開するとなれば、こうした状況に見舞われることも予測するべきであった。痛恨の思いが信繁の胸を裂いた。だが今は、それを悔やんではいられない。

「遣いの者を、お屋形さまの所に差し向けよ」

「ははっ」

側近の者が、ただちに遣い番に指令を下した。

「そろそろ動きが出ると全軍に申し伝えよとの、お屋形さまからの下知《げち》がありました」

戻ってきた遣い番が、そう報告した。

「うむ……」

信繁は大きくうなずき、前方を凝視したままになった。晴信もすでに、なにかを察知したのだ。それでも、なにもかも呑み込んだ上で、新たな事態に対処しようとしているのであろう。

「他になにか？」

「物見の兵が一人も戻らないとも……」

なんと、前方の様子を探りに出ているはずの者たちなのだ。深い霧に、方角を見失っているのか。

あるいはまた、遠くまで足を延ばしているだけなのか。

得体の知れない不吉な予感めいたものが、ふいに信繁の脳裏を過《よ》ぎった。

「全員、槍を立てよ！」

深い霧の中で、最前線に立つ信繁の兵が、命令に応えていっせいに、見えない敵に向かって槍を立てた。

灰色一色の遥か前方からなにかの物音が、微かに伝わってくるような、錯覚とも思われるものを、信繁はさっきから捉えていた。

絶えず響く瀬音に混じって、なにかが蠢《うごめ》いているのだ！

遠くの微かな足音なのか。何者かがじっと息を潜めている気配なのか。

明らかになにかが起ころうとしていた。風に乗って、それが伝わってくるのだ。

「近くに敵が接近している……」

信繁がそっとつぶやいた。

右前方で、ざわめきが起こった。

諸角豊後守の隊か、義信の隊が、前方に展開する敵の一団を捕捉したかに見えた。それに続いて信繁隊の兵士たちも、霧の向こうに敵の一団を見出していた。

「落ち着け。むやみに動くな！」

信繁の鋭い下知が、朝靄《もや》を裂いて響き渡った。

この瞬間に、信繁はなにもかもを了解した。

景虎が、妻女山の攻撃隊の動きを事前に察知したに違いない。山頂を包囲される前に、ただちに越後勢全軍の陣を引き払い、山を下っていたのだ！

雨宮の渡しを渡河し、北国街道を大きく右に逸れて、武田軍が進出してくるであろうこの八幡原《はちまんばら》の河原近くまで、すでに兵をすすめてきていたのだ。

景虎は、一両日中に武田勢が動くのを、確信していたに違いない。

自軍の兵が、ぎりぎりまで追い込まれ、その一方で晴信が今度ばかりはなんの手出しもしないままに、こちらを帰しはしないということも、苦もなく見通していたということになる。

となれば今、霧の中に突如として出現した越後方の軍勢は、味方よりも遙かに多い一万三千である。先頭に立って指揮を採るのは、誰もがその苛烈な戦いぶりを恐れてきた、景虎その人なのだ。

晴信はこれまで、この景虎の鋭鋒を巧みに避けてばかりいた。

正面からぶつかり合っては、味方の損害が大きくなることを、嫌でも承知していたからなのだ。

信繁の間近にまで迫っているこの大敵に、どう立ち向かうか。

深い霧が、これまで越後軍の動きを完全に覆い隠してきた。両軍のこれほどまでの接近を可能にし、敵の行動を圧倒的に有利にした。

敵味方を覆い尽くしているこの霧は、日が昇るにつれ、たちまちの内に消えていくに違いない。

その瞬間、景虎の軍勢は容赦なく武田軍に襲いかかる。もはや武田の側に逃げ場はない。

信繁はただちに荒武者揃いの精鋭を前面に押し出した。敵襲に備えさせるためである。信繁の脳裏に、ふたたび「家訓」の一節が浮かび上がった。

「一、味方たとえ敗軍に及ぶとも、いっそう敵を呑んで懸かるべし。『穀梁伝《こくりょうでん》』に言う、善陣はむやみに戦わず、善戦はたやすく死なない」

この場はあくまで陣を堅く守り、全兵が心をひとつにして、最後まで敵に立ち向かうのみなのだ。

五

やがて仄《ほの》かな日の色が、ところどころ青灰色の霧を明るい橙《だいだい》に滲《にじ》ませ始めた。

そして太陽が昇った。

朝の光がみるみる濃霧を押しやり、一面に広がっていた霧を次第に薄れさせていった。

息を呑むような、静まり返った瞬間がやってきた。

張り詰めた朝の大気の中に、一町（約百メートル）程の距離にまで迫った敵軍の姿が、ありありとさらけ出された。それに加えて、まぎれようもない鮮明さで、その圧倒的な数をも浮かび上がらせて見せた。

かつて信繁は、景虎率いる越後軍の軍勢を、これほどまでに近く眺めたことはなかった。千曲川や犀川の岸辺越しに、遙かに望見したのみである。甲越両軍の兵士たちの戦い振りにしても、そのほとんどが局地的な小競り合いばかりだったと言っていい。

たった今、間近に見る越軍の最前線に並ぶ兵士たちは、誰もが地味な、黒々とした鎧兜《よろいかぶと》に身を固めた騎馬の一団だった。いかにも北国の陰鬱な、それだけに重厚で容赦のない、烈々たる気迫を漲《みなぎ》らせている精鋭と見えた。騎馬兵の後ろには、長柄《ながえ》の槍隊と思《おぼ》しき姿が見え隠れしている。

「槍隊は三段に構えよ！」

信繁の声が、その場の空気を切り裂くように響き渡った。

さらにその叫びが天に向かって続いた。

「堅くその場を守って敵襲に備えよ。一歩たりと退《ひ》くな！」

越軍の攻撃の第一波は、槍の穂先を真っ直ぐ前に突き出した、密集した騎馬兵による突撃となる。これに恐怖し、少しでも動揺を見せれば、攻撃はまさにその一点に集中してくる。

また逆にこちらから立ち向かう一隊が出れば、これを粉砕するために、たちまちその方へ馬首をめぐらしてくるであろう。

この場は一瞬たりと、また一人たりと、心に隙を見せてはならないのだ。

遙か前方の越後軍の第一陣が、突如として動き始めるのが目に入った。こちらの右翼と左翼のどこを突いてくるのか。

大地を蹴る馬蹄の響きが、河原全体をゆるがした。

黒々とした大津波が、みるみる接近してくるような恐怖感が、兵士たち一人ひとりの心を大きく揺さぶった。

それでも信繁隊は微動だにしなかった。

長柄の槍を地面に突き立て、穂先を斜め前方に向けたまま、突入してくる敵の騎馬隊を、断固跳ね返そうと身構えた。

折り重なり、加速度をつけて疾走してくる騎馬隊の圧力は、恐怖心を極限にまで増幅させる。それでも、誰もが心が折れることなくおのれを支えていられるのは、味方の一人ひとりに向けた信頼感なのだ。

心をひとつにし、互いを信じ、最後まで互いを守り抜く。一人でも恐怖におののき、気持ちをくじけさせたら、そこから大きく崩れ立ってしまう。

それを誰もが熟知しているのだ。

信繁の陣営のぎりぎりにまで迫った敵兵は、残りわずかなところでふいに馬首を右に返した。そのまま信繁隊の最前列に沿って、威嚇《いかく》するように走り抜けた。内藤昌豊隊の近くまで突進してから、ふたたび大きく馬の手綱を返した。

そのままつぎつぎに、自軍の陣営へと走り去って行った。

「追うな!」

思わず追撃に移ろうとする騎馬の若侍たちに向かって、信繁の鋭い一喝が響き渡った。逸《はや》る兵士を、断固押し止めたのである。

遙かに越軍の後ろ姿を見送った後、信繁は武田軍の右翼を守る、諸角隊と義信隊の方角を眺めやった。諸角隊のどこか一角が破れたと見えて、越軍の去った後、大きく隊を組み替えている様子が見て取れた。

それのみに止《とど》まらず、義信隊にも大きく動揺が広がっていた。義信の若さゆえの血気を案じていただけに、信繁は一瞬、迷いの気持ちが生じた。自分が駆け寄って、声をかけるべきかと思ったのだ。

だが、自陣を離れるなど、以《も》っての外のことなのだ。信繁はただちに伝令を遣わし、諸角隊と義信隊を励ました。続いて第二波がよりいっそうの規模で、襲いかかってくるであろうことを告げさせた。

「陣を堅く守って動かぬように」

この信繁の忠告に対し、義信隊からは、

「承知！」

と、ただ一言返ってきただけだった。その返事の裏には、あからさまな、

「口出し無用」

の意味合いが含まれているのが感じられた。

「その言葉、誰が申したのだ？」

信繁の問いに、遣い番の兵士は、

「長坂源五郎殿にございます」

と答えた。

武田家の嫡男であり次代を担うことになる義信に対して、たとえ叔父の信繁とて無礼な差し出口であろうとの、若武者長坂源五郎の返答なのだ。

源五郎は日頃から信繁に対し、含むところがあるかに見えた。信繁もそれには薄々気づいていた。甲斐源氏逸見《へみ》氏の流れを汲む、長坂郷の領主長坂左衛門尉《さえもんのじよう》光堅《みつかた》の嫡男で、義信の幼少時から仕えている側近中の側近なのだ。

光堅は軍事より内政に通じた男で、晴信の信任は厚かった。

信繁は一瞬顔を曇らせただけで、続いて晴信の本営と、内藤隊、旗本隊に向けた伝令が戻ってきたのを迎えた。折り返し本営からは、

「諸角隊に負傷者が出たものの、さしたることはない。引き続き守りを堅くし、断固敵を撃退せよ」

晴信の指示だった。それに加えて、

「妻女山の攻撃隊が必ず景虎の背後に回りこむ。味方の勝利は間違いない」

との、あくまで強気な言葉が発せられていた。

それと共に、晴信の前衛を守る三郎兵衛昌景から、信繁に向けて、

「この場はなにより、『家訓』の一節〝善陣はむやみに戦わず、善戦はたやすく死なない〟を高く掲げて戦い抜く覚悟……」

の言葉が伝えられてきた。

「家訓」のことはあくまで信繁の嫡男信豊に向けられたものとして、これまであえて自分の口からは、積極的に広めようとはしてこなかった。ふみの言うように、自然に広まって行ってこそのものであると、近頃では信繁自身、強くそう思うようになっていた。

だがいつの頃からか、あちこちで耳にするようになっていると、ふみが嬉しそうに口にしたことがあった。

晴信もふみの考えに納得したのか、あえて家中に「家訓」のことを自ら広めさせようとはしないできた。それでもいつか信繁を知る者たちの間で、秘かに自分の家の、いや甲斐源氏「武田家の家訓」として、信奉しようとする者たちが出始

めていた。

信繁よりさらに左の、左翼最前線の守備についている内藤昌豊からは、

「信繁隊の不動の構え、お見事でした。その戦い振りを、わが隊も必ずや手本とさせていただきます！」

との伝言がもたらされていた。

いつの間にか、霧は嘘のように消え去っていた。

広々とした八幡原の前方を埋め尽くす越後軍の陣営が、その全容を現わしていた。左右に大きく展開し始め、第二波の攻撃が間近に迫っていた。景虎の狙いは、まずは武田軍の右翼に絞られていると見えた。

第一波の攻撃を遙かに上回る規模の、騎馬隊による突入である。さらに徒歩兵《かち》を主体とする槍隊の突撃も予想された。

景虎には見えているのだ。妻女山に向かった武田の夜襲部隊が、景虎に裏をかかれたことを知って、ほどなくこの八幡原に駆けつけてくることを……。

それまでに、武田軍の前衛をことごとく打ち砕き、その後ろに控える旗本隊を蹴散らし、晴信の首をなんとしても挙げなければならない。執念ともいえる景虎

の、死力を振り絞った乾坤一擲《けんこんいってき》の戦いなのだ。

遂に第二波の攻撃が開始された。

騎馬兵の一団が、つぎつぎに武田軍右翼に襲いかかった。その後ろから、続々と新手を繰り出し、最前線に立つ武田の兵を容赦なく薙《な》ぎ倒していく。

景虎の新たな戦法とも思われた。

諸角隊、義信隊に対してはあくまで深く突入することなく、明らかに最前列の兵たちのみに攻撃を加えた後、勢いを駆って雪崩《なだ》れ込むように信繁らが守りを固める左翼隊へと駒をすすめてきた。

まるで大きな歯車を右回りに回転させつつ、新手の兵をつぎつぎに繰り出し、最前線の敵兵を根こそぎ引き剝《は》がしていこうとしているかにも見えた。

無残な爪痕を残して騎馬隊が走り去ると、今度は容赦ない槍隊の攻勢がそれに続いた。諸角隊、義信隊は、たちまちの内に四分五裂した。晴信の本営から後詰《ごづめ》の兵が繰り出され、ようやくのことで辛《から》くも陣形が保たれているかに見えた。

だが、景虎の狙いは右翼を打ち破ることにあるのではなかった。

本当の狙いは左翼の、信繁隊にこそ向けられていたのである。越後軍の巨大な歯車は、今度は右回りの回転を遅くし、そのまま信繁隊をすっぽりと覆うように中心部へ向けて突入してきた。

「信繁隊を破りさえすれば、越軍の勝利は間違いない」

景虎は、そう読み切っていたのである。

信繁はこの戦いの当初から、自分の死は覚悟していた。

（お屋形さまだけは、いやこの国の家臣・領民だけは、なんとしても左馬助信繁が自らを捨てて守り抜く。それが自ら選び、自らに課した、おのれ自身の果たすべき天命でもあるのだ）

信繁は心の内ですでに、ふみと信豊をはじめ子供らに、そしてまた父信虎《のぶとら》と今は亡き母に別れの言葉を告げていた。

そんな信繁の耳に、つぎつぎと悲報が飛び込んできた。

「諸角豊後守さま、初鹿野《はじかの》源五郎さま、油川彦三郎さま御討ち死に！」

「山本勘助さま討ち死に！」

それらに続いて、太郎義信の陣営が、大きく崩れ立ったとの報も届いた。

信繁の後方、飯富三郎兵衛昌景の旗本隊に守られた晴信の本営からは、めずらしく感情を剝き出しにした、悲痛な声が聞こえていた。

「次郎を救え！　次郎を断じて死なすな！」

次郎とは晴信の弟、典厩《てんきゅう》（左馬寮次官の唐名）信繁の幼名である。

信繁の目の前の光景が、時間が止まったかのように静まり返った。それは信繁の意識がそう思わせたのか。それとも瞬《まばた》きするほどの短い間の静寂が、信繁の脳裏には永遠に続く時間のように、強く印象づけられたせいなのか。

黒々とした、横に長く広がった越軍の騎馬兵の一隊が、最後の総攻撃に移ろうとしていっせいに息を整えている瞬間でもあった。

「敵は最後の攻撃に移る！　一兵たりともわれらの陣を通過させるな！」

信繁のよく通る声が、八幡原の上空に響き渡った。

あれほど辺り一面を覆っていた霧は、今は跡形もなく消え去っていた。晩秋のまばゆい光が、燦々《さんさん》と降り注ぐばかりだった。

心をひとつにした信繁隊の士気は高かった。一人として浮き足立つ者はいなかった。

越後軍の先頭に立った騎馬兵が、遂に馬の腹を蹴った。

それに引き摺られるように、巨大な山が、黒々とした大津波が、いっせいに信繁の陣営をめがけて動き出した。怒濤のような勢いで、押し寄せ始めたのだ。もはや景虎の狙いとするところは、信繁隊のみと思われた。これを一気に突き崩し、最後の力を振り絞って集中突破し、晴信の本営に雪崩を打って攻め込む算段と見えた。

勝敗は、この一点に懸かっていた。

(景虎という男は、ここぞという時は勝敗を度外視してでも、おのれの意志を貫こうとするに違いない)

信繁は心の内で、そう読んでいた。

自分の前に立ちはだかる敵が、たとえどんな相手であろうとも、いや、むしろ強敵であればあるほど、断固打ち破らずにはいられない、強烈な美意識ともいえるものを内に秘めている男なのだ。

これに正面から立ち向かうのは、明らかに得策ではない。むしろその鋭峰《えいほう》をぎりぎりの所で躱《かわ》すことこそが肝要である。だが今は、それは許されないのだ。たとえ屍《しかばね》を積み重ねてでも、景虎の行く手を遮《さえぎ》らなければならない。

晴信が、必死で強気な言葉を発していたように、〝妻女山の攻撃隊が景虎の背後に回り込めば、味方の勝利は間違いない〟のである。

その間、なんとしても越軍の攻勢を、信繁隊は断固食い止め続けていなければならないのだ。

甲越両軍の総力を挙げた壮絶な戦いが繰り広げられていった。撃退しても撃退しても、何度となくまるで息を吹き返すかのように、越後軍の攻撃は続いた。

信繁は幾度となく、しゃにむに突入してくる越軍の騎馬兵を撃退し続けながらも、味方の兵たちの表情に、少しの怯《ひる》みすらなく、ひたすら前方を見据えている姿に、心の底から突き上げてくる激情を覚えた。

（これこそが、今はなにもかもを捨てて、ひとつの目標に向かってみんなが心をひとつにし、前にすすんでいる姿に違いない）

そんな思いが、ふいに心を打った。

（味方の勝利は、間違いない！）

信繁の脳裏をそんな想念が、一瞬、過《よ》ぎったように思えた。

やがて悲鳴にも似た絶叫が、無情にも乱戦模様の戦場を駆け抜けていった。

「武田典厩信繁さま、御討ち死に！」

しかしそれは、武田の将兵が待ちに待った、妻女山攻撃隊がようやく八幡原の戦場に到着し、越後軍の背後からつぎつぎに襲いかかり始めたのと、ほとんど時を同じにしていたのである。

（おわり）

あとがき—信繁の志とは

戦国屈指の激戦となった永禄四年の川中島の戦いは、後に豊臣秀吉が語ったとされる言葉を借りれば、前半は上杉勢の圧倒的な勝ち、後半の妻女山《さいじょさん》攻撃隊の到着後は武田側の勝利、ということになる。

濃霧の立ち込めた八幡原《はちまんばら》での両軍の対戦は、双方に多くの犠牲者を出したが、信玄（晴信）の弟信繁を筆頭に、諸角豊後守《もろずみぶんごのかみ》、初鹿野《はじかの》源五郎、油川彦三郎、山本勘助など、名の知れた将兵の多くを失ったのは武田の側であることは間違いない。

だが、圧倒的に不利な状況下で、最後まで兄晴信の本営を守り抜き、遂に妻女山攻撃隊の到着まで持ちこたえた信繁の、わが身を犠牲にした働きによって形勢は逆転した。上杉勢は多くの死傷兵を残して、戦場から退却せざるを得なくなった。

秀吉の言葉を借りるまでもなく、実質的な勝利は武田の側に帰したと言えそうである。この戦いで見せた信玄（晴信）と謙信（景虎）の心理的な駆け引きと戦いぶりは、これまで何度となく語られてきた。しかしながらこの戦いで生命を落とした信玄の弟典厩《てんきゅう》信繁の生涯については、あまり知られないままだったと言える。

これは恐らく、兄の信玄に華やかなスポットライトが当てられる一方で、その補佐役としての弟信繁の働きが、あまり省みられなかったことが原因であろう。同時に信繁自身にも、兄一人をことさらに立てようとし、自らは常に一歩下がった姿勢に終始していたことも影響しているように思えてならない。

信繁にしてみれば、それまで何度となく繰り返されてきた武田の家督をめぐる兄弟同士、親族同士の争いを自分の代で終らせ、家臣・領民の心をひとつにするために、あえて自分一身の立場を一歩後退させようとした、大いなる志が感じられるのである。

ここに真の補佐役としての姿が、貫かれていると言えるのではないだろうか。本書ではそうした信繁の知られざる一面に光を当てることで、あえてこうした生き方を貫いた信繁というピュアな人物が、力と力のぶつかり合う戦国の世にも存在していたことを、明らかにしてみたかったのである。

信繁が自分を語っている史料は皆無と言ってよい。だが、信繁のまわりにいた人間で一人として信繁を悪く言う者はおらず、後の武田の重臣として名を馳せた山県三郎兵衛《やまがたさぶろうびょうえ》昌景《まさかげ》や内藤昌豊《まさとよ》など、多くの者たちが口を揃えて、

「真の副将と言えるのは典厩信繁を措《お》いていない」

と語っているのが印象的である。

また、真田《さなだ》幸隆《ゆきたか》の三男源五郎（昌幸《まさゆき》）が、ずっと後になって自分の次男の名前を「信繁」と名づけるが、これは昌幸がいかに信玄の弟信繁に心酔していたかを語っているものに他ならない。この昌幸の次男こそ、誰あろう真田幸村《ゆきむら》として知られる人物なのだ。幸村という名は史料にはいっさい登場せず、あくまで本名は真田信繁なのである。

またもう一つ付け加えるならば、武田の軍師山本勘助の名で広く知られている人物についてだが、史料に登場するのは唯一、信玄の遣い番として川中島地方の豪族市川藤若《とうわか》という男に会いに行った、「山本菅助」なる者が存在するのみなのである。

江戸時代になって広く読まれるようになった『甲陽軍鑑《こうようぐんかん》』において「山本勘助」が大活躍することになるが、武田の家臣団、特に重臣たちの間ではあまり重んじられていなかった様子がうかがえることを付記しておきたい。

最後になったが、いつもながらPHP研究所文藝書編集部の大山耕介氏には、本書の執筆に当たり、さまざまな有益なアドバイスをいただいた。また文庫出版部の前原真由美氏には、校正その他で大変お世話になった。ここに心からの感謝の意を表したい。

平成二十三年　七月吉日

著者

武田信繁・略年表

年号	西暦	年齢	事項
大永五年	一五二五	一	武田信繁生まれる（幼名次郎）。
天文十年	一五四一	十七	信虎、信濃の海野氏を攻略後、息子の晴信によって駿河に追われる。
十一年	一五四二	十八	晴信、義弟の諏訪頼重を攻め、自刃させる。
十六年	一五四七	二十三	甲州法度之次第を制定。
十七年	一五四八	二十四	武田軍、村上義清と上田原で戦い敗れる。
二十年	一五五一	二十七	真田幸隆、村上方の戸石城を無血略取。
二十一年	一五五二	二十八	晴信・信繁兄弟の母大井夫人没。
二十二年	一五五三	二十九	武田軍、村上義清の本城葛尾城を攻める。義清、戦わずして城を落ち、越後の長尾景虎を頼る。第一回川中島の戦い起こる。
弘治元年	一五五五	三十一	第二回川中島合戦。戦いが長引き、今川義元が停戦の調停に入る。
三年	一五五七	三十三	晴信、信濃葛山城を攻略。第三回川中島合戦。
永禄元年	一五五八	三十四	武田信繁、家訓九十九か条を定める。
三年	一五六〇	三十六	今川義元、桶狭間で敗死。
四年	一五六一	三十七	第四回川中島の戦い起こる。両軍激戦となり、武田左馬助（典厩）信繁、兄晴信の本営を最後まで守って戦死する。

〈参考文献〉

磯貝正義『定本武田信玄』新人物往来社
清水茂夫・服部治則校注『武田史料集』(史料叢書)新人物往来社
柴辻俊六編『武田信虎のすべて』新人物往来社
小澤富夫『増補改定・武家家訓・遺訓集成』ぺりかん社
桑田忠親『武士の家訓』講談社学術文庫
笹本正治『武田信玄』(ミネルヴァ日本評伝選)ミネルヴァ書房
同右『戦国大名武田氏の研究』思文閣史学叢書
小和田哲男『今川義元』(ミネルヴァ日本評伝選)ミネルヴァ書房
平山優『武田信玄』(歴史文化ライブラリー)吉川弘文館
磯貝正義編『武田信玄のすべて』新人物往来社
小林計一郎『武田・上杉軍記』新人物往来社
同右『川中島の戦』春秋社
中田正光『新装版・戦国武田の城』洋泉社
野澤公次郎『武田二十四将略伝』武田神社
『山梨県史 通史篇2 中世』編集発行 山梨県
『甲府市史 通史篇 第一巻 中世』甲府市市史編さん委員会編集 甲府市
『甲西町誌』甲西町誌編集委員会 甲西町
『櫛形町誌』櫛形町誌編纂委員会 櫛形町
『甲斐の虎・信玄と武田一族』(別冊歴史読本)新人物往来社

本書は、書き下ろし作品です。

著者紹介
小川由秋（おがわ　よしあき）
1940年生まれ。1965年、早稲田大学第一政経学部卒業。同年、学陽書房に入社し、地方自治関係の単行本を中心に企画・編集に携わる。ベストセラー『小説　上杉鷹山』（童門冬二著）など、歴史・時代小説も多数手がけた。童門冬二氏が編集代表の同人誌『時代』の同人として小説を発表している。著書に、『真田幸隆』『木曽義仲』『里見義堯』『伊達三代記』『八幡太郎義家』（以上、ＰＨＰ文庫）、『ふるさとを輝かせた名将・智将』（ぎょうせい）などがある。
本名：高橋　脩（おさむ）。弓道参段。

ＰＨＰ文庫　武田信繁
信玄が最も信頼した名補佐役

2011年10月21日　第１版第１刷

著　者　小　川　由　秋
発行者　安　藤　卓
発行所　株式会社ＰＨＰ研究所
東京本部　〒102-8331　千代田区一番町21
文庫出版部　☎03-3239-6259（編集）
普及一部　☎03-3239-6233（販売）
京都本部　〒601-8411　京都市南区西九条北ノ内町11
PHP INTERFACE　http://www.php.co.jp/
組　版　朝日メディアインターナショナル株式会社
印刷所
製本所　図書印刷株式会社

ISBN978-4-569-67723-1